les chefs-d'œuvre
de la science fiction
et du fantastique

Gustav Meyrink

le golem

Illustration originale de Jean Gourmelin
Traduction de Denise Meunier

Cet ouvrage est la parution intégrale du roman allemand *Der Golem* paru aux éditions Rascher de Zurich.

Sélectionné par le CLUB POUR VOUS - HACHETTE

GOURMELIN

sommeil

La lumière de la pleine lune tombe sur le pied de mon lit, lourde, ronde et plate comme une grosse pierre. Quand le disque commence à rétrécir et l'une de ses moitiés à se rentrer – comme un visage vieillissant montre des rides et maigrit d'un côté d'abord – c'est alors que, vers cette heure-là de la nuit, un trouble douloureux s'empare de moi.

Ni éveillé ni endormi, je glisse dans une sorte de rêve où ce que j'ai vécu se mêle à ce que j'ai lu et entendu, comme se mêlent des courants de teintes et de limpidités différentes.

Avant de me coucher, j'avais lu quelque chose sur la vie du Bouddha Gautama et sans cesse ces quelques phrases passaient et repassaient dans mon cerveau, identiques et fluctuantes :

« Une corneille vola jusqu'à une pierre qui ressemblait à un morceau de graisse, se disant : il y a peut-être là quelque chose de bon à manger. Mais comme elle ne trouva rien de bon à manger, elle s'en alla à tire d'aile. Semblables à la corneille qui s'approche de la pierre, nous – les chercheurs – nous abandonnons l'ascète Gautama, parce que nous avons perdu le plaisir que nous prenions en lui. »

Et l'image de la pierre qui ressemblait à un morceau de graisse grossit monstrueusement dans mon cerveau.

Je traverse un lit de rivière à sec en ramassant des cailloux lissés.

Gris bleus dans une poussière miroitante et légère que je ne peux m'expliquer, bien que je me creuse la tête à grand effort – puis noirs avec des taches jaune soufre comme les ébauches pétrifiées de lézards dodus et mouchetés faites par un enfant.

Et je veux les jeter loin de moi, ces cailloux, mais ils me tombent des mains et je ne peux les bannir de ma vue.

Toutes les pierres qui ont jamais joué un rôle dans ma vie se dressent autour de moi.

Beaucoup s'efforcent péniblement de se dégager du sable pour arriver à la lumière – comme de gros crabes ardoisés à l'heure où monte le flot; on dirait qu'ils font tout pour attirer mon attention sur eux et me dire des choses d'une importance infinie.

D'autres – épuisés – retombent dans leur trou et abandonnent l'espoir de jamais placer un mot.

Parfois, j'émerge de la pénombre de mes rêveries et j'aperçois de nouveau, l'espace d'un instant, la lumière de la pleine lune sur le pied renflé de ma couverture, lourde, ronde et plate comme une grosse pierre, pour repartir en aveugle à la poursuite tâtonnante de ma conscience qui s'évanouit, cherchant sans trêve cette pierre qui me tourmente – qui doit se trouver cachée quelque part sous les décombres de mes souvenirs et qui ressemble à un morceau de graisse.

Je m'imagine qu'une descente pour l'eau de pluie a dû déboucher sur le sol à côté d'elle autrefois – coudée en angle obtus, les bords mangés de rouille – et je m'acharne à faire surgir de force son image dans mon esprit pour tromper mes pensées effarouchées et trouver l'apaisement du sommeil.

Je n'y parviens pas.

Encore et toujours, avec une obstination imbécile, une voix bizarre répète en moi – infatigable tel un volet que le vent fait battre à intervalles réguliers contre un mur – ce n'était pas du tout cela, ce n'était pas du tout la pierre qui ressemblait à un morceau de graisse.

Et impossible de me débarrasser de la voix.

Quand j'objecte pour la centième fois que c'est en réalité très secondaire, elle s'arrête bien pendant un court instant, puis se réveille à nouveau sans que je m'en aperçoive et recommence, butée : bon, bon, entendu, mais ce n'est pas la pierre qui ressemblait à un morceau de graisse.

Lentement, un intolérable sentiment d'impuissance m'envahit.

Ce qui s'est passé après, je l'ignore. Ai-je volontairement abandonné toute résistance, ou mes pensées m'ont-elles subjugué, garrotté ?

Je sais seulement que mon corps est allongé, endormi dans le lit et que mes sens ne sont plus liés à lui.

Tout à coup, je veux demander qui est « je » maintenant, mais je m'avise que je n'ai plus d'organe qui me permette de poser la question; et puis j'ai peur d'éveiller de nouveau la voix stupide, de recommencer à entendre son rabâchage sans fin sur la pierre et la graisse.

Alors je me détourne.

jour

Soudain, je me trouvai dans une cour sombre, regardant par l'encadrement d'une porte cochère rougeâtre – de l'autre côté de la rue étroite et crasseuse – un brocanteur juif appuyé à un éventaire dont les vieilles ferrailles, les outils cassés, les fers à repasser rouillés, les patins et toutes sortes d'autres choses mortes escaladaient le mur.

Cette image portait en elle la monotonie pénible propre à toutes les impressions qui franchissent si souvent jour après jour le seuil de nos perceptions comme des colporteurs – elle n'éveillait en moi ni curiosité, ni surprise.

Je me rendais compte que ce cadre m'était depuis longtemps familier.

Mais cette constatation, malgré le contraste qui l'opposait à ce que j'avais perçu peu de temps auparavant et la manière dont j'étais arrivé là, ne me produisait aucune impression profonde.

J'ai dû rencontrer autrefois dans une conversation ou un livre la comparaison curieuse entre un caillou et un morceau de graisse : cette idée surgit dans mon esprit tandis que je gravissais l'escalier usé menant à ma chambre et notais distraitement l'aspect suiffeux des marches de pierre.

J'entendis alors des pas courir à l'étage au-dessus de moi et, en arrivant à ma porte, je vis que c'était la Rosina du brocanteur Aaron Wassertrum, rouquine de quatorze ans.

Je dus la frôler pour passer et elle se rejeta en arrière voluptueusement, le dos arqué contre la rampe de l'escalier.

De ses mains sales elle avait saisi les barreaux – pour se

retenir – et je vis dans la morne pénombre luire le dessous blanc de ses bras nus.

J'évitai son regard.

Mon cœur se soulevait à la vue de ce sourire indiscret dans un visage cireux de cheval à bascule.

Il me semblait qu'elle devait avoir une chair blanche et spongieuse comme l'axolotl que j'avais vu dans la cage des salamandres, chez le marchand d'oiseaux.

Les cils des rouquins me dégoûtent, comme ceux des lapins.

J'ouvris ma porte et la refermai rapidement derrière moi.

De ma fenêtre, je voyais le brocanteur Aaron Wassertrum devant son échoppe.

Appuyé au chambranle du réduit obscur, il se taillait les ongles avec une pince, à coups obliques. Rosina la Rouge était-elle sa fille ou sa nièce? Il n'avait pas un trait de commun avec elle.

Parmi les visages juifs que je vois surgir jour après jour dans la ruelle du Coq, je distingue très nettement diverses souches dont la proche parenté des individus n'estompe pas plus les caractères que l'huile et l'eau ne se mélangent. Impossible de dire : ces deux-là sont frères, ou père et fils.

L'un appartient à telle souche et l'autre à telle autre, c'est tout ce qu'on peut lire dans les traits du visage.

Donc, qu'est-ce que cela prouverait, même si Rosina ressemblait au brocanteur?

Ces souches nourrissent les unes envers les autres un dégoût et une répulsion qui franchissent même les frontières de l'étroite consanguinité, mais elles s'entendent à les dissimuler au monde extérieur comme on garde un secret dangereux.

Pas une ne les laisse apparaître et, dans cette unanimité sans faille, elles font penser à des aveugles haineux accrochés à une corde imprégnée de crasse : l'un des deux mains, l'autre à contrecœur, d'un seul doigt, mais tous hantés par la terreur superstitieuse d'aller à leur perte dès qu'ils lâcheront prise et se sépareront des autres.

Rosina appartient à une lignée dont le type à cheveux rouges est encore plus repoussant que celui des autres. Dont les hommes ont la poitrine étroite et un long cou de poulet avec une pomme d'Adam proéminente. Ils donnent l'impression d'avoir des taches de rousseur partout et souffrent toute leur vie d'échauffements, livrant en secret une lutte incessante et vaine contre leur lubricité, hantés par des craintes répugnantes pour leur santé.

Je ne voyais pas très clairement d'ailleurs comment je pourrais établir des liens de parenté entre Rosina et le brocanteur Wassertrum. Jamais je ne l'avais vue près du vieux, ni remarqué qu'ils se fussent adressé la parole.

Elle était presque toujours dans notre cour, ou alors elle traînait dans les coins et les corridors sombres de la maison.

Ce qui est sûr, c'est que tous mes voisins la tiennent pour une parente proche du brocanteur et pourtant je suis convaincu qu'aucun ne pourrait en apporter la moindre preuve.

Voulant arracher mes pensées de Rosina, je me mis à regarder la ruelle du Coq par la fenêtre ouverte de ma chambre.

Comme si Aaron Wassertrum avait senti mon regard, il leva tout à coup le visage vers moi. Son affreux visage figé, avec ses yeux de poisson tout ronds et la lèvre supérieure béante, fendue par un bec-de-lièvre.

Il me fit penser à une araignée humaine, qui sent les plus légers effleurements contre sa toile bien qu'elle paraisse s'en désintéresser tout à fait. De quoi peut-il vivre ? A quoi pense-t-il, que projette-t-il ? Je n'en sais rien.

Aux murs de son échoppe, jour après jour, année après année, les mêmes choses mortes et sans valeur restent accrochées, immuables.

J'aurais pu les dessiner les yeux fermés : ici, la trompette de fer-blanc cabossée sans pistons, là, l'image peinte sur du papier jauni avec des soldats si bizarrement disposés.

Et devant, par terre, empilées les unes sur les autres si bien que personne ne pouvait les enjamber pour entrer dans la boutique, des plaques de foyer rondes.

Toutes ces choses restaient là, sans que leur nombre augmentât ni diminuât jamais et quand, parfois, un passant s'arrêtait et demandait le prix de l'une ou de l'autre, le brocanteur était pris d'une agitation frénétique.

Retroussant hideusement la lèvre au bec-de-lièvre, il éructait d'une voix de basse un torrent de gargouillements et de bredouillements incompréhensibles tels que l'acheteur perdait toute envie de se renseigner davantage et poursuivait son chemin, terrorisé.

Rapide comme l'éclair, le regard d'Aaron Wassertrum glissa pour fuir le mien et s'arrêta avec un intérêt extrême sur les murs nus de la maison voisine qui touchent ma fenêtre. Que pouvait-il y voir?

La maison tourne le dos à la rue et ses fenêtres regardent la cour! Toutes sauf une.

A ce moment, les pièces situées au même étage que les miennes – je crois qu'elles appartiennent à un atelier biscornu – durent recevoir leurs occupants, car j'entendis soudain à travers le mur une voix d'homme et une voix de femme qui dialoguaient.

Mais impossible que le brocanteur ait pu s'en apercevoir d'en bas!

Quelqu'un remua devant ma porte et je devinai que Rosina était toujours là, dehors, dehors dans le noir, attendant avec avidité que je l'appelasse – peut-être.

Et au-dessous, un demi-étage plus bas, l'avorton grêlé Loisa guette dans l'escalier en retenant son souffle pour savoir si je vais ouvrir la porte et je sens le souffle de sa haine, de sa jalousie écumante, monter jusqu'à moi.

Il a peur de s'approcher davantage et d'être remarqué par Rosina. Il sait qu'il dépend d'elle comme un loup affamé de son gardien et pourtant quel désir fou il a de bondir, de lâcher la bride à sa fureur!

Je m'assis à ma table de travail, puis sortis pinces et poinçons.

Mais je ne pus arriver à rien, ma main n'était pas assez ferme pour restaurer les fines gravures japonaises.

La vie ténébreuse et morne qui hante cette maison fait couler en moi un épais silence dans lequel, sans cesse, de vieilles images surgissent.

Loisa et son frère jumeau Jaromir n'ont guère qu'un an de plus que Rosina.

Je me rappelle à peine leur père, qui cuisait des pains azimes et je crois que maintenant c'est une vieille femme qui s'occupe d'eux.

Je ne sais même pas laquelle, parmi toutes celles qui habitent la maison, cachées comme des crapauds dans leur trou.

Elle s'occupe des deux jeunes gens : cela veut dire qu'elle les loge, en échange de quoi ils doivent lui remettre ce qu'ils ont volé ou mendié.

Est-ce qu'elle leur donne aussi à manger? J'en doute beaucoup parce qu'elle rentre très tard le soir.

Elle est laveuse de cadavres.

J'ai souvent vu Loisa, Jaromir et Rosina, alors qu'ils étaient encore enfants, jouer tous les trois innocemment dans la cour.

Ce temps-là est bien loin.

Maintenant, Loisa est toute la journée derrière la petite Juive à cheveux rouges.

Parfois, il la cherche interminablement en vain et quand il ne peut la trouver nulle part, il se glisse devant ma porte et attend, le visage grimaçant, qu'elle arrive en tapinois.

Alors, quand je suis assis à mon travail, je le vois par la pensée, aux aguets dans le corridor tortueux, sa tête à la nuque efflanquée penchée en avant. Dans ces moments-là, un vacarme sauvage brise souvent le silence.

Jaromir, le sourd-muet, dont tout l'être n'est qu'un immense désir fou de Rosina, erre comme une bête dans la maison et les rugissements inarticulés qu'il pousse, affolé par la jalousie et la rage, sont si effrayants que le sang se fige dans vos veines.

Il les cherche tous les deux, car il les soupçonne toujours d'être ensemble – cachés quelque part dans un des innombrables recoins crasseux – proie d'une frénésie démente, cravaché par l'idée qu'il doit être continuellement sur les talons de son frère pour que rien n'arrive à Rosina sans qu'il le sache.

Et c'est précisément, à mon sens, ce tourment incessant de l'infirme qui la pousse à toujours retourner vers l'autre. Si le bon vouloir, l'empressement de la fille faiblissent, Loisa imagine immanquablement de nouvelles horreurs pour ranimer le désir de Rosina.

Ils font alors semblant de se laisser attraper par le sourd-muet et attirent malicieusement le furieux à leur suite dans les corridors obscurs où ils ont disposé des cerceaux rouillés qui sautent en l'air quand on marche dessus, et des râteaux – dents tournées vers le haut – obstacles méchants contre lesquels il bute et tombe ensanglanté.

De temps à autre, Rosina a de son propre chef une idée diabolique pour donner le maximum d'intensité au supplice.

Brusquement, elle change d'attitude envers Jaromir et fait comme si elle le trouvait plaisant. Avec sa mine éternellement souriante, elle glisse très vite à l'infirme des choses qui le mettent dans un état de surexcitation presque démente; elle a inventé pour cela un langage par signes apparemment mystérieux, à demi incompréhensible, qui doit emprisonner le malheureux dans un filet inextricable d'incertitudes et d'espoirs dévorants.

Je l'ai vu un jour planté devant elle dans la cour et elle lui parlait avec des mouvements de lèvres et des gesticulations si violents que je croyais à chaque instant qu'il allait s'écrouler dans une crise de nerfs.

La sueur lui ruisselait sur le visage tant il faisait des efforts surhumains pour comprendre le sens d'un message volontairement aussi obscur que hâtif.

Pendant toute la journée du lendemain, il rôda, enfiévré d'impatience, dans l'escalier noir d'une maison à demi écroulée à la suite de l'étroite et crasseuse ruelle du Coq – jusqu'à ce que le moment fût passé pour lui de récolter quelques kreuzers en mendiant au coin du trottoir.

Et quand il voulut rentrer au logis tard le soir, à moitié mort de faim et d'énervement, la vieille avait bouclé sa porte depuis longtemps.

Un rire de femme joyeux traversa le mur de l'atelier voisin et parvint jusqu'à moi.

Un rire – dans ces maisons, un rire joyeux? Dans tout le ghetto, il n'y a personne qui puisse rire joyeusement. Je me souvins alors que, quelques jours auparavant, Zwakh, le vieux montreur de marionnettes, m'avait confié qu'un jeune homme distingué lui avait loué l'atelier pour un bon prix – assurément dans l'intention de retrouver l'élue de son cœur à l'abri des indiscrétions.

Il fallait maintenant, chaque nuit, monter les meubles luxueux du nouveau locataire un à un afin que personne dans la maison ne remarquât rien.

Le bon vieux s'était frotté les mains avec jubilation en me racontant cela, heureux comme un enfant d'avoir si habilement manœuvré qu'aucun des voisins ne pouvait se douter de l'existence du couple romantique.

De plus, on pouvait parvenir à l'atelier en passant par trois maisons différentes. Il y avait même une trappe qui y donnait accès!

Oui, si l'on ouvrait la porte de fer du grenier – ce qui était très facile d'en haut – on pouvait tomber dans l'escalier de notre maison, en passant devant ma porte et utiliser celui-ci comme sortie...

De nouveau le rire joyeux tinte, éveillant en moi le souvenir confus d'un intérieur luxueux et d'une famille noble chez qui j'étais souvent appelé, pour faire de petites réparations à de précieux objets anciens.

Soudain j'entends, tout près, un hurlement strident. J'écoute, effrayé.

La porte de fer grince violemment et l'instant d'après une dame se précipite dans ma chambre.

Les cheveux défaits, blanche comme un linge, un morceau de brocart doré jeté sur les épaules nues.

« Maître Pernath, cachez-moi, pour l'amour de Dieu, ne me demandez rien, cachez-moi ici! »

Avant que j'aie pu répondre, ma porte est de nouveau ouverte et aussitôt claquée.

Pendant une seconde, le visage du brocanteur Aaron Wassertrum s'est avancé, tel un horrible masque grimaçant.

Une tache ronde et lumineuse surgit devant mes yeux et

à la lumière de la lune je reconnais de nouveau le pied de mon lit.

Le sommeil pèse encore sur moi comme un lourd manteau de laine et le nom de Pernath est écrit en lettres d'or sur le devant de mes souvenirs.

Où l'ai-je donc vu ? Athanasius Pernath ?

Je crois, je crois qu'il y a bien, bien longtemps, je m'étais trompé de chapeau, quelque part, et j'avais été étonné alors qu'il m'allât aussi bien, car j'ai une forme de tête très particulière.

J'avais regardé à l'intérieur du chapeau inconnu et – oui, oui – il y avait écrit, en lettres dorées sur la doublure blanche :

ATHANASIUS PERNATH

J'avais eu très peur de ce chapeau à l'époque, sans savoir pourquoi.

Soudain la voix que j'avais oubliée et qui voulait toujours savoir où était la pierre ressemblant à de la graisse fond sur moi comme une flèche.

Vite, j'évoque le profil aigu de Rosina la Rouge avec son sourire doucereux et parviens ainsi à détourner le projectile qui se perd aussitôt dans l'obscurité.

Oui, le visage de Rosina ! Il est plus fort que la voix stupide qui ne sait pas s'arrêter et tant que je resterai caché dans ma chambre de la ruelle du Coq, je serai tranquille.

I

Si je ne me suis pas trompé en croyant entendre monter derrière moi dans l'escalier à une certaine distance, toujours la même, quelqu'un qui a l'intention de venir me voir, il doit se trouver entre les deux derniers étages. Il tourne maintenant le coin où l'archiviste Schemajah Hillel a son logement et quitte les dalles de pierre usées pour passer sur le palier de l'étage supérieur qui est recouvert de briques rouges.

Il suit le mur à tâtons et maintenant, exactement maintenant, il doit être en train d'épeler non sans peine mon nom sur la plaque de la porte, dans l'obscurité.

Je me postai bien droit au milieu de la pièce et regardai l'entrée.

Alors la porte s'ouvrit et il entra.

Il ne fit que quelques pas dans ma direction et n'ôta son chapeau ni ne prononça la moindre formule de politesse.

J'eus l'impression qu'il se comportait ainsi chez lui et trouvai tout naturel qu'il fît ainsi et pas autrement.

Plongeant la main dans sa poche, il en sortit un livre.

Puis il le feuilleta longuement.

La couverture était en métal ornée de rosaces et de sceaux gravés en creux, puis remplis de couleurs et de petites pierres.

Ayant enfin trouvé la place qu'il cherchait, il me la montra.

Je déchiffrai le titre du chapitre : « Ibbour », « la Fécondation des âmes ».

La grande capitale or et rouge tenait presque la moitié de la page que je parcourus involontairement des yeux et son bord était abîmé.

Il me fallait le réparer.

L'initiale n'était pas collée sur le parchemin comme dans les livres anciens que j'avais vus jusqu'alors, mais paraissait bien plutôt faite de deux feuilles d'or mince soudées en leur milieu et ses extrémités se retournaient sur les bords de la page.

Donc, le parchemin avait dû être découpé à la place de la lettre?

Si oui, le I devait se trouver, inversé, de l'autre côté de la page? Je la tournai et constatai que ma supposition était exacte.

Involontairement, je lus aussi cette page et celle qui lui faisait face.

Et puis je lus plus loin, toujours plus loin.

Le livre me parlait comme le rêve, seulement beaucoup plus clair, beaucoup plus net. Et il touchait mon cœur comme une question.

Les paroles s'échappaient en torrent d'une bouche invisible, prenaient vie et s'approchaient de moi, tournoyant et pivotant sur elles-mêmes comme des esclaves aux vêtements bariolés, puis s'enfonçaient dans le sol ou disparaissaient dans l'air en vapeurs miroitantes pour faire place aux suivantes. L'espace d'un instant, chacune espérait que je la choisirais et renoncerais à examiner les autres.

Nombre d'entre elles passaient en se pavanant dans de somptueux atours, à pas lents et mesurés. Beaucoup comme des reines, mais vieillies et décrépites, les paupières fardées – avec une bouche de putain, les rides recouvertes d'un maquillage affreux.

Je regardais celles qui passaient, celles qui arrivaient et mon regard glissait sur de longues files aux visages si ordinaires, si dépourvus d'expression qu'il semblait impossible de les graver dans la mémoire.

Puis elles traînèrent vers moi une femme absolument nue et gigantesque comme une divinité de la terre.

Pendant une seconde, elle s'arrêta devant moi et s'inclina très bas.

Ses cils étaient aussi longs que mon corps tout entier et elle montrait, sans un mot, le pouls de son poignet gauche.

Il battait comme un séisme et je sentais qu'elle avait en elle la vie de tout un monde.

Un cortège de corybantes arriva des lointains à une allure folle.

Un homme et une femme s'étreignaient. Je les vis venir de loin, cependant que le vacarme du cortège se rapprochait de plus en plus.

Maintenant, j'entendais les chants sonores des extatiques, tout contre moi et mes yeux cherchaient le couple enlacé.

Mais il s'était métarmorphosé en une figure unique, mi-homme, mi-femme – un hermaphrodite – assis sur un trône de nacre.

Et la couronne de l'hermaphrodite s'achevait en une tablette de bois rouge dans laquelle le ver de la destruction avait rongé des runes mystérieuses.

Dans un nuage de poussière, un troupeau de petits moutons aveugles arriva au trot : animaux nourriciers que l'hybride gigantesque emmenait à sa suite pour garder ses corybantes en vie.

Parfois, parmi les figures qui jaillissaient de la bouche invisible, certaines venaient de la tombe – un linge devant le visage.

Et elles s'arrêtaient devant moi, laissaient soudain tomber leurs voiles et leurs yeux de carnassier se fixaient sur mon cœur avec des regards si affamés qu'une terreur glacée m'envahissait le cerveau et mon sang refluait comme un torrent dans lequel des blocs de rocher sont tombés du ciel – brusquement et au beau milieu de son lit.

Une femme passa devant moi, légère comme une nuée. Je ne vis pas son visage. Elle se détourna et son manteau était fait de larmes ruisselantes.

Des masques filaient, dansant et riant, sans se soucier de moi.

Seul un Pierrot se retourne d'un air pensif et revient sur ses pas. Il se plante devant moi et me regarde les yeux dans les yeux, comme si j'étais un miroir.

Il fait des grimaces si bizarres, lève les bras et gesticule, tantôt hésitant, tantôt rapide comme l'éclair, qu'une envie mystérieuse me saisit de l'imiter, de cligner des yeux, de hausser les épaules et de tordre les coins de la bouche.

Puis d'autres figures impatientes le poussent de côté qui toutes veulent passer sous mon regard.

Mais aucune n'a de consistance.

Ce sont des perles qui glissent enfilées sur un cordon de soie, notes isolées d'une mélodie qui jaillit de la bouche invisible.

Ce n'était plus un livre qui me parlait. C'était une voix. Une voix qui voulait de moi quelque chose que je ne saisissais pas, si grands que fussent mes efforts. Qui me tourmentait de questions brûlantes, incompréhensibles.

Mais la voix qui prononçait ces paroles visibles était morte et sans résonance.

Tout son qui retentit dans le monde du présent a de nombreux échos, de même que tout objet a une grande ombre et beaucoup de petites, mais cette voix-là n'avait plus d'échos — depuis longtemps, longtemps, ils s'étaient évanouis, dissipés.

J'avais lu le manuscrit jusqu'au bout, je le tenais encore entre les mains et l'on eût dit que j'avais feuilleté dans mon cerveau, non pas dans un livre !

Tout ce que la voix m'avait dit, je le portais en moi depuis que je vivais, mais enfoui, oublié et caché à ma pensée jusqu'à ce jour.

Je levai les yeux.

Où était l'homme qui m'avait apporté le livre ?

Parti ? !

Viendra-t-il le chercher quand j'aurai fini ?

Ou faudra-t-il que je le lui porte ?

Mais impossible de me rappeler s'il m'avait dit où il habitait.

Je voulus me remettre son apparence en mémoire et n'y parvins pas.

Comment était-il habillé ? Était-il vieux, était-il jeune ? Quelle couleur avaient ses cheveux et sa barbe ?

Rien, je ne pouvais plus rien me représenter. Toutes les images de lui que j'évoquais se fondaient et s'évanouissaient avant même que je les eusse assemblées dans mon esprit.

Je fermai les yeux et appuyai la main sur mes paupières pour ressaisir fût-ce une minuscule parcelle de son aspect.

Rien, rien.

Je me replaçai au milieu de la pièce, regardai la porte comme je l'avais fait – avant, au moment où il était venu – et reconstituai la scène : maintenant il tourne le coin, maintenant il marche sur les briques rouges, maintenant il lit sur la plaque « Athanasius Pernath » et maintenant il entre – en vain.

Pas la moindre trace de souvenir ne voulut s'éveiller en moi.

Voyant le livre posé sur la table, je tentai d'évoquer la main qui l'avait tiré de la poche pour me le tendre.

Jamais je ne pus me rappeler si elle avait porté un gant ou non, si elle était jeune ou fripée, ornée de bagues ou nue.

A ce moment, j'eus une idée étrange.

Comme une inspiration que l'on n'oserait repousser. J'enfilai mon manteau, mis mon chapeau, sortis dans le corridor et descendis l'escalier. Puis je remontai lentement vers ma chambre.

Lentement, très lentement, comme lui lorsqu'il était venu. Et en ouvrant la porte je m'aperçus que toute la pièce était dans la pénombre. Ne faisait-il pas grand jour quand j'étais sorti?

J'avais donc rêvassé là bien longtemps pour n'avoir pas remarqué comme il était tard! Je m'efforçai d'imiter la démarche et l'attitude de l'inconnu, mais ne pus rien me rappeler d'elles.

D'ailleurs, comment réussir à l'imiter, alors que je ne disposais plus d'aucun point de repère qui pût m'indiquer l'aspect qu'il avait eu!

Mais les choses se passèrent autrement. Tout autrement que je l'avais pensé.

Ma peau, mes muscles, mon corps se souvinrent tout à coup, sans avertir le cerveau. Ils se mirent à faire des mouvements que je ne souhaitais ni ne prévoyais, comme si mes membres ne m'appartenaient plus.

Ayant fait quelques pas dans la pièce, je m'aperçus que d'une seconde à l'autre ma démarche était devenue lourde et tâtonnante, étrangère.

C'est l'allure d'un homme sur le point de tomber en avant, me dis-je.

Oui, oui, oui, il marchait comme cela.

Je le sus tout à coup très nettement : il est ainsi.

Je portais un visage étranger, sans barbe, aux pommettes saillantes, aux yeux obliques.

Je le sentais sans pouvoir me voir.

Horrifié, je voulais hurler que ce n'était pas le mien, le tâter, mais ma main n'obéissait pas à ma volonté et s'enfonçait dans la poche pour en sortir un livre.

Exactement comme il l'avait fait.

Et puis soudain je me retrouve assis, sans chapeau, sans manteau, à ma table et je suis moi, moi, moi.

Athanasius Pernath.

Terreur et affolement me secouèrent, mon cœur battit à se rompre, et je sentis que les doigts fantomatiques qui un instant auparavant tâtaient encore ici et là dans mon cerveau m'avaient lâché. Seules les traces froides de leurs effleurements étaient encore perceptibles vers la nuque.

Désormais, je savais comment était l'étranger et j'aurais pu de nouveau le sentir en moi à n'importe quel moment si je l'avais voulu; mais son image, celle que j'avais *vue* en face de moi, je ne pouvais toujours pas me la représenter et ne le pourrais jamais.

C'est comme un négatif, un moule en creux invisible dont je ne peux distinguer les lignes – dans lequel il faut que je me glisse moi-même si mon propre moi veut prendre conscience de sa forme et de son expression.

Il y avait dans le tiroir de ma table une cassette de fer; je voulais y enfermer le livre et ne l'en sortir pour réparer la capitale abîmée qu'une fois dissipé mon état de déséquilibre mental.

Et je pris le livre sur la table.

J'eus l'impression de n'avoir rien dans la main.

Je pris la cassette : même absence de sensation. Tout se

passait comme si le toucher devait parcourir un long chemin plein de ténèbres épaisses avant de déboucher à nouveau dans ma conscience, comme si les objets étaient séparés de moi par une durée de plusieurs années et appartenaient à un passé depuis longtemps dépassé !

La voix qui tourne autour de moi dans le noir, fureteuse, pour me tourmenter avec la pierre de graisse est passée à côté de moi sans me voir. Et je sais qu'elle vient de l'empire du sommeil. Mais l'expérience que j'ai connue était la réalité vivante – c'est pour cela que la voix n'a pu me voir et me cherche en vain, je le sens.

prague

L'étudiant Charousek se tenait à côté de moi, le col de son mince paletot élimé largement ouvert, et j'entendais ses dents claquer de froid.

Je me dis qu'il risquait d'attraper la mort sous la voûte de cette porte cochère glaciale, en plein courant d'air, et l'invitai à venir en face, chez moi.

Mais il refusa.

« Je vous remercie, maître Pernath, murmura-t-il en frissonnant, malheureusement, je n'ai plus le temps; il faut que j'aille de toute urgence en ville. D'ailleurs nous serions trempés jusqu'aux os, si nous voulions traverser la rue maintenant – quelques pas y suffiraient! Cette averse ne veut pas se calmer. »

La pluie dévalait des toits et coulait sur le visage des maisons comme un torrent de larmes.

En avançant un peu la tête, j'apercevais ma fenêtre, au quatrième étage, ruisselante, au point que les vitres semblaient avoir fondu – opaques et grumeleuses comme de la colle de poisson.

Un torrent de boue jaune coulait dans la rue et la porte cochère se remplit de passants qui tous voulaient attendre la fin de l'averse.

« Tiens, voilà un bouquet de mariée », dit tout à coup Charousek en montrant une gerbe de myrtes fanés qui passait, emportée par l'eau sale.

Derrière nous quelqu'un éclata de rire.

En me retournant, je vis que c'était un vieux monsieur à

cheveux blancs, très bien mis, avec un visage de crapaud, tout boursouflé.

Charousek jeta comme moi un regard en arrière et marmonna quelque chose à part lui.

Le vieillard produisait une impression désagréable. Je détournai mon attention de lui et passai en revue les maisons vilainement décolorées qui s'accotaient les unes contre les autres sous la pluie, telles de vieilles bêtes rechignées. Comme elles avaient l'air lamentables et déchues, toutes!

Plantées là au hasard, elles faisaient penser à de mauvaises herbes jaillies du sol.

On les a appuyées à un muret de pierre jaune, seul vestige encore debout d'un ancien bâtiment en longueur – il y a de cela deux ou trois siècles, au petit bonheur, sans tenir compte des autres. Là-bas, une maison en retrait, la façade de biais – et une autre à côté, proéminente comme une canine.

Sous le ciel morne elles avaient l'air endormies et l'on ne décelait rien de cette vie sournoise, hostile, qui rayonne parfois d'elles quand le brouillard des soirées d'automne traîne dans la rue, aidant à dissimuler leurs jeux de physionomie à peine perceptibles.

Depuis une génération que j'habite ici, l'impression s'est ancrée en moi, indestructible, qu'il y a des heures de la nuit et de l'aube à peine grisonnantes, où elles tiennent un mystérieux conseil muet. Souvent un faible tremblement que l'on ne saurait expliquer traverse alors leurs murs, des murmures courent sur leurs toits, tombent dans les gouttières – et nous les percevons distraitement, les sens enrouillés, sans chercher leur origine.

Souvent j'ai rêvé que j'épiais leur manège spectral, apprenant ainsi avec une stupeur angoissée que ces maisons étaient les vraies maîtresses de la rue, capables de manifester leur vie et leurs sentiments, puis de les enfouir à nouveau en elles – les dissimulant la journée à ceux qui habitent là pour les faire resurgir à la tombée de la nuit, avec un intérêt usuraire.

Et si je fais défiler dans mon esprit les êtres étranges qui y logent, tels des schèmes qui ne sont pas nés d'une mère, leurs pensées et leurs actes apparemment assemblés au hasard, je suis plus enclin que jamais à croire que ces rêves recèlent de sombres vérités qui couvent dans mon âme à l'état de veille comme des impressions de contes colorés.

C'est alors que resurgit secrètement en moi la légende du Golem, cet être artificiel qu'un rabbin cabaliste a créé autrefois à partir de l'élément, ici même, dans ce ghetto, l'appelant à une existence machinale, sans pensée, grâce à un mot magique qu'il lui avait glissé derrière les dents.

De même que le Golem se figeait en une figure de glaise à la seconde où le mystérieux verbe de vie lui était retiré de la bouche, il me semble que tous ces *humains* tomberaient privés de leur âme si l'on faisait jaillir dans leur cerveau n'importe quel microscopique concept, un désir subalterne, peut-être une habitude sans motif ni but chez l'un, voire simplement chez l'autre la sourde aspiration à quelque chose de tout à fait indéterminé, dépourvu de consistance.

Quelle effrayante, quelle incessante attente est tapie dans ces créatures !

Jamais on ne les voit travailler et pourtant elles s'éveillent dès les premières lueurs du jour pour guetter en retenant leur souffle – comme on guette une proie qui ne vient pas.

Et si parfois il semble vraiment qu'un être sans défense, qui pourrait faire leur fortune, pénètre dans leur domaine, une terreur paralysante s'empare d'elles, les chasse tremblantes dans leurs trous et les empêche de profiter des moindres avantages.

Personne ne semble assez faible pour qu'il leur reste la force de le dominer.

« Des bêtes de proie dégénérées, édentées, à qui l'on a pris la force et les armes », dit Charousek en me regardant d'un air hésitant.

Comment a-t-il pu savoir à quoi je pensais ?

Parfois, on attise avec tant de force ses pensées qu'elles peuvent jaillir et retomber sur le cerveau d'une personne proche, comme des étincelles.

« ...de quoi peuvent-ils vivre ? » dis-je au bout d'un moment.

« Vivre ? De quoi ? Mais beaucoup sont millionnaires ! »

Je regardai Charousek. Que voulait-il dire par là?

Mais l'étudiant se tut, les yeux fixés sur les images.

Pendant un instant le murmure des voix s'était arrêté sous la porte cochère et seul le sifflotis de la pluie se faisait entendre.

Qu'avait-il donc voulu dire avec ses millionnaires?

Une fois encore, on aurait cru que Charousek avait deviné mes pensées.

Il me montra du doigt la boutique du brocanteur devant laquelle la pluie qui lessivait la rouille des ferrailles faisait déborder des flaques brun-rouge.

« Aaron Wassertrum, par exemple! Il est millionnaire – il possède presque un tiers du quartier juif. Vous ne le saviez pas, monsieur Pernath? »

J'en restai le souffle littéralement coupé. « Aaron Wassertrum! Le brocanteur Aaron Wassertrum, millionnaire? »

« Oh, je le connais bien », reprit Charousek avec une sourde irritation, comme s'il n'avait attendu que ma question. « Je connaissais aussi son fils, le docteur Wassory. Vous n'avez pas entendu parler de lui? Du docteur Wassory, le – célèbre – ophtalmologiste? Il y a un an encore toute la ville le portait aux nues – lui et son savoir. Personne ne savait alors qu'il avait changé de nom et qu'il s'appelait auparavant Wassertrum. Il jouait volontiers à l'homme de science fuyant le monde et si jamais la conversation en venait à la question de son origine, il laissait entendre à demi-mot, ému et modeste, que son père venait du ghetto – qu'il avait dû s'élever à force de travail, au milieu de soucis de toutes sortes et de peines indicibles, depuis les débuts les plus humbles jusqu'à la lumière de la notoriété. Oui, au milieu des soucis et des peines!

Seulement les soucis et les peines *de qui,* et quel genre de moyens? Cela, il ne l'a jamais dit!

Mais moi je sais comment les choses se sont passées dans le ghetto. » Charousek me saisit le bras et le secoua violemment.

« Maître Pernath, je suis si pauvre que j'ai peine à m'en rendre compte. Je suis obligé d'aller à moitié nu comme un vagabond, vous le voyez et pourtant je suis étudiant en médecine – je suis cultivé. »

Il ouvrit son paletot d'un geste brutal et je vis avec horreur qu'il n'avait ni chemise ni gilet en dessous; il le portait à même la peau.

« Pourtant, si pauvre que je sois, c'est moi qui ai causé la perte de ce monstre, ce docteur Wassory tout-puissant, si bien considéré – et aujourd'hui encore personne ne s'en doute.

En ville on croit que c'est un certain docteur Savioli qui a exposé ses pratiques au grand jour et qui l'a poussé au suicide. Mais moi je vous le dis, le docteur Savioli a été mon instrument, rien de plus. C'est moi seul qui ai conçu le plan, rassemblé les éléments, fourni les preuves, descellé sans bruit, imperceptiblement, pierre après pierre, l'édifice du docteur Wassory, jusqu'au jour où tout l'or du monde, toute la ruse du ghetto n'auraient pu empêcher l'écroulement – l'écroulement qui ne nécessitait plus qu'une imperceptible poussée.

Vous savez, comme – comme au jeu d'échecs.

Exactement comme au jeu d'échecs.

Et personne ne sait que c'était moi!

Bien sûr, un affreux soupçon empêche souvent le brocanteur Aaron Wassertrum de dormir; il se doute que quelqu'un, qu'il ne connaît pas, qui est toujours dans son voisinage et sur qui il ne peut pas mettre la main – quelqu'un qui n'est pas le docteur Savioli – a dû tremper dans l'affaire. Il a beau avoir des yeux qui voient au travers des murs, il n'a pas encore compris que certains cerveaux sont capables de calculer comment on peut transpercer les mêmes murs de longues aiguilles empoisonnées, invisibles, que n'arrêtent ni les moellons, ni l'or, ni les pierres précieuses, afin de frapper l'artère vitale cachée. »

Et Charousek se frappa le front avec un rire sauvage.

« Aaron Wassertrum l'apprendra bientôt, précisément le jour où il voudra prendre le docteur Savioli à la gorge! Précisément ce jour-là!

La partie d'échecs aussi, je l'ai calculée jusqu'au dernier

coup. Cette fois ce sera un gambit avec le fou du roi. A partir de ce moment, il n'y a pas une manœuvre, pas une seule jusqu'à la fin amère, contre laquelle je n'aie une parade fatale.

Celui qui se laisse acculer à un gambit comme celui-là avec moi, je vous le dis, il est suspendu telle une marionnette à des fils que *moi* je tire – vous entendez bien – que *moi* je tire et c'en est fini de sa libre volonté. »

L'étudiant parlait comme s'il avait eu la fièvre.

Je le regardai, épouvanté.

« Qu'est-ce que Wassertrum et son fils vous ont donc fait pour que vous soyez si plein de haine ? »

Charousek brisa violemment.

« Laissons cela – demandez-moi plutôt ce qui a perdu le docteur Wassory. Ou préférez-vous que nous en reparlions une autre fois ? – La pluie s'est arrêtée, vous voulez peut-être rentrer chez vous ? »

Il avait baissé la voix comme quelqu'un qui retrouve soudain son calme. Je secouai la tête.

« Est-ce que vous avez entendu parler de la manière dont on guérit aujourd'hui le glaucome. Non ? – Alors, il faut que je vous explique cela, pour que vous puissiez tout comprendre clairement, maître Pernath !

Écoutez bien : le glaucome est une affection du globe oculaire qui entraîne la cécité et il n'y a qu'un moyen d'arrêter les progrès du mal : pratiquer l'iridectomie, c'est-à-dire exciser un minuscule fragment circulaire de l'iris.

Les séquelles inévitables sont des éblouissements terribles qui persistent la vie durant, mais enfin la cécité est la plupart du temps évitée.

Seulement le diagnostic du glaucome présente certaines particularités.

Il y a des périodes, surtout au début de la maladie, où les symptômes les plus nets sont en régression très marquée, si bien qu'à ces moments-là un médecin, tout en ne décelant aucune anomalie, ne peut affirmer avec certitude que son prédécesseur, qui en avait jugé autrement, s'est nécessairement trompé.

Mais une fois l'iridectomie pratiquée – ce qui peut évidemment se faire aussi bien sur un œil sain que sur un œil malade – on ne peut plus prouver qu'il y a eu ou non glaucome avant l'intervention.

C'est sur ces données et d'autres encore que le docteur Wassory avait échafaudé un plan abominable.

Dans des cas sans nombre – sur des femmes surtout – il diagnostiquait un glaucome là où il n'y avait que des troubles visuels bénins, uniquement pour être amené à pratiquer une intervention qui ne lui donnait aucune peine et lui rapportait beaucoup d'argent.

Par ce procédé, il avait sous la main des gens absolument sans défense et ses extorsions ne nécessitaient plus la moindre trace de courage.

Vous comprenez, maître Pernath, ce rapace dégénéré se trouvait placé dans des conditions telles qu'il pouvait lacérer sa victime sans faire usage d'armes ni de force.

Sans rien risquer ! Vous saisissez ? Sans être obligé de courir le moindre danger !

Grâce à une foule de communications habiles dans les revues spécialisées, le docteur Wassory était arrivé à se poser en spécialiste éminent et à jeter de la poudre aux yeux à ses confrères eux-mêmes, beaucoup trop droits et trop honorables pour démasquer son infamie.

La suite toute naturelle : un afflux de malades venant chercher secours auprès de lui.

Désormais, dès que quelqu'un le consultait pour le plus bénin des troubles visuels, il se mettait à l'œuvre avec une perfidie méthodique.

D'abord, il interrogeait le malade, comme toujours, mais en prenant bien soin, pour se couvrir, de ne noter que les réponses qui pouvaient permettre de penser à un glaucome.

Il se renseignait également avec prudence pour savoir si quelque confrère n'avait pas déjà posé un diagnostic.

Dans le courant de la conversation, il glissait qu'il avait reçu un appel pressant de l'étranger au sujet de très importantes décisions scientifiques à prendre et qu'il devait partir dès le lendemain. Lors de l'examen de l'œil, il s'arrangeait pour faire souffrir le patient le plus possible en braquant sur lui des rayons lumineux violents. Le tout avec préméditation! Avec préméditation!

L'examen terminé, quand le malade en arrivait à la question habituelle et demandait si son cas était dangereux, Wassory jouait son premier coup d'échecs.

Il s'asseyait devant le patient, laissait passer une minute, puis prononçait d'une voix sonore :

« La cécité totale est inévitable dans un très proche avenir. »

Bien entendu, il s'ensuivait une scène affreuse.

Souvent les gens s'évanouissaient, pleuraient, hurlaient et se jetaient par terre, en proie à un désespoir frénétique.

Perdre la vue, c'est tout perdre.

Et quand arrivait le moment, inévitable lui aussi, où la malheureuse victime s'accrochait aux genoux du docteur Wassory et lui demandait, suppliante, si vraiment il n'y avait pas quelque chose à faire, le monstre jouait son deuxième coup et se distribuait le rôle du Dieu secourable.

Tout, tout dans le monde est une partie d'échecs, maître Pernath!

Après mûre réflexion, le docteur Wassory déclarait que seule une opération dans les plus brefs délais pourrait peut-être apporter le salut, puis soudain emporté par une vanité folle, il se mettait à décrire avec des torrents d'éloquence tel et tel cas qui tous présentaient des ressemblances étonnantes avec celui en question – comment d'innombrables patients lui devaient la préservation de leur vue, et autres considérations de ce genre.

La sensation d'être pris pour un être supérieur tenant entre ses mains le bonheur et le malheur des autres hommes l'enivrait littéralement.

Mais pendant ce temps la victime sans défense restait brisée devant lui, le cœur plein de questions brûlantes, la sueur de l'angoisse au front, n'osant pas l'interrompre de peur de l'irriter – lui, le seul qui pouvait encore l'aider.

Et le docteur Wassory terminait son discours en annonçant qu'il ne serait malheureusement en mesure de procéder à l'intervention qu'une fois revenu de son voyage, dans quelques mois. Peut-être – en pareil cas, il fallait toujours garder bon espoir – peut-être ne serait-il pas trop tard.

Bien entendu, le malade bondissait, terrorisé, déclarait que sous aucun prétexte il ne voulait attendre, fût-ce un jour, et l'implorait de lui indiquer lequel des autres oculistes de la ville pourrait être envisagé pour l'opération. Le moment était venu où le docteur Wassory poussait sa pièce maîtresse.

Il se plongeait dans une profonde méditation, posait les plis de l'affliction sur son front, et finissait par murmurer, soucieux, que l'intervention d'un autre praticien exigerait malheureusement un nouvel examen de l'œil à la lumière électrique, ce qui ne pourrait manquer d'avoir des conséquences fatales en raison de la force des rayons – le patient avait pu constater par lui-même combien cette exploration était douloureuse. Par conséquent, un autre spécialiste – indépendamment du fait que nombre d'entre eux n'avaient pas une expérience suffisante de l'iridectomie – ayant été obligé de se livrer à un nouvel examen, devrait attendre que les nerfs oculaires se fussent cicatrisés avant d'opérer, ce qui prendrait plusieurs mois. »

Charousek serra les poings.

« En terme d'échecs, c'est ce que nous appelons un coup forcé, cher maître Pernath ! Ce qui suivait en était un autre, d'ailleurs.

A moitié fou de désespoir, le malade conjurait alors le docteur Wassory d'avoir pitié de lui, de repousser son départ d'un jour et de pratiquer lui-même l'intervention.

C'était plus qu'une question de vie ou de mort rapide, rien ne peut être pire que la peur torturante de perdre la vue d'un instant à l'autre.

Et plus l'abominable individu se défendait et geignait que tout retard pouvait lui causer un préjudice incalculable, plus le malade augmentait la somme qu'il lui offrait de son plein gré !

Quand elle lui paraissait suffisante, le docteur Wassory cédait et – pour éviter tout incident susceptible de faire découvrir sa manœuvre – se mettait en devoir d'infliger le jour même à des yeux sains des dommages irréparables qui, avec l'appréhension incessante de la cécité, devaient transformer la vie en un perpétuel supplice, mais éliminaient à jamais les traces de son escroquerie.

Par de telles interventions pratiquées sur des yeux en bon état, le docteur Wassory obtenait un double résultat : il augmentait sa réputation de praticien inégalable réussissant chaque fois à arrêter la menace de la cécité, et il satisfaisait sa passion sans bornes de l'argent, ainsi que sa vanité lorsqu'il voyait ses victimes inconscientes, lésées dans leur corps et leurs biens, le considérer comme leur sauveur et le porter aux nues.

Seul un homme familiarisé depuis l'enfance avec toutes les ficelles du ghetto, ses innombrables ressources, invisibles et pourtant invincibles, dressé à faire le guet comme une araignée, connaissant toute la ville, devinant et démêlant jusque dans leurs derniers replis les relations et les situations de fortune – seul un tel « semi-voyant » pourrait-on presque dire, était en mesure de commettre pendant des années de pareils forfaits.

D'ailleurs, sans moi, il continuerait encore son trafic aujourd'hui, il l'aurait continué jusqu'à un âge avancé pour finir dans la peau d'un respectable patriarche au milieu de ses adorateurs, comblé d'honneurs, exemple resplendissant pour les générations futures, jouissant du soir de sa vie – jusqu'à ce que la grande crève passe sur lui comme sur les autres.

Seulement moi aussi j'ai grandi dans le ghetto, moi aussi j'ai cette ambiance de ruse diabolique dans le sang et c'est pour cela que j'ai pu le perdre – comme les puissances invisibles perdent un homme, comme frappe l'éclair jailli d'un ciel bleu.

Le mérite de l'avoir démasqué revient à un jeune médecin allemand, le docteur Savioli – je l'ai poussé en avant et j'ai accumulé preuve sur preuve jusqu'au jour où le bras du procureur s'est tendu vers le docteur Wassory.

Alors le monstre s'est tué ! Bénie soit cette heure !

Comme si mon double s'était tenu à côté de lui et avait

conduit sa main, il s'est suicidé avec une fiole de nitrite d'amyle que j'avais laissée exprès dans son cabinet le jour où je l'avais amené à diagnostiquer chez moi un faux glaucome – exprès et avec le brûlant désir que ce fût ce poison qui lui portât le dernier coup.

Dans la ville, on a raconté qu'il avait eu une congestion cérébrale.

Inhalé, le nitrite d'amyle tue en effet comme une congestion cérébrale. Mais la fable n'a pas pu être maintenue longtemps. »

Soudain, le regard de Charousek devint fixe, absent, comme si l'étudiant s'était plongé dans un profond problème, puis il haussa les épaules dans la direction de la boutique d'Aaraon Wassertrum.

« Maintenant il est seul, marmonna-t-il, tout seul avec sa cupidité et – avec la figure de cire. »

Le cœur me battit jusque dans la gorge.

Je regardai Charousek avec effroi.

Est-il fou ? Ce sont les rêves du délire qui lui suggèrent de pareilles idées.

Sûrement, sûrement, il a tout inventé, tout imaginé ! Les horreurs qu'il a racontées sur l'oculiste ne peuvent pas être vraies. Il est tuberculeux et les fièvres de la mort tournoient dans son cerveau.

Je voulus le calmer par quelques mots de plaisanterie et détourner ses pensées vers des sujets plus sereins.

Mais avant que j'eusse trouvé un seul mot, le souvenir du visage de Wassertrum me traversa l'esprit tel un éclair, avec la lèvre supérieure fendue en bec-de-lièvre et ses yeux de poisson tout ronds, quand il avait ouvert la porte pour regarder un instant dans ma chambre.

Le docteur Savioli ! Le docteur Savioli ! Mais oui, c'était le nom du jeune homme que Zwakh, le montreur de marionnettes, m'avait confié tout bas, celui du locataire distingué qui occupait l'atelier.

Le docteur Savioli ! Un cri jaillit en moi. Une succession

d'images confuses se déroula dans mon esprit, poursuivie par d'affreux pressentiments qui m'envahissaient.

Je voulais interroger Charousek, lui raconter très vite ce que j'avais vu et vécu alors, mais je m'aperçus qu'un violent accès de toux le secouait et menaçait de le terrasser. Je pus tout juste l'entrevoir qui s'éloignait dehors, sous la pluie, en s'appuyant de la main au mur après m'avoir adressé un bref signe de tête.

Oui, oui, il a raison, ce n'est pas la fièvre qui l'a fait parler – c'est l'esprit du crime, insaisissable, qui rôde nuit et jour dans ces ruelles et cherche à s'incarner.

Il est dans l'air et nous ne le voyons pas. Soudain, il s'abat sur l'âme d'un homme et nous ne nous en doutons pas – oui, là-bas et avant que nous ayons pu le saisir, il a perdu sa forme et tout est passé depuis longtemps.

Seuls des mots sombres sur quelque événement atroce nous viennent aux lèvres.

D'un seul coup, je compris jusqu'au tréfonds de leur être ces créatures énigmatiques qui habitent autour de moi : elles traversent l'existence sans volonté, animées par un courant magnétique invisible comme, il y a un moment, le bouquet de mariée flottant dans la rigole dégoûtante.

Il me sembla que les maisons me regardaient avec des visages sournois, pleins d'une méchanceté sans nom – les portes : des gueules noires larges ouvertes aux dents gâtées, des gosiers qui pouvaient à chaque instant pousser un hurlement si perçant et si chargé de haine que nous en serions effrayés jusqu'au plus profond de nous-mêmes.

Qu'avait donc encore dit l'étudiant pour finir, à propos du brocanteur? Je chuchotai ses mots à part moi : Aaron Wassertrum restait maintenant seul avec sa cupidité et sa figure de cire.

Qu'est-ce qu'il a pu vouloir dire par là?

Il doit s'agir d'une comparaison – je cherchais à me rassurer –; une de ces comparaisons morbides par lesquelles il essaie de surprendre, qu'on ne comprend pas et qui, si elles se matérialisent plus tard inopinément, peuvent effrayer comme autant d'objets aux formes inusitées sur lesquels tombe brusquement un rayon de lumière crue.

Je respirai profondément pour me calmer et dissiper l'impression affreuse que le récit de Charousek avait produite sur moi.

Je regardai de plus près ceux qui attendaient avec moi sous la porte cochère. A côté de moi, le gros vieillard, celui qui avait ri de façon si répugnante un peu auparavant.

Vêtu d'une redingote noire, les mains gantées, il regardait fixement de ses yeux proéminents la porte de la maison en face.

Son visage rasé aux traits grossiers frémissait de surexcitation.

Involontairement, je suivis son regard et remarquai qu'il s'accrochait, fasciné, à Rosina la Rouge qui se tenait de l'autre côté de la rue, son éternel sourire aux lèvres.

Le vieux s'évertuait à lui faire des signes et je voyais qu'elle s'en rendait très bien compte, mais faisait celle qui ne comprenait pas.

Finalement, n'y tenant plus, il se lança dans la boue sur la pointe des pieds, sautillant au-dessus des flaques avec une élasticité grotesque, comme un gros ballon de caoutchouc noir.

On paraissait le connaître, d'après des remarques que j'entendais partout tomber. Derrière moi, un genre d'apache, une écharpe rouge tricotée autour du cou, une casquette militaire bleue sur la tête, la cigarette derrière l'oreille, lança en grimaçant des allusions que je ne compris pas.

Je saisis seulement que dans la ville juive le vieux était appelé le « franc-maçon » et que, dans leur langue, ce surnom désignait quelqu'un qui s'intéressait aux petites filles, mais que ses relations étroites avec la police assuraient de l'impunité.

Puis le visage de Rosina et le vieux disparurent dans l'obscurité du vestibule de la maison.

punch

Nous avions ouvert la fenêtre pour laisser s'échapper les torrents de fumée de ma petite chambre. Le vent froid de la nuit qui s'y engouffrait souffla sur les manteaux poilus pendus devant la porte et les fit balancer doucement de-ci de-là.

« Le vénérable couvre-chef de Prokop a bien envie de s'envoler », dit Zwakh en montrant le grand chapeau mou du musicien dont les larges bords palpitaient comme des ailes noires.

Josua Prokop cligna gaiement de l'œil.

« Il le fera, dit-il, il ira probablement... »

« Chez Loisitschek, musique de danse en tous genres », coupa aussitôt Vrieslander.

Prokop rit et se mit à frapper la table du plat de la main au rythme des bruits que l'air léger de l'hiver emportait au-dessus des toits.

Puis il décrocha du mur ma vieille guitare, fit semblant de nouer les cordes brisées et entonna d'une voix de fausset criarde une merveilleuse chanson en argot.

« Quelle connaissance de la langue du milieu, c'est épatant! » Vrieslander éclata de rire et joignit sa basse au récitatif.

« Cette curieuse chanson est grincée tous les soirs chez « Loisitschek » par ce timbré de Nephrali Schaffraneck avec sa visière verte, cependant qu'une créature peinte joue de l'harmonica et hurle le texte, m'expliqua Zwakh. Vous devriez venir un soir avec nous dans ce cabaret, maître Pernath. Peut-être dans un moment quand le punch sera fini – qu'est-ce que vous en pensez? Pour fêter votre anniversaire? »

« Oui, oui, venez avec nous, dit Prokop en refermant la fenêtre. C'est quelque chose qu'il faut avoir vu. » Ensuite chacun se remit à boire du punch en suivant le fil de ses pensées.

Vrieslander sculptait une marionnette.

« Vous nous avez littéralement coupés du monde extérieur, Josua, dit Zwaskh, rompant le silence. Depuis que vous avez fermé la fenêtre, personne n'a plus dit un mot. »

« Je pensais seulement aux manteaux qui volaient tout à l'heure; c'est si étrange quand le vent fait bouger des choses sans vie, dit très vite Prokop, comme pour s'excuser de son silence. On a une impression extraordinaire quand on voit se soulever et flotter des objets qui gisaient jusque-là comme des morts, vous ne trouvez pas? J'ai vu un jour sur une place déserte de grands morceaux de papier tourner en rond avec une rage folle – sans que je sente le moindre souffle de vent parce que j'étais abrité par une maison – et se poursuivre comme s'ils avaient juré de s'exterminer. Un instant plus tard, ils avaient l'air calmés, mais brusquement, une hargne insensée les reprenait et ils se mettaient à courir dans toutes les directions, s'entassaient dans un coin, s'éparpillaient à nouveau comme des possédés, pour finir par disparaître derrière un angle de maison.

Seul un journal épais n'avait pu les suivre; il restait sur le pavé, s'ouvrant et se fermant à grand bruit haineux, comme s'il avait perdu le souffle et haletait convulsivement.

Un sombre soupçon m'avait alors envahi : et si la fin de notre vie nous étions un peu comme ces débris de papier? N'est-ce pas quelque « vent » invisible, mystérieux, qui nous pousse ici ou là, et commande nos actes, cependant que dans notre naïveté nous croyons jouir de notre libre arbitre?

Et si la vie en nous n'était rien autre qu'un inexplicable tourbillon de vent? Ce vent dont la Bible dit : « Sais-tu d'où il vient et où il va? »... Ne rêvons-nous pas parfois que nous plongeons dans l'eau profonde et que nous prenons des poissons d'argent, alors que c'est tout simplement un courant d'air froid qui glisse sur notre main? »

« Prokop, vous parlez comme Pernath, qu'est-ce que vous avez? » demanda Zwakh en regardant le musicien d'un air méfiant.

« L'histoire du livre Ibbour que nous avons entendue il y a un moment – quel dommage que vous soyez venu si tard, vous l'avez manquée – c'est elle qui l'a incité à la méditation », dit Vrieslander.

« L'histoire d'un livre? »

« En réalité de l'homme qui a apporté le livre et qui avait une apparence étrange. Pernath ne sait ni comment il s'appelle, ni où il habite, ni ce qu'il voulait et bien que son aspect soit très frappant, il est impossible de le décrire avec précision. » Zwakh dressa l'oreille.

« Très remarquable, dit-il après une pause. Est-ce que cet étranger n'était pas imberbe, avec des yeux obliques? »

« Je crois, répondis-je, c'est-à-dire j'en suis sûr. Vous le connaissez donc? »

Le montreur de marionnettes hocha la tête. « Il me fait penser au Golem, c'est tout. »

Le peintre Vrieslander laissa retomber son couteau.

« Le Golem? J'en ai déjà tant entendu parler. Vous savez quelque chose sur lui, Zwakh? »

« Qui peut dire qu'il *sait* quelque chose sur le Golem? répondit Zwakh en haussant les épaules. On le relègue dans le domaine des légendes jusqu'au jour où un événement survient dans les ruelles qui lui redonne brusquement vie. Alors pendant un certain temps tout le monde parle de lui, les rumeurs prennent des proportions monstrueuses et elles finissent par devenir si exagérées qu'elles sombrent du fait même de leur invraisemblance. L'origine de l'histoire remonte au XVIIe siècle, dit-on. Un rabbi de cette époque aurait créé un homme d'après des formules aujourd'hui perdues de la Cabale pour lui servir de domestique, sonner les cloches de la synagogue et faire les gros travaux.

Mais ce n'était pas un homme véritable et seule une vie végétative, à demi consciente l'animait. Elle ne subsistait même qu'au jour le jour, entretenue par la puissance d'un parchemin magique glissé derrière ses dents et qui attirait les forces sidérales libres de l'univers.

Et lorsqu'un soir, avant la prière, le rabbi oublia de le retirer de la bouche du Golem, celui-ci fut pris d'un accès de folie furieuse et se mit à courir dans les ruelles en massacrant tout ce qui lui tombait sous la main.

Jusqu'à ce que le rabbi se jette sur lui et détruise le parchemin. Alors la créature tomba sans vie. Il n'en resta que la figure de nain en glaise que l'on montre aujourd'hui encore dans la vieille synagogue. »

« Ce même rabbin aurait été convoqué par l'empereur dans son château pour évoquer les esprits des morts et les faire apparaître, interrompit Prokop. Des spécialistes modernes pensent qu'il s'est servi d'une lanterne magique. »

« Bien sûr, il n'y a pas d'explication assez absurde pour ne pas trouver des partisans aujourd'hui, poursuivit Zwakh sans se troubler. Une lanterne magique ! Comme si l'empereur Rodophe qui avait recherché et collectionné des objets de ce genre-là toute sa vie n'aurait pas démasqué du premier coup d'œil une supercherie aussi grossière !

Évidemment, je ne sais sur quoi repose l'origine de l'histoire du Golem, mais je suis sûr qu'il y a dans ce quartier de la ville quelque chose qui ne peut mourir, qui hante les lieux et garde une sorte d'existence indépendante. Mes ancêtres ont habité ici depuis des générations et personne ne peut avoir accumulé plus de souvenirs que moi, vécus et hérités, sur les réapparitions périodiques du Golem ! »

Zwakh s'était soudain tu et l'on sentait que ses pensées erraient dans le temps passé.

Le voyant assis à table, la tête levée, le rouge des joues poupines contrastant de façon étrange avec le blanc des cheveux dans la lumière crue de la lampe, je comparai involontairement ses traits aux masques des marionnettes qu'il me montrait si souvent.

Comme ce vieil homme leur ressemblait !

Même expression et même dessin du visage !

Je me dis que nombre de choses sur cette terre ne peuvent se dissocier et tandis que le destin tout simple de Zwakh se déroulait dans mon esprit, il me paraissait soudain insolite et monstrueux qu'un homme comme lui, beaucoup plus instruit que ses ancêtres, qui aurait dû devenir comédien, eût pu revenir à un misérable théâtre de marionnettes, et aller de marché en marché exhiber les mouvements maladroits et les aventures assommantes de ces mêmes poupées qui avaient procuré un moyen d'existence si précaire à ses ancêtres.

Il ne parvient pas à se séparer d'elles, je le comprends : elles vivent de sa vie et quand il s'est éloigné, elles se sont métamorphosées en idées logées dans son cerveau, le harcelant et le tracassant jusqu'à ce qu'il fût revenu chez lui. C'est pourquoi il les manipule maintenant avec tant d'amour et les habille fièrement de clinquant.

« Zwakh, racontez-nous donc encore quelque chose », demanda Prokop, puis, il nous regarda, Vrieslander et moi, pour voir si nous étions du même avis.

« Je ne sais pas par où commencer, dit le vieillard, hésitant. L'histoire du Golem n'est pas facile à saisir.

Comme Pernath l'a dit tout à l'heure, il sait exactement l'aspect qu'avait l'inconnu et pourtant il ne peut pas le décrire. Il se reproduit à peu près tous les trente-trois ans dans nos ruelles un événement qui n'a rien de particulièrement bouleversant en lui-même et qui provoque pourtant une panique parce qu'on ne lui trouve ni explication ni justification. Chaque fois, un homme totalement inconnu, imberbe, le visage jaunâtre et de type mongol, se dirige à travers le quartier juif vers la rue de la Vieille-École d'un pas égal, curieusement trébuchant, comme s'il allait tomber en avant d'un instant à l'autre, puis soudain – disparaît.

En général, il tourne un angle de rue et se volatilise.

Une autre fois, on dit qu'il a décrit un cercle pour revenir à son point de départ : une très vieille maison dans le voisinage de la synagogue.

Quelques agités prétendent aussi l'avoir vu déboucher

d'une ruelle adjacente et venir à leur rencontre. Mais bien qu'il eût indiscutablement marché dans leur direction, il était devenu de plus en plus petit, comme quelqu'un dont la silhouette se perd dans le lointain – puis il avait brusquement disparu.

Il y a soixante-dix ans, l'impression produite a dû être particulièrement profonde, car je me souviens – j'étais encore tout jeune à l'époque – qu'on a fouillé la maison dans la rue de la Vieille-École de la cave au grenier.

On y a découvert une pièce avec une fenêtre grillagée, sans issue.

On s'en est aperçu quand on a fait pendre du linge à toutes les fenêtres pour voir de la rue celles qui étaient accessibles.

Comme on ne pouvait pas y pénétrer autrement, un homme est descendu du toit par une corde pour voir ce qu'il y avait dedans. Mais il était à peine arrivé près de la fenêtre que la corde a cassé et le malheureux s'est fracassé le crâne sur le pavé. Et quand par la suite on a voulu recommencer la tentative, les avis sur l'emplacement de la fenêtre ont été si différents qu'on a renoncé. Quant à moi, j'ai personnellement rencontré le Golem pour la première fois, il y a environ trente-trois ans. Il venait à ma rencontre dans un passage et nous avons failli nous heurter.

Aujourd'hui encore je ne peux comprendre ce qui s'est passé en moi à ce moment-là. Car enfin on ne vit pas jour après jour dans l'attente d'une rencontre avec le Golem.

Et pourtant, à ce moment précis, avant que j'aie pu le voir, quelque chose a crié en moi : le Golem ! Au même instant quelqu'un est sorti de l'ombre d'une porte cochère et l'inconnu est passé à côté de moi. Une seconde après, des visages blêmes, bouleversés se précipitaient en torrent vers moi pour me demander si je l'avais vu.

Et tandis que je leur répondais, j'avais l'impression que ma langue se déliait, alors que je n'avais pas senti de contraction auparavant.

J'étais stupéfait de pouvoir bouger et je me suis rendu compte seulement alors que j'avais dû me trouver – fût-ce le temps d'un battement de cœur – dans une sorte de tétanie.

J'ai réfléchi bien souvent, bien longuement à ces choses et il me semble serrer la vérité d'aussi près que possible en disant ceci : dans le cours d'une vie, il y a toujours un moment où une épidémie spirituelle parcourt la ville juive avec la rapidité de l'éclair, atteint les âmes des vivants dans un dessein qui nous demeure caché, et fait apparaître à la manière d'un mirage la silhouette d'un être caractéristique qui a vécu là des siècles auparavant peut-être et désire avidement retrouver forme et substance.

Il est peut-être constamment au milieu de nous, sans que nous nous en apercevions. Nous entendons bien la note du diapason avant qu'elle frappe le bois et le fasse vibrer à l'unisson.

Peut-être y a-t-il là comme une œuvre d'art spirituelle, sans conscience d'elle-même – une œuvre d'art qui naît de l'informe, tel un cristal, selon des lois immuables.

Qui sait?

De même que par les journées torrides la tension électrique monte jusqu'à devenir intolérable et finit par engendrer l'éclair, ne pourrait-il se faire que l'accumulation incessante de ces pensées jamais renouvelées qui empoisonnent ici l'air du ghetto produise une décharge subite – une explosion spirituelle qui d'un coup de fouet projette dans la lumière du jour notre conscience onirique? – D'un côté, dans la nature, l'éclair – de l'autre une apparition qui par son aspect, sa démarche et son comportement révélerait infailliblement le symbole de l'âme collective si l'on savait interpréter le langage secret des formes?

Et de même que maints signes annoncent l'éclatement de l'éclair, certains présages angoissants révèlent l'imminence d'un tel fantôme dans le domaine de la réalité. Le crépi qui s'écaille sur un vieux mur dessine une silhouette rappelant un homme en marche et dans les fleurs du givre, sur la fenêtre, les traits de visages figés apparaissent. Le sable du toit paraît tomber autrement qu'avant, faisant soupçonner à l'observateur irrité qu'un esprit invisible, fuyant la lumière, le jette en bas et s'exerce en secret à modeler toutes sortes de figures étranges – si notre œil s'arrête sur une dartre monochrome ou sur les inégalités de la peau, nous sommes accablés par le don pénible de voir partout des formes prémonitoires, chargées de sens, qui prennent dans nos rêves des proportions gigantesques. Et toujours, tel un fil rouge courant au travers de ces tentatives schématiques que fait la pensée collective pour percer les murailles du quotidien, la certitude douloureuse que le plus intime de notre être nous est arraché avec préméditation, contre notre volonté, simplement pour que le fantôme puisse prendre forme.

Quand j'ai entendu Pernath dire il y a quelques instants qu'il avait rencontré un homme imberbe aux yeux obliques, le Golem m'est apparu tel que je l'avais vu autrefois.

Comme s'il avait jailli du sol, il était là, devant moi.

Et la crainte sourde d'être une fois encore à la veille d'un événement inexplicable m'a traversé, l'espace d'un instant, cette même angoisse que j'ai déjà éprouvée dans mes années de jeunesse, quand les premières manifestations spectrales du Golem projetaient leurs ombres.

Il y a bien soixante-six ans de cela – c'était un soir où le fiancé de ma sœur était venu en visite et où la famille devait fixer le jour du mariage.

A l'époque, on versait du plomb fondu dans l'eau froide – en manière d'amusement – et je restais planté là, la bouche ouverte, sans comprendre ce qu'il y avait à comprendre – dans mon esprit d'enfant déconcerté, je rapprochais l'opération du Golem dont j'avais souvent entendu mon grand-père raconter l'histoire et je me figurais que d'un instant à l'autre la porte allait s'ouvrir pour donner passage à l'inconnu.

Ma sœur vida la cuillerée de métal fondu dans l'écuelle pleine d'eau et me rit gaiement au nez en voyant mon état de surexcitation.

De ses mains flétries et tremblantes, mon grand-père sortit le morceau de plomb brillant et l'éleva dans la lumière. Aussitôt l'agitation s'empara de tous les assistants, les voix montèrent, s'entremêlèrent, je voulus m'approcher, mais on me repoussa.

Beaucoup plus tard, mon père m'a raconté que le métal en

se solidifiant avait pris la forme très nette d'une petite tête ronde, imberbe, comme coulée dans un moule, et qui ressemblait si étrangement à celle du Golem que tout le monde en avait été épouvanté.

J'en ai souvent parlé avec l'archiviste Schemajah Hillel qui a la garde des objets du culte dans la vieille synagogue ainsi que de la figurine en terre cuite du temps de l'empereur Rodolphe. Il a étudié la Cabale et il pense que cette motte de glaise aux formes humaines pourrait bien être un présage surgi à l'époque, tout comme dans mon cas, la tête en plomb. Et l'inconnu rôdant dans les parages devait être la figure imaginaire que le rabbi du Moyen Age avait d'abord *pensée* avant de pouvoir l'habiller de matière et qui revenait désormais à intervalles réguliers – selon les configurations astrales sous lesquelles il l'avait créée – torturée par le désir d'une vie corporelle.

L'épouse défunte de Hillel avait vu le Golem face à face, elle aussi, et senti comme moi que l'on se trouvait dans un état de catalepsie tant que l'énigmatique créature restait proche. Elle disait croire dur comme fer que c'était sa propre âme qui – sortie de son corps – s'était tenue un instant devant elle et l'avait regardée les yeux dans les yeux, sous les traits d'une créature étrangère.

Malgré une angoisse terrible, elle n'avait pas perdu une seconde la certitude que cet Autre ne pouvait être qu'un fragment arraché au plus intime d'elle-même. »

« Incroyable ! » marmonna Prokop, perdu dans ses pensées.

Le peintre Vrieslander paraissait lui aussi abîmé dans la méditation.

Puis on frappa à la porte et la vieille femme qui m'apporte le soir l'eau et ce dont je peux avoir besoin entra, posa la cruche de terre sur le plancher et repartit sans avoir dit un mot. Nous avions tous relevé la tête et regardé autour de nous comme si nous sortions du sommeil, mais un long moment s'écoula encore dans le silence.

On eût dit qu'avec la vieille une influence nouvelle s'était glissée dans la pièce, à laquelle nous devions d'abord nous habituer.

« Oui, Rosina la Rouge, c'est encore un visage dont on ne peut pas se délivrer, qu'on voit continuellement surgir des coins et recoins, dit tout à coup Zwakh, sans la moindre transition. Ce sourire grimaçant, figé, je l'ai connu toute ma vie ! D'abord la grand-mère, ensuite la mère ! Et toujours le même visage, pas un trait de changé. Le même prénom aussi, Rosina – l'une est la réincarnation de l'autre. »

« Est-ce qu'elle n'est pas la fille du brocanteur Aaron Wassertrum ? » demandai-je.

« On le dit, répliqua Zwakh. Mais Aaron Wassertrum a de nombreux fils et de nombreuses filles qu'on ne connaît pas. Pour la mère de Rosina déjà, on ne savait pas qui était le père – ni ce qu'elle est devenue. A quinze ans elle a eu un enfant et depuis elle n'a pas reparu. Sa disparition a coïncidé, si je me rappelle bien, avec un assassinat commis à cause d'elle dans cette maison.

Tout comme sa fille aujourd'hui, elle tournait la tête des gamins à moitié poussés. L'un d'eux vit encore, je le vois souvent mais j'ai oublié son nom. Les autres sont morts très tôt et je ne garde de ce temps-là que de courts épisodes qui passent dans ma mémoire comme des images décolorées. C'est ainsi qu'il y a eu autrefois un malheureux à moitié dément qui allait de taverne en taverne et découpait la silhouette des clients dans du papier noir pour quelques kreuzers. Quand on le faisait boire, il sombrait dans une tristesse indicible et se mettait à découper inlassablement en sanglotant le même profil aigu de jeune fille jusqu'à ce que sa provision de papier soit épuisée.

D'après des recoupements, que j'ai oubliés depuis longtemps, il avait – encore presque enfant – tant aimé une certaine Rosina, sans doute la grand-mère de l'actuelle, qu'il en avait perdu la raison.

Si je fais le compte des années, oui, ce ne pouvait être que la grand-mère de la nôtre. »

Zwakh se tut et se laissa aller en arrière.

Une idée me traversa l'esprit : dans cette maison, le destin tourne en rond et revient toujours au même point. Et c'est alors que surgit devant mes yeux une image affreuse, celle d'un chat blessé au cerveau, que j'avais vu autrefois décrire des cercles en titubant.

« Maintenant, voilà la tête », lança tout à coup d'une voix claire le peintre Vrieslander.

Il prit une bille de bois dans sa poche et se mit à la tailler.

Une lourde fatigue s'abattit sur mes yeux et je reculai mon fauteuil pour sortir du cercle de la lumière.

L'eau pour le punch chantait dans la bouilloire et Josua Prokop remplit à nouveau les verres. Doucement, très doucement, la musique de danse s'insinua au travers de la fenêtre fermée; souvent elle se taisait tout à fait, puis reprenait de nouveau un peu de force selon que le vent la perdait en route, ou nous l'apportait de la rue.

Au bout d'un moment le musicien me demanda si je ne voulais pas trinquer.

Mais je ne répondis rien – j'avais si totalement perdu la volonté de me mouvoir que l'idée d'ouvrir la bouche ne me vint même pas.

Le calme intérieur qui m'avait pétrifié était tel que je croyais dormir. J'étais obligé de regarder le couteau de Vrieslander qui lançait des éclairs tout en mordant sans trêve dans le bois pour avoir la certitude d'être éveillé.

Très loin, résonnait la voix de Zwakh qui racontait toutes sortes d'histoires merveilleuses sur ses marionnettes et les contes bigarrés qu'il inventait pour les leur faire jouer.

Il était aussi question du docteur Savioli et de la dame distinguée, épouse d'un noble, qui venait le voir dans l'atelier retiré.

Et de nouveau je vis dans mon esprit la mine ironique et triomphante d'Aaron Wassertrum.

Après m'être demandé si je ne devrais pas mettre Zwakh au courant de ce qui s'était passé alors, je conclus que cela n'en valait pas la peine. D'ailleurs je savais que si j'essayais de parler maintenant, ma volonté se déroberait.

Soudain, les trois hommes assis à table regardèrent de mon côté avec attention et Prokop dit assez haut : « Il s'est endormi » – si haut que cela sonnait presque comme une question.

Ils poursuivirent leur conversation à voix assourdie et je compris qu'ils parlaient de moi.

Le couteau de Vrieslander dansait toujours, accrochant la lumière qui ruisselait de la lampe et dont le reflet miroitant me brûlait les yeux.

Un mot tomba, quelque chose comme « divaguer » et j'écoutais les propos qui roulaient de l'un à l'autre.

« Des sujets comme celui du Golem, il ne faudrait jamais les aborder devant Pernath, disait Josua Prokop sur un ton de reproche. Quand il nous a raconté l'histoire du livre, un peu avant, nous n'avons pas pipé mot et nous n'avons pas poussé la chose plus loin. Je parierais gros qu'il a rêvé. »

Zwakh approuva du chef. « Vous avez tout à fait raison. C'est comme si l'on entre avec une bougie allumée dans une pièce poussiéreuse pleine de chiffons pourris, le plancher recouvert par la charpie desséchée du passé : un simple effleurement et le feu jaillit de partout. »

« Est-ce que Pernath a été longtemps dans un asile d'aliénés ? Comme c'est triste pour lui, il ne doit pas avoir plus de quarante ans ? » dit Vrieslander.

« Je ne sais pas ; je n'ai pas la moindre idée non plus de ses origines ni de son ancienne profession. A le voir, il fait penser à un noble de la vieille France avec sa silhouette mince et sa barbe taillée en pointe. Il y a bien, bien des années, un médecin de mes amis m'a demandé de m'occuper un peu de lui, et de lui chercher un petit logement dans cette rue où personne ne ferait attention à lui et ne lui poserait de question sur son passé. » De nouveau Zwakh regarda dans ma direction, l'air ému. « Depuis ce moment-là, il vit ici, il restaure des objets d'art, il taille des pierres précieuses et il a fini par acquérir un petit bien-être. Heureusement pour lui, il semble avoir oublié tout ce qui touche à sa folie. Mais au nom du ciel, ne lui demandez jamais de choses qui pourraient réveiller en lui les souvenirs du passé – combien de fois le vieux médecin me l'a recommandé ! Il me disait toujours : Vous comprenez, Zwakh, nous avons une méthode – nous avons pour ainsi dire emmuré sa maladie, avec beaucoup de peine d'ailleurs, comme on isole le lieu d'une catastrophe parce qu'il rappelle de trop tristes souvenirs. »

Les paroles du montreur de marionnettes tombaient sur moi comme les coups d'un tueur sur un animal sans défense, et m'étreignaient le cœur avec des mains brutales, féroces.

Depuis longtemps une angoisse sourde me rongeait – le soupçon qu'on m'avait pris quelque chose et que j'avais parcouru une longue étape de ma vie au bord d'un précipice, comme un somnambule. Mais jamais je n'étais parvenu à en découvrir l'origine. Désormais j'avais devant moi la solution de l'énigme et elle me brûlait comme une blessure mise à vif.

Cette répugnance maladive à m'abandonner au souvenir des événements passés – ce rêve étrange et sans cesse répété où je me voyais enfermé dans une maison, contenant une suite d'appartements inaccessibles pour moi – l'angoissante défaillance de ma pensée en ce qui touchait ma jeunesse – tout cela trouvait d'un seul coup sa terrible explication : j'avais été fou et l'on m'avait soumis à l'hypnose, on avait verrouillé la « chambre » qui dans mon cerveau assurait la liaison avec ces appartements, faisant ainsi de moi un vagabond sans patrie au milieu de la vie qui m'entourait.

Et aucune perspective de jamais recouvrer les souvenirs perdus.

Les ressorts de ma pensée et de mes actes se trouvaient dissimulés dans une autre personnalité oubliée depuis longtemps et que je ne pourrais jamais reconnaître : je suis une plante déracinée, un rejet poussé sur une souche étrangère. Si j'arrivais un jour à forcer l'entrée de cette « chambre » fermée, ne tomberais-je pas aux mains des fantômes qui y étaient bannis ?

L'histoire du Golem que Zwakh avait racontée une heure auparavant me traversa l'esprit et je découvris aussitôt un lien gigantesque, mystérieux, entre la légendaire pièce sans fenêtre où l'inconnu était censé habiter et mon rêve lourd de signification.

Oui ! Dans mon cas aussi la corde casserait si je voulais essayer de voir en moi par la fenêtre grillagée.

L'étrange concordance devenait sans cesse plus précise et prenait un caractère indescriptiblement angoissant.

Je sentais qu'il y avait là – insaisissables, soudées les unes aux autres – des choses qui se ruaient comme des chevaux aveugles lancés sur un chemin dont ils ne connaissaient pas le but.

Dans le ghetto aussi : une pièce dont personne ne peut trouver l'entrée, un être d'ombre qui y habite et n'en sort de loin en loin que pour errer dans les rues en apportant aux hommes la terreur et l'horreur !

Vrieslander sculptait toujours la tête et le bois grinçait sous la lame du couteau.

L'entendre me faisait presque mal et je jetai un coup d'œil pour voir s'il n'en aurait pas bientôt fini.

On eût dit à voir la tête osciller dans la main du peintre qu'elle était douée de conscience et regardait de-ci de-là, d'un coin à l'autre. Puis enfin ses yeux se reposaient longuement sur moi, heureux de m'avoir trouvé.

Moi non plus je ne pouvais détourner mon regard et fixais sans relâche le visage de bois.

Pendant un moment le couteau de l'artiste parut hésiter, puis il entailla une ligne d'un geste décidé et soudain les traits du morceau de bois prirent une vie effrayante.

Je reconnus le visage jaune de l'inconnu qui m'avait apporté le livre.

Et puis je ne distinguai plus rien – l'apparition n'avait duré qu'une seconde – et je sentis mon cœur s'arrêter de battre, puis palpiter avec angoisse.

Cependant – comme la fois précédente – le visage me restait familier.

J'étais devenu lui, je m'appuyais sur le genou de Vrieslander et je jetais autour de moi des regards fureteurs.

Mes yeux se mirent à errer autour de la pièce et une main étrangère m'effleura le crâne.

Alors je vis tout à coup l'air effaré de Zwakh et j'entendis ses paroles : Grand Dieu, c'est le Golem !

Il s'ensuivit une courte lutte, on voulut arracher de vive

force la sculpture à Vrieslander qui se défendit et s'écria en riant :

« Qu'est-ce que vous voulez en faire? Elle est complètement ratée! » Il se retourna, ouvrit la fenêtre et jeta la tête dans la rue.

Je perdis alors conscience et sombrai dans une profonde obscurité traversée de fils d'or étincelants et lorsque je revins à moi au bout de ce qui me parut un temps très long, le premier bruit qui me frappa l'oreille fut celui du bois heurtant le pavé.

« Vous dormiez si profond que nous avons eu beau vous secouer, vous n'avez rien remarqué, me dit Josua Prokop. Le punch est fini et vous avez tout manqué. »

La douleur brûlante provoquée par les paroles que je venais de surprendre m'accabla de nouveau et je voulus crier que je n'avais pas rêvé en leur racontant l'histoire du livre – et aussi le prendre dans la cassette et le leur montrer. Mais ces pensées ne purent s'exprimer en mots, ni prévaloir sur l'humeur généralisée de départ qui s'était emparée de mes invités.

Zwakh m'enfila de force mon manteau et déclara :

« Venez avec nous chez Loisitschek, maître Pernath, ça va vous ravigoter. »

nuit

Sans volonté, je m'étais laissé conduire jusqu'au bas de l'escalier par Zwakh.

Je sentais l'odeur du brouillard de la rue qui pénétrait dans la maison devenir de plus en plus marquée. Josua Prokop et Vrieslander nous avaient précédés de quelques pas et on les entendait parler ensemble dehors, devant la porte cochère.

« Elle a dû tomber juste dans la bouche du caniveau. Allez donc la repêcher maintenant! »

En débouchant dans la rue, je vis Prokop se pencher pour chercher la marionnette.

« Je suis enchanté que tu ne trouves pas cette tête idiote », grommela Vrieslander. Il s'était appuyé contre le mur et son visage s'éclaira, puis s'éteignit tandis qu'il enfonçait la flamme craquante d'une allumette dans sa courte pipe.

Du bras, Prokop fit un violent geste de dénégation et se pencha plus bas encore, presque à genoux sur le pavé.

« Arrêtez donc! Vous n'entendez rien? »

Nous nous étions rapprochés de lui. Sans un mot, il nous montra la bouche du caniveau et se mit la main en cornet sur une oreille. Pendant un certain temps, notre groupe resta là, immobile, écoutant les profondeurs de l'égout.

Rien.

« Qu'est-ce que c'était donc? » chuchota enfin le vieux montreur de marionnettes; mais aussitôt Prokop l'empoigna par le coude.

La durée d'un battement de cœur, il m'avait semblé

entendre une main frapper contre une plaque de fer – presque imperceptiblement. Lorsque je voulus y repenser une seconde plus tard, tout était fini; seul dans ma poitrine l'écho d'un souvenir était répercuté avant de se fondre lentement en un sentiment de terreur indéfinissable.

Des pas se rapprochant dans la rue dissipèrent l'impression.

« Partons! Qu'est-ce que nous attendons là? » dit Vrieslander.

Nous longeâmes la rangée de maisons.

Prokop suivait de mauvais gré.

« Je donnerais ma tête à couper que j'ai entendu quelqu'un crier à la mort là-dessous. »

Personne ne lui répondit, mais je sentis que quelque chose comme une angoisse venait de poindre, qui nous liait la langue.

Peu après nous arrivions devant une vitrine drapée de rouge. Sur un couvercle en carton dont le bord s'ornait de photographies féminines déteintes on pouvait lire :

SALON LOISITSCHEK
(Aujourdvi krand Goncert)

Avant même que Zwakh ait eu le temps de mettre la main sur la poignée, la porte fut ouverte de l'intérieur et un gaillard trapu aux cheveux noirs poisseux, sans col, une cravate de soie verte nouée autour du cou nu et le frac orné d'un bouquet de dents de sanglier, nous accueillit avec force courbettes.

« Foui, foui, foilà, des infités bour moi – Pane Schaffraneck, fite une vanvare! » lança-t-il par-dessus son épaule, en direction de la salle bondée, aussitôt après les salutations.

Une sorte de galopade sonore comme en produirait un rat sur des touches de piano fut la réponse.

« Foui, foui, aujourdvi ch'ai toute la noplesse du pays chez moi », déclara-t-il triomphalement en voyant la mine étonnée de Vrieslander qui découvrait quelques jeunes gens distingués en toilette du soir aux premiers rangs d'une estrade séparée du devant de la taverne par une rampe et deux marches d'escalier.

Des nuées d'une âcre fumée de tabac roulaient sur les tables derrière lesquelles de grands bancs de bois, le long des murs, étaient surchargés de silhouettes affalées; des filles à soldats, indifférentes, sales, nu-pieds, leur robuste poitrine à peine voilée par des fichus bariolés, voisinaient avec des souteneurs en casquette militaire bleue, la cigarette derrière l'oreille, des maquignons aux mains poilues, aux doigts épais, dont chaque geste parlait le langage muet de la vilenie, des serveurs de brasserie aux yeux insolents et des gratte-papier en pantalons à carreaux.

« Che fais boser un égran esbagnol doudaudour, fous serez choliment dranquilles », susurra l'hôte de sa voix la plus huileuse et aussitôt un paravent orné de petits Chinois dansants glissa lentement devant la table d'angle à laquelle nous nous étions assis.

Les grasseyements d'une harpe firent taire les voix qui tourbillonnaient dans la salle.

Pendant une seconde, pause rythmique.

Silence de mort comme si chacun retenait sa respiration.

On entendit soudain, avec une effrayante netteté, les becs de gaz en fer cracher leurs flammes plates en forme de cœur, puis la musique s'abattit sur le chuintement et l'engloutit.

Comme si elles venaient de prendre forme, deux figures étranges émergèrent alors de la fumée, juste devant moi.

Un vieillard à la longue barbe blanche ondée de prophète, sur sa tête chauve une petite calotte de soie noire comme en portent les pères de famille juifs, des yeux sans regard, bleu laiteux fixés sur le plancher, remuait les lèvres en passant des doigts secs comme des serres de vautour sur les cordes d'une harpe. A côté de lui, dans une robe de taffetas noire luisante de graisse, des ornements et une croix de jais au cou et aux poignets – symbole de la morale bourgeoise hypocrite – une femme spongieuse, un harmonica sur les genoux.

Un tumulte frénétique de sons jaillit des instruments, puis la mélodie retomba, épuisée, au niveau d'un simple accompagnement.

Le vieillard qui avait déjà mordillé l'air plusieurs fois ouvrit la bouche si grand qu'on apercevait ses chicots noirâtres et de sa poitrine une voix de basse rugissante s'échappa, accompagnée d'étranges râlements hébraïques.

« Étoileu bleu-eue, étoileu rou-ou-ge. »

« Rititit. » (La femme lançait un trille, puis se hâtait de refermer ses lèvres criardes comme si elle en avait déjà trop dit.)

« Étoileu rou-ou-ge, étoileu bleu-eue.

Des petits croissants j'en mangeurai bien aussi. »

« Rititit. »

« Barbeu rou-ouge, barbeu ve-erte.

Partout des étoileu – – »

« Rititit, rititit. »

Les couples se mirent à danser.

« Cette chanson, c'est en réalité une « Bénédiction du repas », nous expliqua en souriant le montreur de marionnettes qui marquait doucement la mesure avec la cuillère d'étain attachée à la table par une chaînette. « Il y a bien cent ans ou plus, deux compagnons boulangers, Barbe-Rouge et Barbe-Verte, avaient empoisonné les pains – étoiles et croissants – le soir du Grand Sabbat, la veille de la Pâque, pour provoquer des morts en masse dans la ville juive, mais le meschoress – serviteur de la communauté – avait pu intervenir à temps grâce à une inspiration divine et livrer les deux criminels à la police. Pour commémorer cette protection miraculeuse, les élèves de la Yechiva, depuis les grands déjà érudits jusqu'aux petits débutants, avaient alors composé cette chanson bizarre que nous retrouvons transformée en quadrille pour bordel. »

« Rititit – Rititit. »

« Étoileu rou-ougeu, étoileu bleu-eue – – » Le rugissement du vieillard était de plus en plus caverneux et furibond.

Soudain la mélodie devint plus confuse et passa progressivement au rythme du « chlapak » bohémien, danse glissée que les couples exécutent joue contre joue, collées par la sueur.

« Très bien. Bravo. Vas-y! Hep, hep! » cria de l'estrade à l'intention du harpiste, un jeune cavalier en frac, élancé, monocle à l'œil; après quoi il plongea dans la poche de son vêtement et lança une pièce d'argent dans la direction du vieillard, mais celle-ci n'atteignit pas son but : je la vis étinceler au-dessus des remous de la danse, puis disparaître soudain. Un drôle – son visage m'est connu, ce doit être celui que j'ai vu à côté de Charousek au moment de l'averse – avait retiré la main qui pressait jusqu'alors rudement le fichu de sa danseuse – un geste qui fend l'air avec une rapidité simiesque sans manquer une mesure de la musique et la pièce avait disparu. Pas un muscle ne frémit dans le visage de l'individu, seuls deux ou trois couples à côté de lui ricanèrent légèrement.

« Probablement un membre du " bataillon ", à en juger par son adresse », dit Zwakh en riant.

« Maître Pernath n'a sûrement jamais entendu parler du " bataillon ", coupa Vrieslander avec une hâte surprenante en lançant au montreur de marionnettes un clin d'œil que je ne devais pas voir. Je comprenais très bien : c'était comme tout à l'heure, là-haut dans ma chambre, ils me traitaient en malade qu'on évite de surexciter. Il fallait que Zwakh racontât une histoire. N'importe laquelle.

Le bon vieillard me regarda d'un air si compatissant que des larmes brûlantes me montèrent du cœur jusqu'aux yeux. S'il savait comme sa pitié me faisait mal !

Je laissai échapper les premiers mots dont le montreur de marionnettes se servit pour introduire son récit – tout ce que je sais c'est que j'avais l'impression de perdre lentement mon sang. Je me sentais de plus en plus glacé, de plus en plus paralysé, comme au moment où j'avais été appuyé, visage de bois, sur le genou de Vrieslander. Puis je me trouvai soudain au beau milieu de l'histoire qui m'environnait, étrangère et sans vie comme l'extrait d'un livre de lecture.

Zwakh commença :

Histoire du docteur Hulbert, jurisconsulte et de son bataillon.

« Il faut dire qu'il avait le visage plein de verrues et des jambes tordues comme un basset. Jeune homme, il ne connaissait déjà que l'étude. Un étude sèche, énervante. Avec ce qu'il gagnait péniblement en donnant des leçons, il devait encore subvenir aux besoins de sa mère malade. Je crois bien qu'il ne savait que par les livres l'aspect qu'ont les prairies vertes, les haies et les collines pleines de fleurs et les forêts. Quant au soleil qui peut se glisser dans les petites rues noires de Prague, vous savez qu'il n'y en a pas beaucoup.

Il passa son doctorat brillamment; cela allait de soi.

Avec le temps, il devint jurisconsulte et célèbre. Si célèbre qu'une foule de gens – juges et vieux avocats – venaient le questionner quand ils étaient embarrassés par un point de droit.

Avec tout cela, il vivait comme un mendiant, dans une pièce sans lumière dont la fenêtre donnait sur la cour de la Teynkirche.

Des années et des années passèrent. Dans tout le pays, la réputation du docteur Hulbert, tenu pour une lumière de sa spécialité, était devenue proverbiale. Jamais on n'aurait pu croire qu'un homme tel que lui, qui commençait à avoir les cheveux blancs et que personne ne se rappelait avoir entendu parler d'autre chose que de jurisprudence fût accessible à des sentiments plus tendres. Mais c'est précisément dans ces cœurs fermés que le désir brûle avec le plus d'ardeur.

Le jour où le docteur Hulbert atteignit le but suprême qu'il avait dû s'assigner dès le temps de ses études, c'est-à-dire le jour où Sa Majesté l'Empereur de Vienne le nomma Rector magnificus de notre Université, le bruit vola de bouche en bouche qu'il était fiancé à une jeune fille ravissante, de famille pauvre mais noble.

Et, en effet, à partir de ce moment, le bonheur parut entrer chez lui. Bien que son mariage demeurât sans enfant, il choyait sa jeune femme avec amour et son plus grand plaisir était d'exaucer les moindres souhaits qu'il pouvait lire dans les yeux de celle-ci.

Dans son bonheur, il n'oubliait cependant nullement, comme tant d'autres l'auraient fait, les souffrances de ses semblables. On assurait qu'il avait dit un jour : « Dieu a comblé mes désirs, il a permis que devienne réalité un visage de rêve que je voyais devant moi telle une lumière depuis mon enfance, il m'a donné la créature la plus exquise que porte la terre. Alors je veux, dans la mesure de mes faibles moyens, faire retomber une parcelle de ce bonheur sur les autres. »

C'est ainsi qu'il décida de prendre un pauvre étudiant auprès de lui, pour le traiter comme un fils. Probablement en songeant au service que lui aurait rendu une aide de ce genre au temps de sa triste et laborieuse jeunesse. Mais comme il arrive souvent en ce monde, nombre d'actions qui paraissent bonnes et nobles entraînent les mêmes conséquences que les maudites, parce que nous ne savons pas bien distinguer entre celles qui portent en elles des germes empoisonnés et celles qui sont salutaires : c'est ainsi que le geste charitable du docteur Hulbert valut à celui-ci le plus amer des tourments.

Très vite la jeune femme s'enflamma d'un amour caché pour l'étudiant et un sort impitoyable voulut que le recteur, rentrant inopinément chez lui avec un bouquet de roses pour lui souhaiter son anniversaire, la trouvât dans les bras de celui sur qui il avait accumulé les bienfaits.

On raconte que le myosotis peut perdre à jamais sa couleur si la lueur blême et sulfureuse d'un éclair annonçant un orage de grêle tombe sur elle; assurément, l'âme du vieil homme fut à jamais foudroyée le jour où son bonheur se brisa. Le même soir, lui qui n'avait jamais su jusqu'alors ce qu'était l'intempérance, il vint ici, chez Loisitchek et y resta jusqu'à l'aube, assommé de mauvais alcools. Et ce beuglant devint son refuge pendant le restant de sa vie détruite. L'été, il dormait sur les déblais de quelque bâtiment en construction, l'hiver, ici sur les bancs de bois.

Par un accord tacite, on lui conserva ses titres de professeur et de docteur. Personne n'aurait eu le cœur de lui reprocher sa métamorphose.

Peu à peu, tout ce qu'il y avait de vauriens tapis dans l'ombre de la ville juive se rassembla autour de lui et c'est ainsi que prit naissance cette étrange communauté que l'on appelle aujourd'hui encore le « bataillon ».

Les connaissances encyclopédiques du docteur Hulbert en matière de loi devinrent le rempart de tous ceux que la police serrait d'un peu trop près. Si quelque condamné libéré, ne pouvant trouver du travail, risquait de crever de faim, le docteur Hulbert l'envoyait immédiatement sur la place du Marché dans la vieille ville et le bureau de la « Fischbanka » était obligé de lui fournir un complet. Si une fille sans domicile était menacée d'expulsion, il lui faisait vite épouser quelque drôle ayant droit de cité et elle devenait ainsi résidente.

Il connaissait des centaines d'expédients de ce genre et la police était impuissante devant ses conseils. Ce que « gagnaient » ces parias rejetés par la société était scrupuleusement versé dans une caisse commune qui subvenait aux besoins essentiels. Jamais aucun ne se rendit coupable de la plus petite tricherie. Il est possible que ce soit cette discipline de fer qui ait fait donner le nom de « bataillon » à l'organisation.

Le 1er décembre, jour anniversaire du malheur qui avait frappé le vieillard, une cérémonie bizarre se déroulait chez Loisitchek. Pressés tête contre tête autour de lui, mendiants, vagabonds, souteneurs et filles, ivrognes et chiffonniers observaient un silence religieux. Alors, le docteur Hulbert, assis dans le coin où se tiennent aujourd'hui les deux musiciens, juste sous la gravure représentant le couronnement de Sa Majesté l'Empereur, leur racontait l'histoire de sa vie : comment il s'était élevé à la force du poignet, comment il avait obtenu son doctorat, puis sa nomination de Rector magnificus. Mais quand il en arrivait au moment où il était entré dans la chambre de sa jeune femme, un bouquet de roses à la main – à la fois pour fêter son anniversaire et l'heure où il l'avait prise pour la première fois dans ses bras et où elle était devenue son épouse, la voix lui manquait et il s'écroulait sur la table en pleurant. Alors il arrivait parfois que quelque fille perdue lui glissât timidement une fleur à demi fanée dans la main, de manière que personne ne pût voir le geste.

Pendant longtemps, les assistants demeuraient immobiles. Trop durs pour pleurer, ils baissaient la tête, regardaient leurs vêtements et se tortillaient les doigts, mal assurés.

Un matin, on trouva le corps du docteur Hulbert sur un banc en bas, près de la Moldau. Je crois qu'il était mort de froid.

Je vois encore son enterrement. Le « bataillon » s'était presque saigné à blanc pour que la cérémonie fût aussi somptueuse que possible.

L'appariteur de l'Université marchait en tête dans ses atours de cérémonie, portant la chaîne dorée sur un coussin cramoisi et derrière le corps, à perte de vue, les rangs du « bataillon », nu-pieds, crasseux, en haillons. L'un d'eux qui avait vendu le peu qu'il possédait, s'était enveloppé le corps dans des vieux journaux.

C'est ainsi qu'ils lui rendirent les derniers honneurs. Au cimetière, sur sa tombe, une pierre blanche dans laquelle trois figures sont sculptées : le Sauveur crucifié entre les deux larrons.

Le testament du défunt jurisconsulte prévoyait un legs destiné à assurer une soupe gratuite chez Loisitchek à tous les membres du « bataillon ». C'est pour cela qu'il y a des cuillères attachées aux tables par des chaînes, les creux dans le plateau servant d'assiette. A midi la serveuse arrive et les remplit de soupe avec une grosse pompe en fer-blanc; si quelqu'un ne peut pas prouver qu'il est du « bataillon », elle aspire la soupe avec son instrument.

La coutume est partie de cette table, transformée en histoire comique, pour faire le tour du monde.

L'impression d'un tumulte dans la salle me tira de ma léthargie. Les dernières phrases prononcées par Zwakh s'envolèrent de ma conscience. Je vis encore, l'espace d'un instant, ses mains esquisser le mouvement de va-et-vient d'un piston, puis les images se précipitèrent en une course folle devant mes yeux, si rapides, si automatiques et pourtant d'une netteté si fantastique que je me perdis dans leur mouvement comme un rouage dans une montre vivante.

La salle n'était plus qu'un vaste tourbillon humain. En haut, sur l'estrade, des douzaines de messieurs en frac noir, manchettes blanches, bagues fulgurantes. Un uniforme de dragon avec des galons de chef d'escadron. A l'arrière-plan, un chapeau de dame garni de plumes d'autruche saumon.

Le visage convulsé, Loisa regardait en l'air entre les montants de la balustrade. Je vis qu'il pouvait à peine se tenir debout. Jaromir était là aussi, les yeux fixés dans la même direction, le dos collé au mur comme si une main invisible le pressait contre.

Les couples s'arrêtèrent brusquement de danser; le tavernier avait dû leur crier quelque chose qui les avait effrayés. La musique continuait, mais en sourdine, moins juste – on la sentait nettement trembler. Et pourtant le visage de Loisitchek exprimait une joie férocement maligne.

Le commissaire de police surgit soudain à la porte d'entrée les bras en croix pour que personne ne pût sortir.

Derrière lui, un gardien de la paix.

« Alors, on danse toujours, ici? Malgré l'interdiction? Je ferme la boîte. Suivez-moi, le patron! Et tout ce qui est ici, en route pour le poste! »

Cela sonne comme un commandement militaire.

Loisitchek ne répond pas, mais la grimace rusée reste sur son visage.

Elle est simplement devenue plus figée.

L'harmonica s'est égosillé et se contente de siffloter.

La harpe elle-même rentre la queue.

Brusquement les visages ne sont plus que des profils : les regards goulûment fixés sur l'estrade.

Et puis, une silhouette noire élégante descend nonchalamment les deux marches puis se dirige sans hâte vers le commissaire.

Les yeux du gardien de la paix sont rivés sur les souliers vernis noirs qui glissent, glissent...

Le gentilhomme s'est arrêté à un pas du policier, le toise d'un air lassé, son regard coulant de la tête aux pieds, puis remontant des pieds à la tête.

Les autres jeunes nobles, en haut, se penchent sur la balustrade et dissimulent leurs sourires derrière des mouchoirs de soie grise.

Le chef d'escadron se visse une pièce d'or dans l'orbite et crache son mégot de cigarette sur la tête d'une jeune fille appuyée au-dessous de lui.

Le commissaire de police qui a verdi fixe désespérément la perle dans le plastron de l'aristocrate.

Il ne peut supporter le regard indifférent, terne, de ce visage glabre et immuable au nez en bec d'aigle.

Il sent qu'il perd son sang-froid, qu'il est écrasé.

Le silence de mort à l'intérieur du cabaret devient de plus en plus pénible.

« Il ressemble aux statues de chevalier qui gisent les mains croisées sur leur cercueil de pierre dans les églises gothiques », chuchote le peintre Vrieslander après un regard au gentilhomme.

Enfin l'aristocrate rompt le silence : « A – Hum. » Il imite la voix du cabaretier. « Voui, Voui, c'est mes infités – on foit pien. » Un éclat de rire tonitruant explose dans la salle, et fait vibrer les verres. Les voyous se tiennent le ventre. Une bouteille vole contre le mur et se brise. Le tenancier bêle dans notre direction, explicatif et respectueux :

« Son Excellence, Monseigneur le comte Ferri Athenstädt. »

Le comte a tendu une carte de visite au commissaire. Le malheureux la prend, salue à plusieurs reprises et claque des talons.

De nouveau le silence est tombé, la foule attend, retenant son souffle, ce qui va se passer.

Le gentilhomme reprend la parole.

« Les dames et les messieurs réunis ici sont – euh – sont les invités. » Son Excellence enveloppe l'assistance dans un rond de bras négligent. « Désirez-vous, peut-être, monsieur le Commissaire – euh – être présenté ? »

L'autre se dérobe avec un sourire forcé, marmonne quelque chose sur « le devoir à accomplir, souvent difficile » et finit par se précipiter sur la formule : « Je vois que tout se passe correctement dans le local. »

Elle a pour effet de rappeler brusquement le chef d'escadron à la vie ; il se dirige rapidement vers le chapeau à plumes d'autruche et l'instant d'après, à la grande jubilation des jeunes nobles, il tire dans la salle, en la tenant par le bras – Rosina.

Complètement ivre, elle vacille, les yeux fermés. A part le grand chapeau luxueux, tout de travers, elle ne porte sur son corps nu que de longs bas roses – et un frac d'homme.

Un signe, la musique attaque avec fureur – « Rititit – Rititit » – et engloutit le cri guttural que Jaromir, le sourd-muet, a poussé contre son mur en voyant Rosina.

Nous voulons partir.

Zwakh appelle la serveuse.

Le tintamarre général couvre sa voix.

Les scènes qui se déroulent sous mes yeux prennent des allures fantasmagoriques, comme un rêve d'opium.

Le chef d'escadron tenant Rosina à demi nue dans ses bras l'entraîne lentement au rythme de la danse.

La foule leur a fait place, respectueusement.

Puis un murmure court sur les bancs : « Le Loisitschek, le Loisitschek », les cous se tendent, et au couple qui danse un second vient se joindre, encore plus extraordinaire. Un jouvenceau à l'aspect féminin, moulé dans un tricot rose, de longs cheveux blonds ruisselant jusqu'aux épaules, les joues et les lèvres fardées comme une catin, les yeux coquettement baissés, s'accroche avec une confusion languissante à la poitrine du comte Athenstädt.

Une valse suave coule de la harpe goutte à goutte.

Un violent dégoût de la vie me prend à la gorge.

Angoissé, je cherche la porte du regard : le commissaire est toujours là, détourné pour ne rien voir et chuchote avec le gardien de la paix qui met quelque chose dans sa poche – quelque chose qui cliquette comme des menottes.

Tous deux cherchent du regard Loisa le grêlé, qui tente un instant de se cacher, puis s'immobilise debout, le visage blanc comme de la craie, paralysé par la terreur.

Une image traverse ma mémoire, puis s'évanouit aussitôt : celle de Prokop tel que je l'ai vu il y a une heure, penché aux aguets sur le caniveau – Et un cri de mort jaillissant de la terre.

Je veux appeler et ne le peux pas. Des doigts glacés s'enfoncent dans ma bouche et me retournent la langue contre les dents du bas, si bien qu'elle fait comme un tampon qui m'empêche de dire un mot.

Je ne vois pas les doigts, je sais qu'ils sont invisibles et pourtant je sens leur contact, physique, tangible.

Et une conviction se fait jour dans mon esprit : ils appartiennent à la main fantomatique qui m'a donné le livre « Ibbour », dans ma chambre de la ruelle du Coq.

« De l'eau, de l'eau ! » crie Zwakh à côté de moi. On me tient la tête, on m'éclaire les pupilles avec une chandelle.

« Il faut le transporter chez lui, appeler le médecin – l'archiviste Hillel s'y connaît pour ces choses-là – conduisons-le chez lui ! » Les conseils murmurés s'entrecroisent. Puis je suis placé, raide comme un cadavre, sur une civière et Prokop me porte dehors avec Vrieslander.

éveil

Zwakh avait gravi l'escalier en courant devant nous et je l'entendis essayer de rassurer Mirjam, la fille de l'archiviste Hillel, qui lui posait des questions anxieuses.

Je ne pris pas la peine d'écouter ce qu'ils se disaient et devinai, plus que je ne compris les mots, ce que Zwakh lui racontait : j'avais eu une attaque et ils venaient demander que l'on me donnât les premiers soins pour me ramener à moi.

Je ne pouvais toujours pas faire un mouvement et les doigts invisibles me tenaient la langue, mais ma pensée était ferme et sûre, le sentiment d'horreur m'avait quitté. Je savais exactement où j'étais, ce qui m'arrivait et il ne me paraissait pas du tout extraordinaire d'être déposé comme un cadavre sur une civière dans la chambre de Schemajah Hillel – puis laissé seul.

Une satisfaction calme, naturelle, celle qu'on éprouve quand on revient chez soi après une longue absence, m'emplissait le cœur.

Il faisait sombre dans la pièce et les contours flous des encadrements de fenêtre en forme de croix ressortaient sur la lueur terne des vapeurs qui montaient de la rue.

Il me semblait que tout cela allait de soi et je ne m'étonnai ni de voir Hillel entrer avec le chandelier à sept branches du sabbat, ni de l'entendre me souhaiter le bonsoir tranquillement, comme à quelqu'un dont il attendait la venue.

Une chose que je n'avais jamais remarquée particulièrement depuis le temps que j'habitais cette maison – où pourtant nous nous rencontrions souvent trois à quatre fois par semaine dans l'escalier – me frappa soudain tandis qu'il allait et venait, disposait quelques objets sur la commode puis allumait finalement les bougies d'un deuxième chandelier, lui aussi à sept branches : les proportions harmonieuses de son corps et de ses membres, ainsi que la finesse de dessin du visage étroit au noble front.

Je constatai à la lumière des bougies qu'il n'était certainement pas plus âgé que moi : au maximum quarante-cinq ans.

« Tu es arrivé quelques minutes plus tôt que prévu, commença-t-il au bout d'un moment, sinon les chandeliers auraient été allumés. » Il me les montra, semble-t-il, d'un geste, s'approcha de la civière et dirigea le regard de ses yeux sombres, enfoncés, vers quelqu'un qui se trouvait à ma tête, mais que je ne pouvais pas voir. Puis il remua les lèvres et prononça une phrase sans émettre le moindre son.

Aussitôt les doigts invisibles lâchèrent ma langue et la rigidité de mon corps céda. Je me redressai et regardai derrière moi : personne dans la pièce, sauf Schemajah Hillel et moi.

Donc le « tu » et l'allusion à l'arrivée attendue s'adressaient à moi?!

Ce qui me parut plus déconcertant encore que ces deux circonstances, c'est l'impossibilité où je me trouvais d'en éprouver le moindre étonnement.

Hillel dut deviner ma pensée, car il sourit avec bienveillance tout en m'aidant à me lever de la civière, me désigna un fauteuil et déclara :

« Il n'y a en effet rien d'étonnant à cela. Seuls les sortilèges – les kichouph – font naître la crainte dans le cœur des hommes; la vie gratte et brûle comme une haire, mais les rayons lumineux du monde spirituel sont doux et chauds ».

Je me tus, ne trouvant rien à lui répondre. Il semblait d'ailleurs n'attendre aucune réplique de ma part, car il s'assit en face de moi et enchaîna aussitôt, très serein : « Un miroir d'argent lui-même, s'il pouvait éprouver des sensations, ne souffrirait qu'au moment du polissage. Une fois lissé et brillant, il renvoie toutes les images qui tombent sur lui sans peine ni émotion. » Il ajouta doucement :

« Heureux l'homme qui peut dire : j'ai été poli. »

Il resta un instant plongé dans ses réflexions et je l'entendis murmurer une phrase en hébreu : *« Lischouosècho Kiwisi Adoschem*[1]. *»* Puis de nouveau sa voix sonna clair à mes oreilles :

« Tu es venu à moi profondément endormi et je t'ai réveillé. Dans le psaume de David il est écrit :

« Alors j'ai parlé en moi-même : voici que je commence : c'est la droite de Yahveh qui a opéré ce changement. »

Quand les hommes se lèvent de leur couche, ils croient avoir secoué le sommeil et ne savent pas qu'ils sont victimes de leurs sens, qu'ils vont être la proie d'un autre sommeil, bien plus profond que celui auquel ils viennent d'échapper. Il n'est qu'un seul éveil véritable et c'est celui dont tu t'approches maintenant. Si tu en parles aux hommes, ils te diront que tu as été malade, parce qu'ils ne peuvent te comprendre. C'est pourquoi il est vain et cruel de leur en parler.

Ils passent comme un torrent –
Et sont comme un sommeil.
Telle une herbe qui se fanera bientôt –
Qui sera arrachée le soir et séchera. »

« Qui était l'étranger qui est venu me trouver dans ma chambre et m'a donné le libre " Ibbour "? L'ai-je vu éveillé, ou en rêve? » Je voulais poser ces questions à Hillel, mais avant que j'eusse pu exprimer ma pensée en mots, il m'avait répondu :

« Dis-toi que l'homme venu à toi et que tu appelles le Golem signifie l'éveil de ce qui est mort par l'esprit de vie le plus intime. Sur cette terre, les choses ne sont que des symboles éternels vêtus de poussière!

Toutes les formes que tu vois, tu les a pensées avec les yeux. Tout ce qui s'est cristallisé en une forme était auparavant un esprit. »

Je sentais des idées autrefois ancrées dans mon cerveau

1. En ton secours j'ai confiance, Éternel.

s'en arracher et partir à la dérive, telles des nefs sans gouvernail sur une mer infinie.

Très calme, Hillel continuait :

« Celui qui a été éveillé ne peut plus mourir. Le sommeil et la mort sont une seule et même chose.

« – ne peut plus mourir ? » Une douleur sourde me saisit.

« Deux voies cheminent côte à côte : celle de la vie et celle de la mort. Tu as pris le livre " Ibbour " et tu as lu dedans. Ton âme a été fécondée par l'esprit de vie. »

Tout criait en moi : « Hillel, Hillel, laisse-moi prendre le chemin de tous les hommes, celui de la mort ! »

La gravité figea le visage de Schemajah Hillel.

« Les hommes ne prennent aucun chemin, ni celui de la vie ni celui de la mort. Ils sont poussés comme la paille dans l'orage. Il est écrit dans le Talmud : " Avant de créer le monde, Dieu tendit un miroir aux êtres ; ils y virent les souffrances spirituelles de l'existence et les délices qui les suivent. Les uns assumèrent les souffrances, mais les autres les rejetèrent et ceux-là Dieu les raya du livre des vivants. " Mais toi, tu *prends* un chemin, tu le parcours parce que tu l'as librement choisi – même si tu ne le sais plus aujourd'hui, tu es appelé par toi-même. Ne t'afflige pas : quand vient la connaissance, le souvenir vient aussi, progressivement. *Connaissance et souvenir sont une seule et même chose.* »

Le ton amical, presque affectueux de Hillel me rendit le calme et je me sentis protégé, comme un enfant malade qui sait son père auprès de lui.

Levant les yeux, je vis que soudain de nombreuses silhouettes se trouvaient dans la pièce et faisaient cercle autour de nous, certaines en vêtements mortuaires blancs comme ceux des anciens rabbis, d'autres avec un tricorne et des boucles d'argent aux souliers – mais Hillel me passa la main sur les yeux et de nouveau la pièce fut vide.

Puis il m'accompagna dehors jusqu'à l'escalier et me donna une bougie allumée pour que je pusse m'éclairer jusqu'à ma chambre.

Je me couchai et voulus dormir, mais le sommeil ne vint pas et je glissai dans un état curieux, qui n'était ni rêve ni veille, ni sommeil.

J'avais éteint la lumière, mais malgré cela tout ressortait si nettement dans la pièce que je distinguais la moindre des formes. Je me sentais parfaitement à l'aise et libre de cette inquiétude particulière qui torture quand on se trouve dans de telles dispositions.

Jamais de ma vie je n'avais été en mesure de penser avec autant d'acuité et de précision. L'influx de la santé parcourait mes nerfs et ordonnait mes idées en rangs et en formations comme une armée qui n'attendait que mes ordres.

Un seul appel et elles se présentaient devant moi pour exécuter tous mes désirs.

Une aventurine que j'avais voulu graver la semaine précédente sans y parvenir, car les nombreux défauts de la pierre ne pouvaient être dissimulés par les traits du visage que je me représentais, me vint à l'esprit et aussitôt la solution m'apparut : je vis exactement comment je devais guider mon burin pour utiliser au mieux la structure de la masse.

Jusqu'alors esclave d'une horde d'impressions fantastiques et de visages de rêve dont bien souvent je ne savais pas s'ils étaient idées ou sensations, je me voyais soudain seigneur et maître d'un empire unifié.

Des opérations arithmétiques, dont je n'aurais pu venir à bout auparavant que sur le papier, avec beaucoup de soupirs et de gémissements, s'ajustaient en se jouant dans ma tête, tels des puzzles. Tout cela grâce à une capacité nouvellement éveillée en moi, celle de voir et de retenir précisément ce dont j'avais besoin pour l'heure : chiffres, formes, objets ou couleurs. Et quand il s'agissait de questions qu'aucun instrument ne pouvait résoudre – problèmes philosophiques et autres – cette vision intérieure était remplacée par l'ouïe, la voix de Schemajah Hillel assumant le rôle de l'orateur.

Je faisais les découvertes les plus étranges.

Ce que j'avais laissé glisser mille fois d'une oreille à l'autre, dans la vie, sans y prêter attention, parce que ce n'était pour moi que des mots, s'incorporait soudain, chargé d'une inestimable valeur, aux fibres les plus profondes de mon être; ce que j'avais appris « par cœur », d'un seul coup je le « saisissais » comme ma « propriété ». Le mystère de la formation des mots, que je n'avais jamais soupçonné, m'était révélé dans sa nudité.

Les idéaux « nobles » de l'humanité, qui m'avaient jusqu'alors traité de leur haut, avec des mines de conseillers commerciaux intègres, la poitrine constellée des décorations du pathos, retiraient désormais humblement le masque de la caricature et s'excusaient : ils n'étaient que des mendiants, mais néanmoins instruments d'une escroquerie plus insolente encore.

Est-ce que je ne rêvais pas, cependant? Est-ce que j'avais vraiment parlé avec Hillel?

Je tendis la main vers la chaise à côté de mon lit.

Juste : la bougie que Schemajah m'avait donnée était là. Exultant comme un enfant à Noël quand il s'est convaincu que le merveilleux pantin est bien réel et doué d'un corps, je m'enfonçai à nouveau dans l'oreiller.

Et tel un chien de chasse, je poursuivis à la trace les énigmes spirituelles qui m'environnaient à la manière de fourrés touffus.

J'essayai d'abord de remonter dans mon passé jusqu'au point où mes souvenirs s'arrêtaient. Je pensais pouvoir, à partir de là, embrasser d'un coup d'œil cette partie de mon existence qui demeurait plongée dans l'ombre par un étrange décret du destin.

Mais j'avais beau faire des efforts violents, je n'allais pas plus loin que le moment où je me voyais, debout dans la cour sombre de notre maison, apercevant par la porte cochère la boutique du brocanteur Aaron Wassertrum, comme si j'étais là depuis cent ans à graver des pierres, toujours, sans jamais avoir été enfant!

J'étais sur le point d'abandonner ma tentative d'exploration dans les fosses du passé quand je compris soudain, avec une éblouissante clarté, que si la voie royale de l'événement, large et droite, s'arrêtait à cette porte cochère, il n'en était pas de même pour une foule de petits sentiers plus étroits qui avaient toujours accompagné la grand-route jusqu'alors, mais sans que j'y prêtasse attention. « D'où tiens-tu donc les connaissances qui te permettent aujourd'hui de gagner ta vie ? » La voix me hurlait presque aux oreilles. « Qui t'a appris la taille des pierres, et la gravure et tout le reste ? Lire, écrire, parler – et manger – et marcher, respirer, penser et sentir ? »

Je suivis aussitôt ce conseiller intime et remontai systématiquement le cours de ma vie.

Je me contraignis à réfléchir selon des enchaînements inversés, mais ininterrompus ; qu'est-ce qui est arrivé à tel moment, quel en était le point de départ, qu'y avait-il avant celui-ci, etc. ?

Une fois encore, je me retrouvai devant la porte cochère. – Voilà, j'y suis ! Plus qu'un petit saut dans le vide et le gouffre qui me sépare de l'oubli sera franchi – mais à cet instant une image surgit à laquelle je n'avais pas prêté attention dans mes pérégrinations à travers le temps : Schemajah Hillel me conduisait la main sur les yeux, exactement comme il l'avait fait auparavant dans sa chambre.

Et tout fut balayé. Jusqu'au désir d'explorer plus avant.

Un seul bénéfice durable demeurait acquis – la démonstration que l'enchaînement des événements de la vie est une impasse, si large et si praticable qu'elle puisse paraître. Ce sont les petits sentiers cachés qui ramènent dans la patrie perdue : ce sont les messages gravés dans notre corps en lettres microscopiques, à peine visibles, et non pas les affreuses cicatrices laissées par les frottements de la vie extérieure qui contiennent la solution des ultimes mystères.

De même que je pourrais retrouver le chemin menant aux jours de ma jeunesse en suivant l'alphabet de Z à A dans l'abécédaire pour arriver au point où j'avais commencé à apprendre à l'école – je comprenais désormais que je pourrais aussi pénétrer dans l'autre patrie lointaine qui s'étend au-delà de toute pensée.

Un monde en travail roulait sur mes épaules. Je songeai tout à coup que Hercule avait lui aussi porté un moment la vérité du ciel sur sa tête et un sens caché jaillit pour moi de la légende. Si Hercule était parvenu à se libérer au moyen d'une ruse en disant au géant Atlas : « Laisse-moi me nouer un bourrelet de ficelle autour de la tête pour que ce fardeau effroyable ne me brise pas le front », peut-être y avait-il quelque chemin obscur qui menait loin de cet écueil.

Un soupçon térébrant me surprit soudain : celui de faire une fois encore aveuglément confiance au commandement de mes pensées. Je me redressai et me bouchai les yeux et les oreilles avec les doigts pour ne pas être distrait par les appels des sens. Pour tuer jusqu'à la moindre pensée.

Mais ma volonté se brisa contre la loi d'airain : je ne pouvais chasser une pensée que par une autre et à peine l'une était-elle morte que la suivante se repaissait de sa chair. Je cherchai refuge dans le torrent bruissant de mon sang, mais elles me suivirent à la trace; je me dissimulai dans la martellerie de mon cœur, mais au bout de quelques instants, elles m'avaient découvert.

Une fois encore, la voix amicale de Hillel vint à mon aide et me dit : « Reste sur ton chemin, ne t'en écarte pas!

Le clef de la science de l'oubli appartient à nos frères qui parcourent le sentier de la mort; mais toi tu as été fécondé par l'esprit de vie. »

Le livre Ibbour apparut devant moi et deux lettres y flamboyaient : celle qui représentait la femme d'airain à la pulsation puissante comme un séisme – l'autre, infiniment lointaine, *l'hermaphrodite sur le trône de nacre, la tête ceinte d'une couronne en bois rouge.*

Puis Schemajah Hillel me passa une troisième fois la main sur les yeux et je m'endormis.

neige

Cher et honoré maître Pernath,

Je vous écris cette lettre dans une précipitation et une angoisse folles. Je vous en prie, détruisez-la dès que vous l'aurez lue – ou mieux encore rapportez-la-moi avec l'enveloppe. Sinon, je n'aurai aucun repos.

Ne dites à âme qui vive que je vous ai écrit. Ni où vous allez aujourd'hui!

Votre bon visage si ouvert m'a – « récemment » – (cette brève indication sur événement dont vous avez été témoin suffira pour vous faire deviner qui vous écrit, car je n'ose pas signer de mon nom) inspiré une grande confiance, et puis le souvenir de feu votre cher père qui m'a instruite quand j'étais enfant – tout cela me donne le courage de m'adresser à vous comme au seul homme peut-être qui puisse encore m'aider.

Je vous supplie de venir ce soir vers cinq heures à la cathédrale du Hradschin.

Une dame que vous connaissez.

Je restai bien un quart d'heure assis sans mouvement, la lettre dans la main. L'étrange et solennelle gravité qui pesait sur moi depuis la veille s'était dissipée d'un seul coup, emportée par le souffle frais d'un jour nouveau. Un jeune destin venait à moi, souriant et plein de promesses. Un cœur humain cherchait du secours auprès de moi – Auprès de moi! Comme ma chambre avait pris soudain un aspect différent! L'armoire sculptée piquée des vers avait un petit air satisfait et les quatre fauteuils me faisaient penser à de vieux amis réunis autour d'une table pour jouer aux tarots en gloussant d'aise.

Mes heures avaient désormais un contenu, un contenu plein de richesse et d'éclat.

Ainsi, l'arbre pourri allait encore porter des fruits!

Je sentais ruisseler en moi une force vivante qui était restée endormie jusqu'alors – cachée dans les profondeurs de mon âme, ensevelie sous les gravats accumulés par la vie quotidienne comme une source jaillit de la glace quand se rompt l'hiver.

Et je *savais* avec une telle certitude, tandis que je tenais la lettre, que je serais capable d'aider, de quoi qu'il pût s'agir.

L'exultation qui emplissait mon cœur m'en donnait l'assurance.

Sans cesse, je relisais le passage « ... et puis le souvenir de feu votre cher père qui m'a instruite quand j'étais enfant... »; j'en avais le souffle coupé. Ne sonnait-il pas comme la promesse : « Aujourd'hui, tu seras avec moi dans le Paradis? » La main qui se tendait vers moi, cherchant de l'aide, me donnait un cadeau *le ressouvenir si avidement désiré,* elle allait dévoiler le mystère, aider à lever le rideau qui cachait mon passé.

« Feu votre cher père » – comme ces mots avaient un son étrange quand je me les répétais à moi-même – Père! – La durée d'un instant, je vis le visage las d'un vieillard à cheveux blancs surgir dans le fauteuil à côté de mon coffre – étranger, tout à fait étranger et pourtant si effroyablement connu – puis mes yeux revinrent à eux, cependant que les battements de mon cœur scandaient les minutes tangibles du présent.

Effrayé, je me levai brusquement : avais-je laissé passer l'heure avec mes rêveries? Un coup d'œil à la pendule : Dieu soit loué, quatre heures et demie seulement.

Je passai dans ma chambre à coucher où je pris chapeau et manteau, puis descendis l'escalier. Comme je me souciais peu, aujourd'hui, du chuchotement des coins sombres, des récriminations hargneuses, mesquines, grinchues qui en sortaient toujours : « Nous ne te lâchons pas – tu es à nous –

nous ne voulons pas que tu sois heureux – ce serait joli d'avoir du bonheur dans cette maison! »

La fine poussière empoisonnée, qui m'avait toujours saisi à la gorge auparavant avec des doigts étrangleurs, fuyait aujourd'hui devant le souffle vivant de ma bouche. Arrivé devant la porte de Hillel, je m'arrêtai un instant.

Fallait-il entrer?

Une secrète timidité m'empêcha de frapper. J'étais dans un état d'esprit si différent aujourd'hui – il me semblait que je ne *devais* pas entrer le voir. Et déjà la main de la vie me poussait en avant, dans l'escalier.

La rue était blanche de neige.

Je crois que beaucoup de gens m'ont salué; je ne sais plus si je leur ai répondu. Sans cesse je tâtais ma poitrine pour savoir si la lettre était encore là.

De sa place émanait une chaleur.

Je traversai les arcades en pierre de taille du Ring de la vieille ville, passai devant la fontaine de bronze dont les grilles baroques laissaient pendre des stalactites, franchis le pont de pierre avec ses statues de saints et celle de Jan Népomucène en pied.

Au-dessous, le fleuve écumait de haine contre les piles.

Dans un demi-rêve, mon regard tomba sur le grès creusé de sainte Luitgard avec « les tourments des damnés » : la neige recouvrait d'un épais bourrelet les paupières des pénitents et les chaînes de leurs mains haut levées en imploration.

Les portes cochères me recueillaient, puis me laissaient, les palais passaient lentement à côté de moi, avec leurs fiers portails sculptés où des têtes de lion mordaient des anneaux de bronze.

Là aussi, partout de la neige et encore de la neige. Blanche comme la fourrure d'un gigantesque ours polaire.

De hautes fenêtres orgueilleuses, leurs moulures étincelantes de glace, regardaient les nuages avec détachement.

Je m'émerveillai que le ciel fût si plein d'oiseaux en vol.

Tandis que je gravissais les innombrables marches de granit du Hradschin, dont chacune est large quatre fois comme un homme est long, la ville s'enfonçait sous mes yeux, pas à pas, avec ses toits et ses pignons.

Bientôt le crépuscule glissa le long des maisons, puis j'arrivai à la place isolée au milieu de laquelle la cathédrale s'élance jusqu'au trône de l'ange.

Des traces de pas aux bords encroûtés de glace conduisaient à la porte latérale.

D'une maison éloignée, un harmonium égrenait doucement des notes qui se perdaient dans le silence du soir. Telles des larmes de mélancolie tombant dans l'abandon.

J'entendis derrière moi le soupir du tambour lorsque la porte de l'église m'accueillit et je fus englouti par l'obscurité ; figé dans la sérénité, l'autel doré scintillait de son haut à travers les lueurs vertes et bleues de la lumière mourante qui passait dans les vitraux et tombait sur les prie-Dieu. Des étincelles jaillissaient de lampes en verre rouge.

Odeur flétrie de cire et d'encens.

Je m'adossai à un banc. Mon sang était étonnamment calme dans ce royaume de l'immobilité.

Une vie sans pulsations emplissait l'espace – une attente secrète, patiente.

Les reliquaires en argent dormaient d'un sommeil éternel.

Ah ! Venu de très, très loin, le bruit de sabots de chevaux effleura mon oreille, assourdi, presque imperceptible, voulut s'approcher, puis se tut.

Un claquement mat, comme une porte de voiture qui se ferme.

Le bruissement d'une robe de soie était venu jusqu'à moi et une main de dame, délicate et fine avait frôlé mon bras.

« S'il vous plaît, allons là-bas, près du pilier ; il me répugne de vous dire ici, au milieu des prie-Dieu, les choses dont je dois vous parler. »

Tout autour de nous les figures solennelles se fondaient dans la clarté calme. Le jour s'était soudain emparé de moi.

« Je ne sais vraiment pas comment vous remercier, maître Pernath, d'avoir fait pour moi ce long chemin et par un si mauvais temps. »

Je bredouillai quelques banalités.

« Mais je ne voyais pas d'autre endroit où je serais plus à l'abri des indiscrétions et des dangers qu'ici. Sûrement, dans la cathédrale, personne ne nous aura suivis. »

Je sortis la lettre et la lui tendis.

Elle était complètement emmitouflée dans une fourrure précieuse, mais j'avais reconnu au son de sa voix, celle qui s'était réfugiée affolée dans ma chambre de la ruelle du Coq pour fuir Wassertrum. Je n'en fus pas étonné, car je n'attendais personne autre.

Mes yeux s'accrochaient à son visage qui paraissait plus pâle encore dans la pénombre du renfoncement qu'il devait l'être en réalité. Sa beauté me coupait preque le souffle et je demeurais là, comme fasciné. J'aurais voulu me jeter à ses pieds et les baiser, car c'était elle que je devais aider, elle qui m'avait choisi pour le faire.

« Oubliez, je vous en prie du fond du cœur, oubliez – au moins pendant que nous sommes ici – la situation dans laquelle vous m'avez vue l'autre jour, poursuivit-elle, oppressée. Je ne sais d'ailleurs pas du tout comment vous jugez ces choses-là. »

« Je suis un vieil homme, mais pas une seule fois dans ma vie je n'ai eu l'outrecuidance de m'ériger en juge des actions de mes semblables. » Je ne pus rien trouver de plus à dire.

« Je vous remercie, maître Pernath, dit-elle simplement, avec chaleur. Et maintenant, écoutez-moi patiemment et vous verrez si vous pouvez m'aider dans mon désespoir, ou au moins me donner un conseil. » Je sentais qu'une terreur folle l'étreignait et j'entendis sa voix trembler. « Le jour – dans l'atelier – ce jour-là, j'ai eu la certitude affreuse que cet ogre abominable m'avait épiée et suivie de propos délibéré. Depuis des mois déjà, je m'étais aperçue que partout où j'allais – que je sois seule ou avec... avec le docteur Savioli, partout le visage patibulaire de ce brocanteur surgissait quelque part dans le voisinage. Le jour et la nuit, ses yeux louches me poursuivaient. Rien encore n'indique ce qu'il projette, aucun signe, mais l'angoisse qui m'étouffe, la nuit, n'en est que plus torturante; quand va-t-il me mettre la corde au cou?

Au début, le docteur Savioli essayait de me rassurer, il me disait qu'un misérable brocanteur comme est Aaron Wassertrum ne pouvait rien faire – il pouvait tout juste s'agir dans la pire des hypothèses d'un chantage dérisoire, ou de quelque chose de ce genre, mais chaque fois que le nom de cet individu était prononcé, ses lèvres devenaient toutes blanches. Je me suis doutée qu'il me cachait quelque chose pour ne pas m'inquiéter – quelque chose d'épouvantable qui pourrait nous coûter la vie à l'un ou à l'autre.

Et puis j'ai appris ce qu'il me dissimulait si soigneusement : *le brocanteur est venu bien des fois la nuit le voir chez lui.* Je le *sais,* je le sens dans toutes les fibres de mon être : il se passe quelque chose qui nous enserre lentement, comme les anneaux d'un serpent. Qu'est-ce que cet égorgeur va donc chercher là-bas? Pourquoi le docteur Savioli ne peut-il se débarrasser de lui? Non, non, je ne veux pas voir cela plus longtemps, il faut que je fasse quelque chose. N'importe quoi, avant que j'en devienne folle. »

Je voulais lui adresser quelques paroles de consolation, mais elle ne me laissa pas achever.

« Et puis, ces derniers jours, le cauchemar qui menace de me suffoquer a pris des formes de plus en plus nettes. Le docteur Savioli est brusquement tombé malade – je ne peux plus m'entendre avec lui, je ne peux plus le voir, alors que je m'attends d'une heure à l'autre à ce que mon amour pour lui soit découvert. Il délire et tout ce que j'ai pu savoir, c'est qu'il se croit poursuivi par un monstre dont les lèvres sont fendues par un bec-de-lièvre : Aaron Wassertrum!

Je sais comme il est courageux; c'est d'autant plus terrifiant pour moi – vous le comprenez bien? – de le voir maintenant paralysé devant un danger que je ressens moi-même comme la sombre présence d'un ange exterminateur.

Vous me direz que je suis lâche, que je n'ai qu'à me déclarer ouvertement pour le docteur Savioli et si je l'aime tant que cela, à tout abandonner pour lui : tout, richesse, honneur, réputation, etc., mais » – elle criait maintenant si fort que les échos de sa voix étaient renvoyés par les galeries du chœur – « je ne *peux* pas. J'ai mon enfant, ma chère petite fille blonde ! Je ne *peux* pourtant pas abandonner mon enfant ! Croyez-vous que mon mari me la laisserait ? Tenez, tenez, prenez cela, maître Pernath » – elle brandit avec un geste de démente un petit sac bourré de colliers de perles et de pierres précieuses – « portez-le à ce criminel – je sais qu'il est cupide – qu'il prenne tout ce que j'ai, mais qu'il me laisse mon enfant. N'est-ce pas, il se taira ? Mais parlez donc au nom du Christ, dites-moi un mot, un seul, dites-moi que vous m'aiderez ! ».

J'eus toutes les peines du monde à la calmer au moins assez pour qu'elle consentît à s'asseoir sur un banc.

Je parlai, lui livrant tout ce qui me passait par la tête. Des phrases confuses, sans suite.

Les pensées se pourchassaient dans mon cerveau au point que je comprenais à peine moi-même, ce que disait ma bouche – idées fantastiques qui se désintégraient à peine nées.

L'esprit ailleurs, je fixai une statue de moine dans la niche du mur. Je parlais, je parlais. Progressivement, les traits de la statue se métamorphosaient, le froc devenait un paletot élimé et lustré au col relevé, cependant qu'un jeune visage, les joues décharnées, marbrées par la fièvre, apparaissait au-dessus d'elle.

Avant que j'eusse pu comprendre cette vision, le moine était revenu. Mon pouls battait trop fort.

La malheureuse, penchée sur ma main, pleurait silencieusement.

Je lui donnais de la force qui avait fait irruption en moi pendant que je lisais la lettre et m'emplissait désormais à déborder. Je la voyais passer lentement en elle et la conforter.

« Je vais vous dire pourquoi je me suis tout de suite adressée à vous, maître Pernath », reprit-elle doucement après un long silence. « C'est à cause de quelques mots que vous m'avez dits autrefois et que je n'ai jamais pu oublier depuis tant d'années. »

Tant d'années ? Mon sang se figea.

« En prenant congé de moi – je ne sais plus pourquoi ni comment – j'étais encore tout enfant alors – vous m'avez dit gentiment et pourtant d'un air si triste :

" Ce jour-là ne viendra peut-être jamais, mais si vous vous trouvez en difficulté dans la vie, pensez à moi. Le Seigneur Dieu permettra peut-être que ce soit *moi* qui vous vienne en aide. " Je me suis vite détournée et j'ai fait tomber mon ballon dans le bassin pour que vous ne puissiez pas voir mes larmes. Et puis j'ai voulu vous donner le cœur de corail rouge que je portais à un ruban de soie autour du cou, mais j'ai eu honte parce que cela aurait paru si ridicule. »

Souvenir.

– Les doigts de la paralysie tâtonnent, cherchant ma gorge. Une apparition venue du pays lointain et oublié de mon désir surgit devant moi – immédiate et terrifiante : une petite fille habillée de blanc, au milieu des pelouses sombres d'un parc, constellées de vieux ormes. Avec une incroyable netteté, je la vois devant moi.

Je dus changer de couleur ; je le notai à la hâte avec laquelle elle poursuivit : « Je sais que vos paroles n'étaient inspirées que par l'ambiance des adieux, mais elles ont souvent été une consolation pour moi – et je vous en remercie. »

Je serrai les dents de toutes mes forces et renfonçai dans ma poitrine la douleur hurlante qui me déchirait.

Je compris : une main bienfaisante avait refermé le verrou de mes souvenirs et désormais ce qu'une courte lueur jaillie des jours passés avait transposé dans ma conscience se détachait avec une parfaite netteté : un amour trop fort pour mon cœur avait rongé ma pensée pendant des années et la nuit de la folie avait été le baume d'un esprit blessé.

Peu à peu, le calme de la sensibilité perdue descendit sur moi, rafraîchissant les larmes derrière mes paupières. La réverbération majestueuse et fière des cloches traversa la cathédrale et je pus regarder dans les yeux en souriant joyeusement celle qui était venue chercher de l'aide auprès de moi.

De nouveau, j'entendis le claquement sourd de la portière et la cavalcade des sabots.

Dans la neige bleuie par la nuit, je descendis en ville. Les réverbères me dévisageaient avec des yeux clignotant de surprise et des sapins entassés en monceaux sortaient mille petites voix qui parlaient de clinquants, de noix argentées et de Noël proche.

Sur la place du Palais de Justice, les vieilles mendiantes en fichu gris marmonnaient leur chapelet dans la lumière des cierges qui entouraient la statue de la Vierge sur sa colonne.

Devant la sombre entrée de la ville juive, les éventaires de la foire de Noël étaient accroupis avec, au milieu d'eux, tendue de drap rouge et éclairée par des torches vacillantes, la scène découverte d'un théâtre de marionnettes. Le polichinelle pourpre et violet de Zwakh, tenant un fouet et un crâne passé dans une ficelle, chevauchait à grand bruit un destrier de bois sur les planches.

Les enfants bien serrés les uns contre les autres, le bonnet de fourrure enfoncé sur les oreilles, regardaient le spectacle bouche bée, sans perdre une syllabe des vers du poète pragois Oskar Wiener que déclamait mon ami Zwakh dissimulé dans le castelet :

« Tout devant chevauchait un pantin,
Un gaillard maigre comme un poète
Et qui avait des haillons de toutes les couleurs,
Et qui titubait en faisant des grimaces. »

J'enfilai la rue noire et tortueuse qui débouchait sur la place. Pressés tête contre tête, des gens se tenaient en silence devant une affiche noyée dans l'ombre.

Un homme avait gratté une allumette et je pus lire quelques fragments de phrase que mes sens émoussés transmirent à ma conscience :

On recherche
1 000 fl. de récompense
Monsieur âgé...... habillé de noir......
...... Signalement :
corpulent, visage entièrement rasé......
......cheveux : blancs................
...... Direction de la police...... pièce n° ......

Libre de tout désir, indifférent, cadavre vivant, je m'enfonçai entre les rangées de maisons sans lumière.

Une poignée d'étoiles microscopiques brillaient dans l'étroit chemin de ciel entre les toits.

Sereines, mes pensées retournaient vers la cathédrale, la paix de mon âme se faisait de plus en plus béatifique, de plus en plus profonde, lorsque l'air de l'hiver m'apporta soudain la voix du montreur de marionnettes, d'une netteté aussi tranchante que si elle se fût trouvée contre mon oreille :

« Où est le cœur en pierre rouge?
Il était pendu à un ruban de soie
Et brillait dans la lumière de l'aurore. »

spectre

Jusque bien avant dans la nuit, j'avais arpenté ma chambre, sans repos, me martyrisant le cerveau pour trouver un moyen de « la » secourir. Souvent, j'avais été sur le point de descendre chez Schemajah Hillel, de lui raconter ce qui m'avait été confié et de lui demander conseil. Mais chaque fois j'avais repoussé la décision.

Il avait assumé dans mon esprit une stature si gigantesque qu'il me paraissait sacrilège de l'importuner avec des problèmes concernant la vie matérielle et puis, par moments, un doute brûlant m'assaillait; je me demandais si j'avais bien réellement vécu, un court laps de temps auparavant, tous ces événements qui paraissaient déjà si curieusement décolorés, comparés aux expériences grosses de vie du jour écoulé.

N'avais-je pas rêvé? Pouvais-je – moi qui étais dans la situation inouïe d'un homme sans aucun souvenir de son passé – tenir pour certain, fût-ce une seconde, ce dont ma mémoire était le seul témoin qui levât la main?

Mon regard tomba sur la bougie de Hillel qui était toujours sur la chaise. Dieu merci, cela au moins demeurait sûr : j'avais eu un contact personnel avec lui! Ne fallait-il pas, sans plus tergiverser, courir chez lui, embrasser ses genoux et me plaindre à lui, d'homme à homme, de cette douleur indicible qui me rongeait le cœur?

J'avais déjà la main sur la poignée de la porte, mais je la retirai, voyant par avance ce qui allait arriver : Hillel me passerait doucement la main sur les yeux et... non, non, surtout pas ça ! Je n'avais pas le droit de rechercher le moindre adoucissement. « Elle » avait confiance en moi, en mon aide, et si le danger auquel elle se sentait exposée me paraissait pour l'heure minime, voire inexistant, *elle* le jugeait certainement énorme !

Il serait temps de demander conseil à Hillel le lendemain. Je me contraignis à raisonner froidement : le déranger maintenant au beau milieu de la nuit ? Impossible. Il me prendrait pour un fou.

Je voulus allumer la lampe, puis y renonçai : le reflet de la lune renvoyé par les toits tombait dans ma chambre et me donnait plus de clarté qu'il m'en fallait. D'ailleurs, je craignais que la nuit passât plus lentement encore si j'éclairais.

La pensée d'allumer la lampe simplement pour attendre le jour avait quelque chose de désespéré – une sourde appréhension me chuchotait que ce serait repousser le matin dans des lointains inaccessibles.

Je m'approchai de la fenêtre : tel un cimetière fantomatique tremblant dans l'air, les rangées de pignons chantournés faisaient penser à des pierres tombales aux inscriptions effacées par les intempéries, dressées sur les sombres caveaux, les « lieux d'habitation » dans lesquels le tourbillon des vivants s'était creusé trous et passages.

Longtemps je demeurai ainsi, regardant en l'air jusqu'au moment où je commençai doucement, tout doucement, à me demander pourquoi je n'avais pas peur, alors qu'un bruit de pas retenus traversait les murs pour venir me frapper l'oreille.

J'écoutai attentivement : aucun doute possible, quelqu'un marchait de nouveau à côté. Le bref gémissement des planches trahissait le glissement hésitant de ses semelles.

Revenu à moi d'un seul coup, je rapetissai littéralement sous l'effort d'une volonté d'écouter qui concentrait tout mon être. Toutes les sensations de temps se figèrent dans le présent.

Encore un craquement rapide qui se fit peur à lui-même et s'interrompit précipitamment. Puis un silence de mort. Ce silence tendu, inquiétant, qui trahit sa propre cause et donne à chaque minute des proportions monstrueuses.

Sans un mouvement, je restai l'oreille collée à la cloison, avec dans la gorge l'impression menaçante qu'il y avait quelqu'un de l'autre côté qui faisait exactement la même chose que moi.

J'écoutai, je guettai : rien.

L'atelier contigu paraissait retombé dans le néant.

Sans bruit, sur la pointe des pieds, je me glissai jusqu'à la chaise à côté de mon lit, pris la bougie de Hillel et l'allumai.

Puis une idée me vint : la porte en fer du grenier dans le corridor menant à l'atelier de Savioli ne s'ouvrait que par le dessus.

Je pris, à tout hasard, un morceau de fil de fer recourbé en crochet qui se trouvait sur ma table de travail : des serrures de ce genre se crochètent avec la plus grande facilité, une pression sur le ressort suffit !

Et après, que se passerait-il ?

Ce ne pouvait être qu'Aaron Wassertrum qui espionnait à côté – il fouillait sans doute dans les caisses à la recherche de nouvelles armes, de nouvelles preuves.

Mon intervention aurait-elle une grande utilité ?

Je ne réfléchis pas longtemps : agir et non penser. Tout pour rompre cette effrayante attente du matin.

Déjà je me trouvai devant le battant de fer ; je pris appui contre lui, enfonçai prudemment le crochet dans la serrure et écoutai. Je ne m'étais pas trompé – à l'intérieur, dans l'atelier, un bruit glissé, comme celui d'un tiroir qu'on ouvre.

L'instant d'après, le verrou cédait.

Découvrant la pièce, je pus apercevoir, bien que l'obscurité fût à peu près complète et que la bougie servît juste à m'éblouir, un homme en long manteau noir se redresser d'un bond affolé devant un bureau, demeurer une seconde indécis, faire un geste comme s'il voulait bondir sur moi, puis arracher le chapeau qu'il avait sur la tête et s'en cacher précipitamment le visage.

Je voulus lui crier : « Qu'est-ce que vous faites ici ? » Mais l'homme me devança.

« Pernath ! C'est vous ? Pour l'amour du ciel, éteignez

votre lumière ! » La voix m'était connue, mais ce n'était assurément pas celle du brocanteur Wassertrum.

Machinalement, je soufflai la bougie.

La pièce se trouvait dans la pénombre – éclairée seulement par une vapeur irisée qui se glissait dans l'embrasure de la fenêtre – exactement comme la mienne et je dus forcer ma vue à l'extrême pour reconnaître dans le visage décharné et fiévreux qui surgissait soudain au-dessus du manteau, les traits de l'étudiant Charousek.

« Le moine ! » L'exclamation me vint instinctivement sur les lèvres et je compris d'un seul coup la vision que j'avais eue la veille à la cathédrale ! *Charousek ! Voilà celui auquel je devais m'adresser !* Et j'entendis à nouveau les mots qu'il avait prononcés alors dans la pluie, sous la porte cochère : « Aaron Wassertrum apprendra bientôt que l'on peut transpercer les murs avec des aiguilles empoisonnées invisibles. Précisément le jour où il voudra prendre le docteur Savioli à la gorge. »

Avais-je là un allié ? Savait-il ce qui s'était passé ? Sa présence dans l'atelier à une heure aussi insolite permettait de le penser, mais je n'osai pas lui poser directement la question.

Il s'était précipité vers la fenêtre et regardait en bas dans la rue, derrière le rideau.

Je compris : il craignait que Wassertrum eût aperçu la lumière de ma bougie.

« Vous croyez sûrement que je suis un voleur en me voyant fureter la nuit dans un logement étranger, maître Pernath, commença-t-il d'une voix incertaine après un long silence, mais je vous jure... »

Je l'interrompis aussitôt et le rassurai.

Pour bien lui montrer que loin d'éprouver la moindre méfiance à son endroit, je le considérais au contraire comme un allié, je lui racontai, à quelques réserves près que je jugeai nécessaires, ce qui avait trait à l'atelier et mes craintes de voir une femme qui m'était chère tomber victime des velléités de chantage du brocanteur.

A la manière polie dont il m'écouta, sans me poser une seule question, je compris qu'il connaissait déjà l'essentiel de l'affaire, même si certains détails lui échappaient peut-être.

« Tout concorde, grommela-t-il lorsque j'en eus fini. Je ne m'étais donc pas trompé. Cet individu veut étrangler Savioli, mais très évidemment, il n'a pas encore rassemblé assez de preuves. Sinon, pourquoi tournaillerait-il continuellement par ici? Comme je passais hier, disons par hasard dans la rue, expliqua-t-il en voyant mon air interrogateur, j'ai remarqué que Wassertrum, après avoir rôdé un moment devant la porte allant et venant avec un air innocent, persuadé que personne ne l'observait, s'engouffrait prestement dans la maison. Je le suivis aussitôt, et fis mine de vouloir aller chez vous; je frappai à votre porte, le surprenant ainsi juste au moment où il essayait de faire tourner une clef dans la trappe de fer. Bien entendu, il s'arrêta immédiatement en me voyant et frappa aussi chez vous pour se donner une contenance. Apparemment vous étiez sorti, parce que personne n'a répondu.

Je me suis ensuite renseigné prudemment dans la ville juive et j'ai appris que quelqu'un qui, d'après les descriptions, ne pouvait être que le docteur Savioli, possédait là un pied-à-terre clandestin. Comme il est cloué chez lui par la maladie, tout le reste me paraissait concorder parfaitement.

Voyez, voilà ce que j'ai trouvé dans les tiroirs et qui va me permettre de damer le pion à Wassertrum une fois pour toutes », conclut Charousek en me montrant un paquet de lettres sur le bureau. « C'est tout ce que j'ai pu dénicher. Il n'y a probablement rien de plus. Du moins j'ai fouillé tous les bahuts et les placards, autant qu'on peut le faire sans lumière. »

Tandis qu'il parlait, mes yeux faisaient le tour de la pièce et s'arrêtaient involontairement sur une trappe dans le sol. Je me souvins alors obscurément que Zwakh m'avait parlé autrefois d'un passage secret qui permettait d'accéder à l'atelier par le dessous.

C'était une plaque carrée avec un anneau pour la saisir.

« Où allons-nous mettre ces lettres en sûreté? poursuivit Charousek. Vous, maître Pernath, vous êtes bien le seul dans tout le ghetto que Wassertrum juge inoffensif – alors que *moi* précisément, il a – des raisons – particulières – (je vis ses traits se crisper sous l'effet d'une haine folle tandis qu'il mordait littéralement les mots de cette dernière phrase) « et vous il vous tient pour... » Charousek étouffa le mot « fou » dans un petit accès de toux provoqué en hâte. Mais j'avais bien deviné ce qu'il voulait dire. Je n'en fus d'ailleurs nullement blessé; le sentiment de pouvoir « la » secourir me rendait si heureux qu'il abolissait toute susceptibilité en moi. Nous convînmes finalement de cacher le paquet chez moi et passâmes dans ma chambre.

Charousek était parti depuis longtemps, mais je ne pouvais toujours pas me décider à me coucher. Une sorte d'agitation inquiète me harcelait sans répit. Il me semblait que j'avais encore quelque chose à faire, mais quoi? quoi?

Un plan pour l'action de l'étudiant dans les jours à venir? Ce ne pouvait être seulement cela. Charousek ne quittait pratiquement pas le brocanteur des yeux, aucun doute à ce sujet. Je frémis en songeant à la haine qui émanait de ses paroles.

Qu'est-ce que Wassertrum avait bien pu lui faire?

L'agitation étrange ne cessait de croître en moi, me poussant presque au désespoir. Quelque chose d'invisible m'appelait de l'au-delà et je ne comprenais pas.

Je me faisais l'effet d'un cheval qui a été dressé, qui sent la pression du mors et qui ne sait pas la figure qu'il doit exécuter, qui ne saisit pas la volonté de son maître.

Descendre chez Schemajah Hillel?

Toutes les fibres de mon être s'y refusaient.

La vision du moine dans la cathédrale, apparaissant avec la tête de Charousek sur ses épaules, fut comme la réponse à une prière muette et me donna à partir de ce moment une directive assez nette pour que je pusse mépriser délibérément des impressions aussi brumeuses. Depuis longtemps des forces secrètes germaient en moi, la chose était sûre : je l'éprouvais avec une intensité trop grande pour tenter même de le nier.

Ressentir les lettres et non pas seulement les lire des yeux dans les livres – former en moi un interprète qui traduise ce que l'instinct me chuchotait sans paroles – je comprenais que la clef était là, que c'était le moyen d'arriver à une entente claire et explicite avec mon être intérieur, mes propres profondeurs.

« Ils ont des yeux pour ne point voir et des oreilles pour ne point entendre. » Ce passage de la Bible me vint à l'esprit comme une explication.

« Clef, clef, clef. » Mes lèvres répétaient mécaniquement le mot tandis que mon esprit jonglait avec une idée étrange.

« Clef, clef... ? » Mes yeux tombèrent sur le fil de fer recourbé que je tenais à la main et qui m'avait servi auparavant à ouvrir la porte du grenier. Aussitôt la curiosité brûlante de savoir où pouvait conduire la trappe carrée de l'atelier m'aiguillonna.

Sans réfléchir davantage, je retournai dans l'atelier de Savioli et tirai sur l'anneau jusqu'à ce que je réussisse à soulever la plaque.

D'abord rien que le noir.

Puis je vis : un escalier raide et étroit, qui s'enfonçait dans l'épaisseur des ténèbres. Je le descendis.

Pendant un certain temps je tâtai les murs de la main, mais ils paraissaient sans fin : niches mouillées de moisissure et de boue – coins, recoins et tournants – passages perpendiculaires, vers la droite, vers la gauche, vestiges d'une vieille porte de bois, bifurcations, puis de nouveau des marches, des marches, des marches qui montaient, qui descendaient. Partout une odeur fade, suffocante, de lichen et de terre.

Et toujours pas un rayon de lumière !

Si seulement j'avais pris la bougie de Hillel !

Enfin un chemin horizontal et uni.

Du crissement sous mes pieds je déduisis que je marchais sur un sable sec.

Il ne pouvait s'agir que d'un de ces innombrables chemins qui serpentaient sans rime ni raison apparente sous le ghetto, jusqu'à la rivière.

Je ne m'en étonnai pas : la moitié de la ville se trouvait construite depuis des temps immémoriaux sur de tels souterrains et les Pragois avaient toujours eu de bonnes raisons de fuir la lumière du jour.

L'absence totale de bruit m'indiquait que je devais encore

me trouver dans la région du quartier juif, absolument mort la nuit, bien que j'eusse erré pendant une éternité.

Des rues ou des places plus animées au-dessus de moi se fussent trahies par quelque lointain roulement de voiture.

Pendant une seconde, la crainte d'avoir tourné en rond me serra la gorge. Si je tombais dans un trou et me blessais, ou me cassais une jambe, si je ne pouvais plus continuer mon chemin?

Qu'adviendrait-il alors de *ses* lettres dans ma chambre? Elles tomberaient immanquablement entre les mains de Wassertrum.

Le souvenir de Schemajah Hillel lié pour moi à l'idée de soutien et de chef me tranquillisa inconsciemment.

Mais je ralentis mon allure par prudence en tâtant le terrain du pied, les bras au-dessus de la tête pour ne pas m'assommer au cas où la voûte s'abaisserait.

A intervalles de plus en plus courts, je levai la main pour vérifier la hauteur et finalement les pierres devinrent si basses que je dus me plier pour continuer à avancer.

Soudain, ma main ne rencontra plus que le vide.

Je m'arrêtai net et regardai en l'air.

Il me sembla, au bout d'un moment, distinguer une lueur de jour à peine perceptible. Y avait-il là quelque puits qui débouchait dans une cave?

Me redressant, je tâtai des deux mains à la hauteur de ma tête : l'ouverture était exactement carrée et la paroi maçonnée.

Progressivement, je parvins à distinguer les contours vagues d'une croix dressée dont je finis par saisir le fût; je me hissai jusqu'en haut à grand effort et me glissai dans l'espace vide.

Désormais debout sur la croix, je tentai de m'orienter. Si le toucher de mes doigts ne me trompait pas, les restes d'un escalier tournant en fer venaient aboutir là.

Je dus tâtonner pendant un temps infini avant de trouver la deuxième marche que j'escaladai.

Il y en avait huit en tout, séparées par une hauteur d'homme ou presque.

Bizarre : l'escalier allait buter contre une sorte de plancher horizontal laissant passer par des fentes régulières qui se coupaient la lueur aperçue du bas, alors que j'étais encore dans le passage.

Je me baissai tant que je pus pour distinguer d'un peu plus loin le tracé des lignes et je vis alors à mon grand étonnement qu'elles dessinaient exactement l'étoile à six branches que l'on trouve dans les synagogues.

Qu'est-ce que cela pouvait bien être?

Soudain la solution de l'énigme m'apparut : c'était une trappe qui laissait filtrer la lumière par ses bords! Une trappe de bois en forme d'hexagone.

Je m'arc-boutai, donnai une poussée à la plaque de bois avec les épaules, la soulevai et l'instant d'après je me trouvai dans une pièce éclairée par la lumière dure de la lune.

Assez petite, elle était complètement vide, à l'exception d'un tas de friperie dans un coin et sa seule fenêtre était fortement grillagée.

Mais j'eus beau scruter minutieusement les murs, je ne découvris aucune porte ni aucune issue quelconque, à l'exception de celle que je venais d'emprunter.

Les barreaux de la fenêtre étaient trop serrés pour que je pusse passer la tête entre eux, mais je fis néanmoins certaines constatations.

La pièce se trouvait à peu près à la hauteur d'un troisième étage, car les maisons en face, qui n'en avaient que deux, étaient notablement plus basses.

Je voyais l'un des trottoirs de la rue, encore que d'extrême justesse, mais l'éblouissante lumière de la lune qui me frappait en plein visage le plongeait dans une ombre si épaisse que je ne pouvais distinguer le moindre détail.

La rue se trouvait certainement dans le quartier juif, car les fenêtres en face étaient murées, ou leur encadrement simulé dans la construction et c'est seulement dans le ghetto que les maisons se tournent si bizarrement le dos.

Vainement, je me torturais l'esprit pour deviner dans quel édifice étrange je me trouvais.

Était-ce un clocheton abandonné de l'église grecque? Appartenait-il à la vieille synagogue?

Non, l'aspect du quartier ne concordait pas.

Une fois encore, je regardai autour de moi dans la pièce : rien qui pût me donner la moindre indication. Les murs et le plafond étaient nus, l'enduit et le plâtre tombés depuis longtemps, pas un clou ni un trou de clou indiquant que la pièce eût été habitée autrefois.

Une couche de poussière épaisse de plusieurs centimètres recouvrait le plancher, comme si aucun être vivant n'y avait posé le pied depuis des dizaines d'années.

Fouiller le tas de débris dans le coin me soulevait le cœur. Il se trouvait dans une ombre épaisse et je ne pouvais distinguer de quoi il était fait.

D'après l'apparence extérieure, on eût dit des chiffons roulés en boule.

Ou bien s'agissait-il de vieilles valises noires?

Je tâtai du pied et parvins avec le talon à tirer une partie de l'amas vers la traînée de lumière que la lune jetait au travers de la pièce. Une sorte de large bande de tissu sombre se déroula lentement.

Un point étincelant comme un œil!

Un bouton de métal peut-être?

Peu à peu je démêlai la réalité : une manche d'une coupe étrange et démodée pendait du ballot. Et une petite boîte blanche ou quelque chose d'analogue, qui se trouvait dessous, s'écrasa sous mon pied, puis s'éparpilla en une foule de fragments tachetés.

Je leur donnai un coup léger : une feuille vola dans la clarté!

Une image?

Je me penchai : un Fou!

Ce que j'avais pris pour une boîte blanche était un jeu de tarots.

Je le ramassai.

Un jeu de cartes, ici, dans cet endroit hanté! Quelle cocasserie! Mais, chose étrange, je dus me forcer pour sourire. Une légère angoisse me gagnait.

Je recherchai une explication banale à la présence de ces cartes en pareil lieu, tout en les comptant machinalement. Elles étaient au complet : soixante-dix-huit. Mais ce faisant je remarquai une particularité étrange : on eût dit qu'elles étaient taillées dans la glace.

Un froid paralysant émanait d'elles et mes doigts étaient devenus gourds au point que je pus à peine lâcher le paquet que je tenais dans la main. Une fois encore je cherchai avidement quelque raison raisonnable.

Mon complet léger, la longue errance sans manteau ni chapeau dans les souterrains, la féroce nuit d'hiver, les murs de pierre, le froid terrible qui entrait par la fenêtre en même temps que la clarté de la lune : il était d'ailleurs bizarre que j'eusse seulement commencé maintenant à me sentir glacé. La surexcitation dans laquelle je m'étais trouvé pendant tout ce temps avait dû m'empêcher de m'en apercevoir.

Les frissons se succédaient sur ma peau. Couche par couche ils s'enfonçaient de plus en plus profondément dans mon corps.

Je sentais mon squelette se changer en glace et chacun de ses os me paraissait être une barre de métal sur laquelle la chair était collée par le froid.

Rien n'y faisait. J'avais beau courir en rond, battre la semelle, décrire des moulinets avec les bras comme des ailes de moulin, j'étais obligé de serrer les dents pour ne pas les entendre claquer.

Je me dis que c'était la mort qui posait ses mains glacées sur ma tête.

Et je me défendis comme un forcené contre l'engourdissement narcotique de la congélation qui m'enveloppait comme d'un manteau suffoquant.

Les lettres dans ma chambre – *ses lettres!* Ce fut comme un hurlement en moi : si je meurs, on les trouvera. Et elle a mis son espoir en moi! Son salut entre mes mains! Au secours! – Au secours! – Au secours! –

Et je hurlai par la fenêtre dans la rue déserte qui en résonnait : « Au secours, au secours, au secours! »

Je me jetai sur le sol, puis me relevai d'un bond. Il ne fallait pas que je meure, il ne fallait pas! Pour elle, rien que pour elle! Dussé-je faire jaillir des étincelles de mes os pour me réchauffer.

Mes yeux tombèrent alors sur les loques dans le coin, je me précipitai sur elles et les enfilai par-dessus mes vêtements avec des mains tremblantes.

C'était une veste déchirée, d'une coupe bizarre, très ancienne, taillée dans un épais drap sombre.

Une odeur de moisi s'en dégageait.

Puis je m'accroupis dans l'angle opposé et sentis ma peau se réchauffer lentement, très lentement. Seule l'impression d'avoir en moi une charpente de glace ne se dissipait pas. Sans un mouvement, je restai tapis là, laissant mon regard errer autour de la pièce : la carte qui avait la première attiré mon attention gisait toujours au milieu de la traînée de lumière.

Je ne pouvais en détacher mon regard.

Elle semblait, pour autant que je pusse le reconnaître de loin, maladroitement peinte à l'aquarelle par une main d'enfant et représenter la lettre hébraïque aleph sous la forme d'un homme, habillé à l'ancienne mode, la barbe en pointe grisonnante taillée court et le bras gauche levé, cependant que l'autre pointait vers le bas.

Un soupçon s'éveilla confusément en moi. Le visage de ce personnage ne ressemblait-il pas étrangement au mien? La barbe – ce n'était pas du tout celle d'un Fou... Je rampai jusqu'à la carte et la jetai dans le coin, avec le reste de la friperie pour me délivrer de cette vue angoissante. Elle resta là, tache gris-blanc, à peine indiquée, qui luisait faiblement dans l'ombre.

Je me contraignis au prix d'un violent effort à réfléchir aux moyens que je devais prendre pour regagner mon logis.

Attendre le matin! Appeler les passants par la fenêtre pour qu'ils m'apportent des bougies ou une lanterne par l'extérieur, avec une échelle! Sans lumière, je n'arriverais jamais à me retrouver dans ces passages s'entrecroisant à l'infini, j'en étais sûr, d'une certitude accablante. Ou alors, si la fenêtre se trouvait trop haut, peut-être quelqu'un pourrait-il descendre du toit avec une corde – –? Dieu du ciel! Un éclair me transperça et je compris où je me trouvais : *une pièce sans issue* – avec seulement une fenêtre grillagée – l'antique maison dans la ruelle de la Vieille-École que tout le monde évitait! Plusieurs années auparavant, un homme s'était déjà laissé glisser du toit pour regarder par la fenêtre, la corde avait cassé et – oui : *j'étais dans la maison où le Golem disparaissait chaque fois!*

Une profonde horreur contre laquelle je me défendis en vain paralysa toute pensée en moi et mon cœur se mit à se crisper : jamais je ne pourrai retrouver de mémoire le chemin des lettres!

Hâtivement, je me répétai, les lèvres raidies, que c'était le vent, le vent seul qui soufflait si glacé de l'angle opposé, je me le répétai de plus en plus vite, la respiration sifflante – mais en vain : là-bas, en face de moi, la tache blanchâtre – la carte – se gonflait comme une vessie, s'avançait jusqu'au bord de la traînée lumineuse – des bruits de gouttelette – à demi pressentis, à demi réels – se faisaient entendre dans la pièce et au-dehors, autour de moi et ailleurs – au plus profond de mon cœur, puis de nouveau au milieu de la pièce – comme quand on laisse tomber un compas qui reste la pointe fichée dans le bois! Et encore et toujours : la tache blanchâtre, la tache blanchâtre! Une carte, une malheureuse carte stupide et insensée, mon cerveau me le criait – mais en vain – maintenant il a pris forme – envers et contre tout il a pris forme – le Fou – et il est accroupi dans le coin et il me regarde *avec mon propre visage*.

Je restai là des heures et des heures – immobile – dans l'angle de la pièce, carcasse paralysée par le froid dans un vêtement étranger, pourri! Et lui, en face : moi-même.

Muet et immobile.

Nous nous regardions ainsi les yeux dans les yeux – l'un épouvantable reflet de l'autre.

Voit-il aussi comme les rayons de lune, toujours plus blafards, rampent sur le plancher avec la ténacité obtuse d'une limace et grimpent au mur comme les aiguilles d'une invisible horloge de l'éternité ?

Je le ligotai solidement d'un regard et c'est en vain qu'il voulut se dégager dans la lueur de l'aube qui lui venait en aide, par la fenêtre.

Je le tenais bien.

Pas à pas, j'ai lutté avec lui pour ma vie – la vie qui est mienne parce qu'elle ne m'appartient plus.

Et tandis qu'il devenait de plus en plus petit et se recroquevillait de nouveau dans sa carte à jouer, je me suis levé, je suis allé à lui et je l'ai mis dans ma poche – le Fou.

La rue, en bas, était toujours vide et déserte.

J'explorai le coin de la pièce qui se trouvait désormais dans la lumière émoussée du matin : des débris, une poêle rouillée, des haillons tombés en poussière, un goulot de bouteille, choses mortes et pourtant si connues !

Et les murs aussi – comme les fentes et les crevasses y étaient nettes – où les avais-je donc déjà vues ?

Je pris le paquet de cartes – une vague idée me vint à l'esprit : ne l'avais-je pas peint moi-même ? Étant enfant ? Il y avait bien, bien longtemps ?

C'était un très vieux jeu de tarots. Avec des marques en hébreu. J'eus comme un vague souvenir : le numéro douze devait être « le pendu » – La tête en bas ? Les bras dans le dos ? Je fis glisser les cartes, à sa recherche : Oui ! Oui, il était là.

Puis de nouveau, moitié rêve moitié certitude, une image surgit devant moi : *une maison d'école noircie,* bossue, déjetée, antre de sorcière rébarbatif, l'épaule gauche haut levé, la droite prise dans le bâtiment voisin – – Nous sommes là une foule de gamins – il y a quelque part une cave abandonnée.

Puis mon regard glissa le long de mon corps et de nouveau je fus déconcerté : le vêtement démodé m'était complètement inconnu.

Le bruit d'une charrette cahotante me fit sursauter et pourtant quand je regardai en bas : pas une âme. Seul un mâtin se tenait à un coin de la rue, rêveur.

Ah, enfin ! Des voix ! Des voix humaines !

Deux vieilles femmes arrivaient en clopinant lentement! Non sans mal je passai à demi la tête entre les barreaux et les appelai.

Bouche bée, elles regardèrent en l'air, jacassantes. Mais quand elles me virent, elles poussèrent un hurlement strident et s'enfuirent. Je compris qu'elles m'avaient pris pour le Golem.

Je m'attendais à ce que se formât un rassemblement de gens dont je pourrais me faire comprendre, mais une heure au moins s'écoula et seul, de temps en temps, un visage livide se levait vers moi, d'en bas, pour disparaître immédiatement, mort de peur.

Fallait-il attendre des heures, voire jusqu'au lendemain qu'on alertât les policiers – les filous patentés comme les appelait Zwakh?

Non, mieux valait tenter d'explorer les souterrains dans la direction de la rue.

Peut-être, dans la journée, un rais de lumière se glissait-il par quelque fissure entre les pierres.

Je descendis les marches à toute vitesse, repris le chemin de la veille – franchissant de véritables montagnes de tuiles brisées et des caves profondes – escaladai une ruine d'escalier et arrivai soudain... dans le vestibule de *l'école noire* que j'avais vue en rêve.

Aussitôt, un flot de souvenirs déferla en moi : bancs éclaboussés d'encre du haut en bas, cahiers de calcul, chansons braillées, un gamin qui lâche un hanneton dans la classe, livres de lecture avec des tartines écrasées entre leurs pages, odeur de peaux d'orange.

Désormais j'en étais certain! J'avais été petit garçon là. Mais sans me laisser le temps d'y réfléchir davantage, je poursuivis mon chemin en hâte.

La première personne rencontrée dans la rue Salniter fut un vieux Juif contrefait aux paillés blancs. A peine m'eut-il aperçu qu'il se couvrit le visage des mains et se mit à glapir des prières en hébreu.

Le bruit dut attirer nombre de gens hors de leurs trous, car un tintamarre indescriptible éclata derrière moi. Me retournant, je vis une armée de visages livides comme des cadavres, tordus par la peur, qui se ruait à mes trousses.

Stupéfait, je baissai les yeux sur moi et compris : je portais toujours l'étrange vêtement moyenâgeux de la nuit pardessus mon complet et les gens croyaient avoir le Golem devant eux.

Vite, je m'engouffrai en courant sous une porte cochère et arrachai les loques poussiéreuses.

Au même instant, la meute me dépassa en vociférant, bâtons brandis et gueules écumantes.

lumière

Plusieurs fois pendant la journée, j'avais frappé à la porte de Hillel. Je n'aurais ni paix ni cesse que je lui eusse parlé, et demandé ce que signifiaient tous ces événements étranges. Mais chaque fois on me répondait qu'il n'était pas encore rentré.

Dès qu'il serait revenu du tribunal rabbinique, sa fille m'avertirait.

Curieuse personne d'ailleurs, cette Mirjam !

Un type comme je n'en avais encore jamais vu.

Une beauté si insolite qu'on ne peut la saisir au premier regard – une beauté qui rend muet celui qui la contemple et éveille en lui une impression inexplicable, une sorte de léger découragement. Je me disais, tandis que je la voyais devant moi par la pensée, que ce visage devait être construit selon des canons perdus depuis des millénaires.

Et je songeais à la pierre précieuse qu'il me faudrait choisir pour le fixer dans une intaille et en préserver ainsi l'expression artistique authentique, mais dès les premières apparences, l'éclat noir bleuté des cheveux et des yeux qui dépassait tout ce à quoi je pouvais penser, je me heurtais à l'impossible. Comment, en respectant la signification de la vision, enfermer l'étroitesse surnaturelle du visage dans un camée sans être paralysé par les analogies conventionnelles et obtuses qu'imposent les « règles de l'art » ?

Je me rendais bien compte que seule une mosaïque pouvait permettre de résoudre la difficulté, mais quelles matières choisir ? Il faudrait une vie d'homme pour trouver celles qui convenaient.

Où donc Hillel s'attardait-il ainsi?

Je l'attendais avec l'impatience réservée aux vieux amis aimés.

Quelle place il avait prise dans mon cœur en quelques jours – et si l'on voulait être précis, je ne lui avais parlé qu'une fois dans ma vie!

Oui, c'est vrai : les lettres – *ses* lettres – je voulais mieux les cacher. Pour être tranquille, si j'étais obligé de m'absenter à nouveau pendant assez longtemps.

Je les sortis du bahut : dans la cassette elles seraient plus en sûreté.

Une photographie glissa du paquet. Je ne voulais pas la regarder, mais il était déjà trop tard.

Une étole de brocart posée sur ses épaules nues – telle que je l'avais vue pour la première fois, quand elle s'enfuyait de l'atelier de Savioli dans ma chambre – elle me regarda, les yeux dans les yeux.

Une douleur insensée me transperça. Je lus la dédicace sous le portrait sans en saisir les mots, et le nom :

Ton Angelina

Angelina!

A l'instant où je prononçai ce nom tout haut, le rideau qui me cachait mes années de jeunesse se déchira de haut en bas.

Je pensai crever de désespoir. Je griffai l'air des mains en gémissant, je me mordis les doigts en suppliant le Dieu du ciel de me rendre aveugle comme avant, de pouvoir continuer mon existence de mort vivant.

La douleur me remontait jusqu'aux lèvres – jaillissait avec un goût étrangement sucré – comment du sang.

Angelina!

Le nom tourbillonnait dans mes veines, caresse de fantôme qui devenait intolérable.

Avec un effort violent, je me ressaisis et me contraignis – en grinçant des dents – à regarder fixement le portrait jusqu'à ce que j'en devinsse maître.

Maître!
Comme du jeu de cartes, cette nuit.

Enfin : des pas! Des pas d'homme.
Lui!
Exultant, je me précipitai vers la porte et l'ouvris en grand.
Schemajah Hillel était là et derrière lui – je me reprochai doucement d'en éprouver une déception – avec ses joues rouges et ses yeux ronds d'enfant : le vieux Zwakh.
« Je vois avec satisfaction que vous êtes bien portant, maître Pernath », commença Hillel.
« Vous? » Quelle froideur!
Froid. Un froid coupant, mortel s'abattit brusquement sur la pièce.
Assommé, j'écoutai d'une oreille ce que Zwakh balbutiait, haletant d'émotion.
« Est-ce que vous savez? Le Golem est revenu! Nous en avions parlé il y a peu, vous vous rappelez, Pernath? Toute la ville juive est sens dessus dessous. Vrieslander a vu le Golem de ses yeux. Et une fois encore, comme toujours, il a commis un meurtre. » Étonné, je prêtai attention : un meurtre? Zwakh me secoua : « Oui, vous n'êtes donc au courant de rien, Pernath? En bas, il y a un avis de la police placardé à tous les coins : il paraît que le gros Zottmann, le « franc-maçon » – enfin je veux dire le directeur de l'assurance sur la vie – aurait été assassiné. On vient d'arrêter le Loisa, ici, dans la maison. Et Rosina la Rouge a disparu – Le Golem – le Golem – c'est à faire dresser les cheveux sur la tête. »
Je ne répondis rien et cherchai les yeux de Hillel : pourquoi me regardait-il avec tant d'insistance?
Soudain, un sourire contenu frémit au coin de ses lèvres. J'avais compris. Il s'adressait à moi.
Une jubilation telle m'inonda que je lui aurais volontiers sauté au cou.
Hors de moi, je courais sans but autour de la pièce. Que fallait-il offrir en premier. Des verres? Une bouteille de bourgogne (je n'en avais qu'une). Des cigares? Enfin je retrouvai la parole : « Mais pourquoi est-ce que vous ne vous

asseyez pas ? » Très vite, je poussai des sièges vers mes deux amis.

Zwakh se mit en colère : « Pourquoi souriez-vous donc continuellement, Hillel ? Vous ne croyez peut-être pas que le Golem revient ? J'ai l'impression que vous n'y croyez pas du tout. »

« Je n'y croirais pas même si je le voyais devant moi dans cette pièce », répondit tranquillement Hillel en me jetant un regard. Je compris le double sens qui se cachait dans ses paroles.

Zwakh, stupéfait, s'arrêta de boire : « Pour vous le témoignage de centaines de gens ne compte pas, Hillel ? Attendez un peu et rappelez-vous bien ce que je vais vous dire : maintenant il y aura meurtre sur meurtre dans la ville juive ! Je connais ça. Le Golem traîne un sinistre cortège à sa suite. »

« L'accumulation d'événements analogues n'a rien d'extraordinaire », riposta Hillel. Tout en disant cela, il s'était dirigé vers la fenêtre et regardait en bas, la boutique du brocanteur. « Quand souffle le vent du dégel, la vie s'éveille dans les racines. Les bonnes comme les mauvaises. »

Zwakh me lança un clin d'œil amusé et désignant Hillel d'un hochement de tête :

« Si seulement le Rabbi voulait parler, il pourrait nous raconter des choses qui nous feraient dresser les cheveux sur la tête », lança-t-il à mi-voix. Schemajah se retourna.

« Je ne suis pas rabbi, bien que je puisse en porter le titre ; je ne suis qu'un pauvre archiviste du tribunal rabbinique où je tiens *le registre des vivants et des morts.* »

Je sentis que sa phrase recélait un sens caché. Le montreur de marionnettes parut éprouver inconsciemment la même impression – il se tut et pendant un grand moment aucun de nous ne dit mot.

« Dites-moi, Rabbi – excusez-moi, je voulais dire, monsieur Hillel, reprit enfin Zwakh d'une voix étonnamment grave, il y a longtemps que je voulais vous demander quelque chose. Mais ne vous croyez pas obligé de répondre si vous ne voulez pas, ou si vous ne pouvez pas... ».

Schemajah s'approcha de la table et se mit à jouer avec son

verre – il ne buvait pas; peut-être le rituel juif le lui interdisait-il.

« Demandez sans crainte, monsieur Zwakh. »

« Savez-vous quelque chose de la tradition secrète juive, de la Cabale, Hillel? »

« Très peu. »

« J'ai entendu dire qu'il existait un document permettant de l'apprendre, le " Zohar ".

« Oui, le Zohar, le livre de la Splendeur. »

« C'est ça, voyez un peu! maugréa Zwakh. Est-ce que ce n'est pas une injustice monstrueuse qu'un écrit qui contient, dit-on, les clefs de l'interprétation de la Bible et du bonheur... »

Hillel l'interrompit : « Quelques clefs seulement. »

« Bon, mais au moins quelques-unes – donc, que ce texte ne soit accessible qu'aux riches du fait de sa grande valeur et de sa rareté? En un seul exemplaire qui se trouve au muséum de Londres par-dessus le marché, d'après ce que je me suis laissé dire? Écrit en chaldéen, en araméen, en hébreu – je ne sais quoi? – Est-ce que *moi,* par exemple, j'ai jamais eu dans ma vie l'occasion d'apprendre ces langues-là, ou d'aller à Londres? »

« Vous avez donc mis là tous vos désirs avec une si brûlante ardeur? » demanda Hillel non sans une légère ironie.

« Franchement – non », convint Zwakh un peu déconcerté.

« Alors ne vous plaignez pas, dit sèchement Hillel. Celui qui ne cherche pas l'Esprit avec tous les atomes de son corps – comme un noyé cherche l'air – celui-là ne contemplera pas les mystères de Dieu. »

« Il doit tout de même exister un livre qui contient toutes les clefs des énigmes de l'autre monde et non pas seulement quelques-unes », pensai-je alors, tandis que mes mains jouaient machinalement avec le Fou que j'avais toujours dans la poche, mais avant que j'eusse pu mettre la question en mots, Zwakh l'avait fait.

Hillel eut de nouveau un sourire énigmatique. « Toute question que l'homme peut poser reçoit sa réponse dans l'instant même où il l'a conçue. »

Zwakh se tourna vers moi : « Vous comprenez, vous, ce qu'il veut dire par là? »

Je ne répondis rien et retins mon souffle pour ne pas perdre une syllabe des propos de Hillel.

Schemajah poursuivit :

« La vie entière n'est *rien* autre que des questions devenues formes, qui portent en elles le germe de leur réponse — et des réponses grosses de questions. Celui qui y voit autre chose est un fou. »

Zwakh frappa la table du poing :

« Bien sûr : des questions qui s'expriment chaque fois différemment et des réponses que chacun comprend différemment. »

« C'est exactement cela, dit Hillel indulgent. Traiter tous les hommes avec *une seule* cuillère, est le privilège des médecins. Le questionneur reçoit *la* réponse dont il a besoin : sinon la créature ne suivrait pas le chemin de ses aspirations. Croyez-vous donc que nos textes juifs sont écrits exclusivement avec des consonnes par pur caprice? Chacun doit trouver par ses propres moyens les voyelles cachées qui révéleront le sens déterminé pour lui seul de toute éternité; il ne faut pas que la parole vivante se fige en un dogme mort. »

Le montreur de marionnettes protesta violemment :

« Ce sont des mots, Rabbi, des *mots!* Je veux bien m'appeler le dernier des Fous si j'y comprends quelque chose. »

Fou! Le mot me frappa comme la foudre et je faillis tomber de mon siège.

Hillel évita mon regard. « Qui sait si vous ne vous appelez pas ainsi en réalité. » Les propos de Hillel m'arrivaient à l'oreille comme d'un lointain reculé. « Il ne faut jamais être trop sûr de son affaire. Au reste, puisque nous parlons de cartes : monsieur Zwakh, jouez-vous aux tarots? »

« Naturellement. Depuis mon enfance. »

« Dans ce cas je m'étonne que vous réclamiez un livre contenant toute la Cabale, alors que vous l'avez eu mille fois dans les mains. »

« Moi? Dans les mains? Moi? » Zwakh s'empoigna la tête.

« Parfaitement, *vous!* Il ne vous est jamais venu à l'idée que le jeu de tarots a vingt-deux atouts – exactement autant que l'alphabet hébreu a de lettres? Nos cartes de Bohême ne portent-elles pas encore en surabondance des figures qui sont autant de symboles évidents : le soleil, la mort, le diable, le jugement dernier? Mon cher ami, avec quelle force voulez-vous donc que la vie vous crie les réponses à l'oreille? Ce que vous n'avez pas besoin de savoir, c'est que " Tarot " a le même sens que l'hébreu " Tora" = la loi, ou le vieil égyptien " Tarout " = celle qui est interrogée, et dans l'antique langue zend, " torisk " = j'exige la réponse. Mais les savants, eux, auraient dû le savoir avant de lancer l'hypothèse que le tarot date du temps de Charles VI. Et ainsi, de même que le Fou est la première carte du jeu, l'homme est la première figure dans son propre livre d'images, son propre double : la lettre hébraïque aleph, qui a la forme d'un homme montrant d'une main le ciel et de l'autre la terre signifie donc : " Ce qui est vrai en haut est vrai en bas; ce qui est vrai en bas est vrai en haut. " C'est pourquoi j'ai dit il y a un instant : qui sait si vous vous appelez vraiment Zwakh – ne vous en portez pas garant. » Hillel ne cessait de me regarder et je pressentais que sous ses paroles un abîme de significations nouvelles s'ouvrait. « Ne vous en portez pas garant, maître Zwakh! On peut se trouver engagé dans de sombres chemins dont nul ne sort *s'il ne porte un talisman.* Selon la tradition, trois hommes descendirent un jour dans le Royaume des Ténèbres; l'un revint fou, l'autre aveugle, seul le troisième, le Rabbi ben Akiba rentra chez lui sain et sauf en déclarant qu'il s'était rencontré lui-même. Combien sont dans son cas, combien comme Goethe se sont rencontrés, habituellement sur un pont, ou dans un chemin qui mène d'une rive à l'autre d'un cours d'eau, se sont regardés les yeux dans les yeux, et *ne* sont *pas* devenus fous! Mais alors ce n'était qu'un reflet de leur propre conscience et non le vrai double, non ce que l'on appelle " Habal Garmin ", l'haleine des os, dont il est écrit : tel il est entré au tombeau, imputrescible dans ses membres, tel il se lèvera au Jour du Jugement dernier. » Le regard de Hillel s'enfonçait toujours plus profondément dans mes yeux. « Notre grand-mère disait de lui : “ Il habite loin au-dessus de la terre, dans une pièce sans porte, avec une seule fenêtre de laquelle on ne peut se faire entendre des hommes. Celui qui parvient à le dompter et à le... civiliser, celui-là sera en paix avec lui-même. ” Pour en finir, en ce qui concerne le jeu de tarots, vous le savez aussi bien que moi : pour chaque joueur, les cartes sont distribuées différemment, mais celui qui utilise bien les atouts gagne la partie. Venez donc, monsieur Zwakh ! Allons-nous-en, sinon vous boirez tout le vin de maître Pernath et il n'en aura plus pour lui. »

détresse

Une bataille de flocons faisait rage devant ma fenêtre. A la manière de régiments, les étoiles de neige – minuscules soldats en uniformes blancs ébouriffés – se donnaient la chasse, toujours dans la même direction, comme emportés dans une fuite générale devant quelque adversaire particulièrement féroce. Puis tout à coup, ils en avaient assez de battre en retraite et apparemment saisis d'un inexplicable accès de rage rebroussaient chemin, attaqués sur leurs flancs par de nouvelles armées ennemies venues d'en haut et d'en bas, si bien que l'engagement s'achevait en une mêlée générale inextricable.

Des mois semblaient s'être écoulés depuis les événements bizarres que j'avais vécus peu de temps auparavant et si de nouveaux bruits concernant le Golem n'étaient parvenus journellement jusqu'à moi, qui faisaient revivre tout ce passé récent, je crois que j'aurais pu dans les moments de doute me croire victime de quelque état crépusculaire proche du rêve.

Au milieu des arabesques bariolées tissées autour de moi par les événements, ce que Zwakh m'avait raconté sur le meurtre encore inexpliqué du prétendu « franc-maçon », ressortait en teintes hurlantes.

Je n'arrivais pas à comprendre le lien qu'il avait avec Loisa le grêlé, bien que je ne pusse me débarrasser d'un obscur soupçon – presque à l'instant où, cette même nuit, Prokop croyait avoir surpris un bruit étrange et inquiétant montant du caniveau, nous avions vu le garçon chez « Loisitschek ». Mais enfin, rien ne permettait de penser que ce cri jailli de la terre et qui pouvait d'ailleurs fort bien être une illusion de nos sens fût l'appel au secours d'un être humain.

Le tourbillon forcené de la neige devant mes yeux m'aveuglait et je commençais à voir partout des raies dansantes. De nouveau je consacrai mon attention aux gemmes devant moi. Le modèle de cire que j'avais exécuté du visage de Mirjam devait admirablement se prêter à une transposition en pierre de lune bleuâtre. Je me réjouissais du hasard heureux qui m'avait fait trouver une matière aussi appropriée dans mes réserves. Le noir profond de la matrice en amphibole donnait juste le reflet voulu à la pierre et ses contours étaient si exactement adaptés qu'on les eût dit créés par la nature pour devenir la reproduction indestructible du profil délicat de la jeune fille.

Au début, j'avais eu l'intention d'y tailler un camée représentant le dieu égyptien Osiris et la vision de l'hermaphrodite du livre Ibbour, que je pouvais évoquer à mon gré avec une étonnante netteté, m'inspirait puissamment au point de vue esthétique; mais, après les premiers coups de ciseau, j'avais peu à peu découvert une telle ressemblance avec la fille de Schemajah Hillel que je modifiai mes plans.

– Le livre Ibbour! –

Bouleversé, je reposai l'outil d'acier. Incroyable le nombre d'événements qui s'étaient passés dans ma vie en si peu de temps!

Comme quelqu'un qui se trouve soudain transporté dans un désert de sable infini, je pris d'un coup conscience de la solitude profonde, gigantesque, qui me séparait de mes semblables.

Pourrais-je jamais m'entretenir avec un ami – excepté Hillel – de ce qui m'était arrivé?

Dans les heures silencieuses des nuits écoulées, le souvenir m'était revenu que durant toutes mes années de jeunesse – dès la première enfance – j'avais été torturé par une indicible soif de merveilleux, de supranaturel au-delà de toutes choses mortelles, mais la réalisation de mon désir s'était abattue sur moi comme un ouragan étouffant de son poids les cris de joie dans mon âme.

Je tremblais à la perspective de l'instant où il me faudrait revenir à moi et assumer l'événement comme *présent* dans la plénitude de sa vie brûlante.

Mais pas encore! Je voulais d'abord savourer la jouissance de voir l'inexprimable venir à moi dans toute sa splendeur.

J'en étais le maître! Il me suffisait de passer dans ma chambre à coucher et d'ouvrir la cassette contenant le livre Ibbour, don de l'invisible!

Comme il était loin l'instant où ma main l'avait effleuré, en enfermant les lettres d'Angelina!

De sourds grondements, dehors, quand de temps à autre le vent faisait tomber les masses de neige accumulées sur les toits, suivis par des intervalles de silence profond, le manteau de flocons sur les pavés absorbant tous les bruits.

Je voulus continuer à travailler – mais soudain des coups de sabots retentirent dans la rue en bas, coupant comme l'acier au point que l'on croyait voir jaillir les étincelles.

Impossible d'ouvrir la fenêtre pour regarder dehors : des muscles de glace attachaient ses bords à la maçonnerie et les vitres étaient givrées jusqu'à la moitié de leur hauteur. Je vis seulement que Charousek se tenait, très paisiblement en apparence, à côté du brocanteur Wassertrum – comme s'ils avaient eu une conversation ensemble – je vis la stupéfaction se peindre sur les deux visages tandis qu'ils regardaient fixement, sans un mot, la voiture que je venais, moi aussi, d'apercevoir.

Une idée me traversa l'esprit. C'est le mari d'Angelina. – Ce ne peut pas être elle! Passer ici, devant chez moi avec son équipage – dans la ruelle du Coq! Aux yeux de tout le monde! Une vraie folie – mais que dire à son mari, si c'est lui et s'il m'accuse?

Mentir, naturellement, mentir.

En toute hâte je passai les possibilités en revue : ce ne peut être que le mari. Il a reçu une lettre anonyme – de Wassertrum – l'avertissant qu'elle a eu un rendez-vous ici et elle a cherché un prétexte : elle a probablement dit qu'elle avait commandé chez moi une pierre taillée ou quelque chose, voilà!

Des coups furieux à ma porte et Angelina apparaît devant moi.

Elle était incapable de prononcer une parole, mais l'expression de son visage m'en disait assez : inutile qu'elle insiste, qu'elle précise – tout est perdu.

Pourtant quelque chose en moi refusait cette idée. Je ne parvenais pas à croire que ce sentiment si fort que j'avais de pouvoir l'aider m'eût trompé.

Je la conduisis à mon fauteuil. Lui caressai les cheveux sans mot dire et elle se cacha la tête contre ma poitrine, comme une enfant morte de fatigue.

Nous entendions les craquètements des bûches dans le poêle, nous regardions la lueur rose glisser sur le plancher, exploser puis s'éteindre – exploser puis s'éteindre – exploser puis s'éteindre.

« Où est le cœur en pierre rouge... » Il me semblait entendre la phrase résonner en moi. Soudain, je me demandai : Où suis-je? Depuis combien de temps est-elle assise là?

Et je l'interrogeai – prudemment, doucement, tout doucement pour ne pas la réveiller, ni toucher la blessure douloureuse avec la sonde.

Fragment par fragment, j'appris ce que je voulais savoir et rassemblai le tout à la manière d'une mosaïque :

« Votre mari sait? »

« Non, pas encore; il est en voyage. »

Donc il s'agissait de la vie du docteur Savioli – Charousek avait vu juste. Et c'était pour cela qu'elle était là, parce que la vie de Savioli était en jeu et non plus la sienne. Je compris qu'elle pensait ne plus rien avoir à cacher.

Wassertrum était allé une fois encore chez le docteur Savioli. Il s'était frayé un chemin par la menace et la force jusqu'à son lit de malade.

Et après! Après! Que voulait-il de lui?

Ce qu'il voulait? Elle l'avait à demi deviné, à demi appris : il voulait que... que... il voulait que le docteur Savioli... se tuât.

Désormais, elle connaissait aussi les raisons de la haine sauvage, insensée de Wassertrum : le docteur Savioli avait autrefois acculé à la mort le fils de celui-ci, l'oculiste Wassory.

Aussitôt une pensée me frappa comme la foudre : descendre en courant, tout révéler au brocanteur, lui dire que c'était *Charousek,* qui avait porté le coup – de son affût bien camouflé – et non pas Savioli qui n'était qu'un instrument – « Trahison! Trahison! » me hurlait mon cerveau. « Tu veux donc livrer à la vindicte de ce misérable l'infortuné phtisique qui essayait de t'aider, *toi et elle?* »

J'avais l'impression d'être déchiré en deux moitiés sanglantes – Puis une idée me parla, froide et calme comme glace, pour me donner la solution : Insensé! Tu es maître de la situation! Tu n'as qu'à prendre cette lime, là, sur la table, à descendre en courant et à aller l'enfoncer dans la gorge du brocanteur jusqu'à ce que la pointe ressorte par la nuque. »

Mon cœur plein d'allégresse lança un cri de reconnaissance à Dieu.

J'explorai plus avant.

« Et le docteur Savioli? »

Aucun doute, il attenterait à sa vie si elle ne le sauvait pas.

Les infirmières ne le quittaient pas un instant et l'avaient engourdi à force de morphine, mais peut-être allait-il s'éveiller brusquement – peut-être en ce moment même – et – et – non, non, il fallait qu'elle s'en allât, sans perdre une seconde de plus. Elle écrirait à son mari, elle avouerait tout – dût-il lui enlever l'enfant, mais Savioli serait sauvé, car elle aurait ainsi arraché à Wassertrum la seule arme qu'il possédât.

Elle révélerait elle-même le secret avant qu'il pût le faire.

« *Jamais,* Angelina! » m'écriai-je et en songeant à la lime, la voix me manqua dans l'exultation de ma puissance.

Angelina voulait s'arracher à notre entretien : je la retins.

« Encore une chose : pensez-vous que votre mari croira le brocanteur sur parole, sans chercher davantage? »

« Mais Wassertrum a des preuves, mes lettres sûrement, peut-être aussi un portrait de moi – tout ce qui était caché dans le bureau de l'atelier, à côté. »

Des lettres? Un portrait? Un bureau? Je ne savais plus ce

que je faisais : j'attirai violemment Angelina contre ma poitrine et l'embrassai.

Ses cheveux blonds couvraient mon visage comme un voile d'or.

Puis je lui pris les mains, si étroites, si fines, et lui racontai, dans une envolée de mots précipités, que l'ennemi mortel de Wassertrum – un pauvre étudiant tchèque – avait mis en sûreté les lettres et tout le reste, qu'elles étaient en ma possession et bien gardées.

Elle me sauta au cou, riant et pleurant dans un même souffle. M'embrassa. Courut jusqu'à la porte. Revint et m'embrassa de nouveau.

Puis elle disparut.

Je restai comme étourdi, sentant encore l'haleine de sa bouche sur mon visage.

J'entendis les roues de la voiture tourner sur le pavé et le galop frénétique des sabots. Une minute plus tard, tout était silencieux. Comme un tombeau.

Et moi aussi.

Soudain, la porte craqua doucement derrière moi et Charousek entra.

« Excusez-moi, maître Pernath, j'ai frappé un grand moment, mais vous n'aviez pas l'air d'entendre. »

Je hochai la tête sans mot dire.

« Vous n'avez pas supposé que je m'étais réconcilié avec Wassertrum en me voyant parler avec lui tout à l'heure, j'espère ? » Le sourire haineux de Charousek me disait que ce n'était là qu'une plaisanterie féroce. « Il faut que vous le sachiez : la chance est pour moi; la canaille, en bas, commence à me porter dans son cœur, maître Pernath. Quelle chose étrange que la voix du sang », ajouta-t-il doucement – autant pour lui que pour moi.

Je ne compris pas ce qu'il voulait dire par là, et pensai avoir mal entendu. L'émotion vibrait encore trop fort en moi.

« Il voulait me donner un manteau, poursuivit Charousek à voix haute. J'ai bien entendu refusé avec tous mes remerciements. Ma propre peau me brûle assez. Et ensuite, il m'a offert de l'argent. »

J'étais sur le point de lui demander s'il l'avait accepté, mais retins ma langue à temps.

Des taches rouges toutes rondes apparurent sur ses joues.

« J'ai bien entendu accepté l'argent. »

Tout s'embrouilla dans ma tête.

« Ac-accepté ? » bégayai-je.

« Jamais je n'aurais pensé que l'on pût éprouver une joie aussi pure sur cette terre » – Charousek s'interrompit un instant et fit la grimace – « N'est-ce pas un spectacle bien propre à élever l'âme de voir régner la prévoyance maternelle en toute sagesse et circonspection, doigt omniprésent dans l'économie de la nature. » Il avait pris le ton d'un pasteur, tout en faisant tinter des pièces de monnaie dans sa poche. « En vérité je considère comme un devoir sacré de consacrer au plus noble de tous les desseins le trésor de hellers et de pfennigs que m'a confié une main miséricordieuse. »

Était-il ivre ? Ou fou ?

Brusquement, il changea de ton.

« Il y a quelque chose de diaboliquement comique à ce que ce soit Wassertrum qui paie lui-même – la médecine. Vous ne trouvez pas ? »

Une lueur se fit dans mon esprit, j'entrevis ce qui se dissimulait derrière les propos de Charousek et ses yeux fiévreux me firent peur.

« Mais laissons cela pour le moment, maître Pernath. Occupons-nous d'abord des affaires courantes. Dont la dame – c'était bien *elle,* n'est-ce pas ? Qu'est-ce qui lui a pris de venir ici au vu et au su de tout le monde ? »

Je racontai à Charousek ce qui s'était passé.

« Wassertrum n'a certainement aucune preuve entre les mains, coupa-t-il avec jubilation. Sinon, il n'aurait pas fouillé l'atelier ce matin – Comment se fait-il que vous ne l'ayez pas entendu ? Il est bien resté une heure. » Je m'étonnai qu'il fût si exactement au courant de tout et le lui dis.

« Vous permettez ? » En guise d'explication, il prit une cigarette sur la table, l'alluma et déclara : « Voyez-vous, quand vous ouvrez la porte, le courant d'air qui s'établit avec la cage d'escalier dévie la fumée du tabac. C'est probablement la seule loi physique que monsieur Wassertrum connaisse avec précision et il a fait faire à toutes fins utiles – la maison lui appartient, comme vous savez – une petite ouverture dissimulée dans le mur extérieur de l'atelier : une sorte de bouche d'aération dans laquelle un petit drapeau rouge est glissé. Chaque fois que quelqu'un entre dans la pièce, ou en sort, donc ouvre la porte qui établit l'appel d'air, Wassertrum est averti, en bas, par le petit drapeau qui s'agite violemment. Du moins, *moi* je le suis, ajouta sèchement Charousek; quand je m'en soucie, je peux observer le phénomène avec une rare netteté par le soupirail du sous-sol en face, qu'un destin miséricordieux m'a assigné comme résidence. L'élégante plaisanterie de la bouche d'aération dont l'exclusivité revient, certes, au digne patriache, m'est familière depuis des années. »

« Quelle haine surhumaine vous devez avoir contre lui pour épier ainsi chacun de ses pas! Et depuis si longtemps, comme vous le dites! »

« De la haine? Charousek eut un sourire crispé. De la haine? Ce n'est pas le mot. Celui qui pourrait exprimer le sentiment que j'éprouve à l'égard de Wassertrum n'a pas encore été créé – D'ailleurs, si l'on veut être précis, ce n'est pas lui que je hais. Je hais son sang. Comprenez-vous? Je flaire, telle une bête sauvage, la moindre goutte de son sang qui coule dans les veines d'un autre être et – il grinça des dents – c'est une chose qui arrive parfois ici, dans le ghetto. »

Empêché d'en dire davantage par une surexcitation frénétique, il courut à la fenêtre et regarda dehors – Je l'entendis étouffer le sifflement de sa respiration. Nous demeurâmes un moment silencieux, tous les deux.

« Tiens, qu'est-ce que c'est que ça? » reprit-il soudain en me faisant un signe rapide de la main. « Vite, vite! Vous n'avez pas des jumelles de théâtre, ou quelque chose de ce genre? »

Prudemment dissimulés derrière le rideau, nous regardâmes en bas.

Jaromir le sourd-muet se tenait devant l'entrée de la boutique et dans la mesure où nous pouvions interpréter sa mimique, proposait au brocanteur une petite chose brillante à demi cachée dans sa main. Aussitôt, Wassertrum bondit sur elle comme un vautour et s'engouffra dans son trou.

Quelques instants plus tard, il ressortait – livide comme la mort – et empoignait Jaromir par la poitrine; il s'ensuivit une lutte violente. Puis tout à coup Wassertrum lâcha prise et parut réfléchir. Rongea avec fureur sa lèvre supérieure fendue. Jeta un regard scrutateur dans notre direction, et prit tranquillement Jaromir par le bras pour l'entraîner dans la boutique.

Un quart d'heure au moins s'écoula : ils semblaient ne pas pouvoir en finir avec leurs marchandages.

Enfin, le sourd-muet ressortit, l'air satisfait et s'en alla. « Qu'en pensez-vous? demandai-je. Rien de bien important, semble-t-il. Le pauvre diable a dû monnayer quelque bricole qu'il avait mendiée. »

L'étudiant ne me répondit pas et alla se rasseoir sans mot dire à la table.

De toute évidence, il n'accordait pas non plus grand sens à l'incident car, après une pause, il reprit ses propos où il les avait laissés.

« Oui. Donc, comme je vous le disais, je hais son sang – Interrompez-moi maître Pernath, si je m'abandonne de nouveau à la violence. Je veux rester froid. Il ne faut pas que je dilapide ainsi mes meilleurs sentiments. Sinon, je suis en proie ensuite à une sorte de dégrisement qui m'accable. Un homme qui a honte doit s'exprimer froidement, et non pas avec enflure comme une prostituée ou – ou un poète. Depuis que le monde est monde, jamais personne n'aurait eu l'idée de se " tordre les mains " de désespoir, si les acteurs n'avaient mis au point minutieusement ce geste qu'ils jugent " plastique ". »

Je compris que c'était exprès qu'il discourait ainsi à tort et à travers pour calmer son agitation intérieure.

Mais il n'y parvenait pas. Toujours aussi nerveux, il courait de-ci de-là dans la pièce, saisissant tous les objets qui lui

tombaient sous la main pour les remettre ensuite machinalement à leur place.

Puis, d'un seul coup, il se retrouva au beau milieu de son sujet.

« Les moindres gestes involontaires d'un homme trahissent ce sang à mes yeux. Je connais des enfants qui lui ressemblent, qui passent pour être de lui et qui pourtant ne sont pas de la même souche – je ne peux pas m'y tromper. Pendant des années, rien, ni personne ne m'a indiqué que le docteur Wassory était son fils, mais je l'ai, je peux dire, subodoré.

Tout jeune encore, alors que je ne pouvais me douter des relations qui existent entre Wassertrum et moi » – son regard se posa un instant sur moi, inquisiteur – « je possédais ce don. On m'a foulé aux pieds, on m'a roué de coups au point qu'il n'est pas une partie de mon corps qui ne sache ce qu'est la douleur forcenée – on m'a affamé – assoiffé jusqu'à ce que j'en devienne à moitié fou et que je mange de la terre moisie, mais jamais je n'ai pu haïr ceux qui me torturaient. Je ne pouvais pas. Il n'y avait plus de place en moi pour la haine – vous comprenez? Et pourtant tout mon être en était saturé.

Jamais Wassertrum ne m'a rien fait – je dois dire qu'il ne m'a jamais battu, ni lancé de pierre ni injurié quand je traînais dans le ruisseau en bas avec d'autres gamins : je le sais très bien – et pourtant tout ce qui bouillonnait en moi de ressentiment et de fureur était dirigé contre lui. Contre lui seul !

Chose curieuse, je ne lui ai jamais joué de mauvais tours étant enfant. Quand les autres préparaient quelque polissonnerie à son endroit, je me retirais aussitôt. Mais je pouvais rester pendant des heures caché dans l'entrée de la maison, derrière le battant de la porte, à regarder fixement son visage par les fentes des gonds jusqu'à ce qu'un sentiment de haine inexplicable tende un voile noir devant mes yeux.

C'est à cette époque, je crois, que j'ai posé les fondements de cette capacité de voyance qui s'éveille aussitôt en moi quand j'entre en contact avec des êtres, voire des choses, qui sont liées à lui. J'ai dû apprendre alors *par cœur* à mon insu chacun de ses mouvements, sa manière de porter la redingote et de prendre les objets, de tousser, de boire et mille autres détails jusqu'à ce qu'ils se soient taraudé une place dans mon âme et que je puisse reconnaître les traces de son héritage partout, au premier coup d'œil, avec une sûreté infaillible.

Par la suite, cela tourna souvent à la manie : je jetais loin de moi des objets inoffensifs parce que la pensée que ses mains avaient pu les toucher me torturait – d'autres au contraire me devenaient chers; je les aimais comme des amis qui lui voulaient du mal. »

Charousek se tut un moment, absent, les yeux dans le vague. Ses doigts caressaient machinalement les limes sur la table.

« Quand, par la suite, quelques professeurs compatissants ont fait une collecte pour me permettre d'étudier la philosophie et la médecine – en apprenant de surcroît à penser par moi-même – c'est alors que, peu à peu, j'ai pris conscience de ce qu'était la haine : on ne peut haïr aussi profondément que ce qui est partie intégrante de soi-même. Et quand j'ai découvert le secret – quand j'ai tout appris, peu à peu : ce qu'était ma mère – et – et ce qu'elle doit être encore – si elle vit toujours – et que mon propre corps » – il se détourna pour m'empêcher de voir son visage – « est plein de *son* ignoble sang – eh bien oui, Pernath – pourquoi ne le sauriez-vous pas : *il est mon père* – alors j'ai compris où était la racine... Parfois il me semble que si je suis tuberculeux, si je crache le sang, c'est le fait d'une mystérieuse connexion : mon corps se défend contre tout ce qui est de *lui* et le rejette avec horreur.

Souvent la haine m'a accompagné jusque dans mes rêves, cherchant à me consoler avec le spectacle de toutes les tortures concevables que je pourrais " lui " infliger, mais toujours je l'ai chassée, parce qu'elle laissait en moi l'arrière-goût fade de l'insatisfaction.

Quand je réfléchis sur moi-même et m'étonne qu'il n'y ait rien ni personne en ce monde que je sois capable de haïr, ni même de trouver antipathique en dehors de “ lui ” et de sa race – je suis souvent effleuré par une pensée affreuse : ne serais-je pas ce qu'il est convenu d'appeler un homme “ bon ”? Mais heureusement, il n'en est rien. Je vous l'ai déjà dit : il n'y a plus de place en moi.

Et ne croyez pas qu'un triste sort m'ait rendu amer (je n'ai d'ailleurs appris que bien des années après ce qu'il avait fait à ma mère) – j'ai vécu *un* jour de joie qui repousse loin dans l'ombre ce qui est ordinairement accordé aux mortels. Je ne sais si vous connaissez la piété profonde, authentique, brûlante – jusqu'alors je l'ignorais aussi – mais le jour où Wassory s'est anéanti lui-même et où, me trouvant devant la boutique, j'ai vu comment il recevait la nouvelle, hébété – du moins c'est ce qu'aurait cru un profane, ignorant tout du théâtre de la vie – planté là au moins une heure, comme absent, son bec-de-lièvre écarlate relevé un tout petit peu plus haut seulement qu'à l'ordinaire sur les dents et le regard si – si particulier, tourné vers le dedans – alors j'ai senti l'odeur d'encens du vol de l'archange – – Connaissez-vous l'image miraculeuse de la Vierge noire dans la Teynkirche?

Je me suis jeté à genoux devant elle et l'ombre du Paradis a enveloppé mon âme. »

En voyant Charousek devant moi, ses grands yeux rêveurs pleins de larmes, j'ai songé à ce que Hillel avait dit du sombre chemin que suivent les frères de la mort.

Il poursuivit :

« Les circonstances extérieures qui “ justifient ” ma haine, ou pourraient du moins la rendre concevable à un cerveau de juge appointé par l'administration, ne vous intéresseraient peut-être pas : les faits que l'on considère comme des pierres milliaires ne sont en réalité que des coquilles d'œuf vides. Ce sont les détonations importunes des bouchons de champagne sur la table du parvenu bouffi, que seul le faible d'esprit tient pour l'essentiel d'un festin – Wassertrum a contraint ma mère, par tous les moyens infernaux habituels à ses pareils, à se soumettre à sa volonté – pis encore. Et après – oui, eh bien – après il l'a vendue – à une maison de passe, ce n'est pas difficile quand on a des relations d'affaires avec des inspecteurs de police – mais pas du tout parce qu'il en avait assez d'elle, oh non! Je connais les moindres recoins de son cœur : il l'a vendue *le jour même* où il s'est aperçu avec terreur qu'il l'aimait d'une passion ardente. En pareil cas, un être comme lui se comporte d'une manière apparemment insensée, mais toujours identique. La cupidité féroce qu'il y a en lui couine comme un hamster dès que quelqu'un vient acheter une bricole dans sa boutique de brocanteur, fût-ce à un prix exorbitant; il n'est sensible qu'à l'obligation d'abandonner quelque chose. Il concevrait volontiers un état idéal où son être propre se fondrait dans le concept abstrait de la " possession ".

Et c'est alors qu'une crainte a grandi en lui jusqu'à prendre les dimensions d'une montagne : ne plus être sûr de lui, ne plus avoir *la volonté* de donner quelque chose à l'amour, mais *l'obligation* de le faire; sentir en lui une présence invisible enchaînant en secret sa volonté, ou ce qu'il voudrait qu'elle fût. Tout a commencé ainsi. La suite s'est déroulée automatiquement. Comme le brochet est obligé de mordre – qu'il le veuille ou non – quand un objet brillant passe devant son nez au bon moment.

Pour Wassertrum, la liquidation de ma mère s'est présentée comme une conséquence toute naturelle. Elle satisfaisait également, d'ailleurs, le résidu des caractéristiques qui somnolaient en lui : la soif d'or et la jouissance perverse du masochisme – – Pardonnez-moi, maître Pernath » – la voix de Charousek devint brusquement si dure et si froide que je sursautai – « pardonnez-moi de m'exprimer d'une manière aussi effroyablement pédante, mais quand on est à l'université, une foule de livres imbéciles vous passe entre les mains et involontairement, on prend l'habitude d'utiliser des expressions ineptes. »

Je me contraignis à sourire pour lui faire plaisir; dans mon for intérieur, je comprenais très bien qu'il luttait contre les larmes.

Je conclus qu'il me fallait l'aider, essayer au moins d'adoucir sa peine la plus cruelle dans la mesure où je le pouvais. Je pris discrètement dans le tiroir de la commode le billet de cent guldens que j'avais encore chez moi et le glissai dans ma poche.

« Le jour où vous vous trouverez dans un meilleur milieu et où vous pourrez exercer votre profession de médecin, la paix entrera en vous, monsieur Charousek », lui dis-je pour donner un ton moins impitoyable à la conversation. « Est-ce que vous passez bientôt votre doctorat ? »

« Incessamment. Je le dois à mes bienfaiteurs. Sinon cela n'a aucun sens. Mes jours sont comptés. »

Je voulus lui dire qu'il poussait les choses trop au noir, habituelle échappatoire, mais il la repoussa en souriant.

« C'est mieux ainsi. Au reste, singer les comédiens thérapeutes et comme apothéose rafler quelque titre nobiliaire en qualité d'empoisonneur de source patenté ne doit pas être tellement plaisant — — D'un autre côté, ajouta-t-il avec son humour sardonique, mes œuvres de miséricorde dans le ghetto de ce monde seront interrompues à jamais, malheureusement. » Il prit son chapeau. « Mais je ne veux pas vous importuner plus longtemps. Y a-t-il encore quelque chose à discuter en ce qui concerne l'affaire Savioli ? Je ne pense pas. De toute façon, ne manquez pas de m'avertir si vous apprenez quelque chose de nouveau. Le mieux serait que vous accrochiez un miroir ici à la fenêtre, pour m'indiquer que je dois venir vous voir. Il ne faut en aucun cas que vous vous rendiez dans ma cave : Wassertrum soupçonnerait aussitôt que nous avons partie liée — Je suis d'ailleurs très curieux de savoir ce qu'il va faire, maintenant qu'il a vu la dame venir chez vous. Dites-lui très simplement qu'elle vous avait donné un bijou à réparer et s'il devient pressant, faites semblant de prendre une crise de fureur. »

Aucune occasion ne se présentait décidément de faire accepter le billet à Charousek ; je repris donc la cire à modeler sur l'appui de la fenêtre et dis : « Venez, je vais faire avec vous un bout de chemin dans l'escalier — Hillel m'attend. » Ce qui n'était pas vrai.

Il sursauta. « Vous êtes lié avec lui ? »

« Un peu. Vous le connaissez ? Ou bien est-ce que

vous vous méfiez aussi de lui? » Je ne pus réprimer un sourire.

« A Dieu ne plaise! » – « Pourquoi ce ton si grave? »

Charousek hésita, réfléchit, puis :

« Je ne le sais pas moi-même. Quelque chose d'inconscient sûrement : chaque fois que je le croise dans la rue, j'ai envie de descendre du trottoir et de m'agenouiller comme devant un prêtre qui porte le Saint-Sacrement. Voyez-vous, maître Pernath, voilà un homme dont chaque atome est l'antidote de Wassertrum. Les chrétiens du quartier, mal informés dans son cas comme dans tous les autres, le prennent pour exemple du grigou et du millionnaire caché, alors qu'il est indiciblement pauvre. »

Je l'interrompis, horrifié, « Pauvre? »

« Oui, plus encore que moi si la chose est possible. Je crois bien qu'il ne connaît le mot " prendre " que par les livres; mais quand il sort du tribunal rabbinique, le premier du mois, les mendiants juifs se précipitent sur lui parce qu'ils savent qu'il mettrait volontiers tout son maigre salaire dans la première main tendue, quitte à souffrir de la faim – avec sa fille – quelques jours après. Si la vieille légende talmudique est vraie selon laquelle sur les douze tribus d'Israël, dix sont maudites et deux sont saintes, il incarne les deux saintes et Wassertrum les dix autres. Vous n'avez pas remarqué que le brocanteur change de couleur quand il le croise? Intéressant, je vous assure. Voyez-vous, un sang pareil ne peut pas se mêler à un autre – les enfants naîtraient morts. A condition que la mère n'ait pas péri d'horreur avant. D'ailleurs Hillel est le seul qu'il n'ose pas approcher : il l'évite comme le feu. Probablement parce que Hillel représente pour lui l'inconcevable, l'indéchiffrable absolu. Il est possible qu'il flaire aussi en lui le cabaliste. »

Nous descendîmes ensemble l'escalier.

« Croyez-vous qu'il existe encore des cabalistes de nos jours – croyez-vous même qu'il y ait quelque vérité dans la Cabale? » lui demandai-je, et j'attendis, tendu, sa réponse. Mais il sembla ne pas avoir entendu. Je répétai ma question.

Il se détourna précipitamment et montrant du doigt une

porte faite de morceaux de caisses cloués ensemble : « Vous avez là de nouveaux locataires, une famille juive, mais pauvre : le musicien toqué Nephtali Schaffranek avec sa fille, son gendre et ses petits-enfants. Quand la nuit tombe et qu'il est seul avec les fillettes, sa crise le prend : il les attache par les pouces pour qu'elles ne puissent pas se sauver, il les enferme dans une vieille cage à poules et il leur apprend le " ramage ", comme il dit, pour qu'elles puissent gagner seules leur vie par la suite – c'est-à-dire qu'il leur serine les paroles les plus extravagantes qui existent, des textes allemands, des lambeaux qu'il a ramassés on ne sait où et que, dans les ténèbres de son âme, il prend pour des hymnes de bataille prussiens, ou quelque chose de ce genre. »

De fait, une musique étrange filtrait doucement sur le palier. Un archet grattait, effroyablement haut et sans cesse sur le même ton, les contours d'une rengaine des rues et deux voix d'enfants, grêles comme des fils, le suivaient :

« Madame Pick,
Madame Hock,
Madame Kle - pe - tarsch,
Elles se rassemblent de partout
Et jacassent sur tout... »

Folie et comique mêlés. J'éclatai de rire malgré moi.

« Le gendre de Schaffranek – sa femme vend du jus de concombre au verre sur le marché des œufs – court toute la journée dans les bureaux, continua Charousek féroce, pour quémander de vieux timbres. Ensuite, il les trie et quand il en trouve qui n'ont été oblitérés que sur le bord, il les ajuste les uns sur les autres, les découpe, recolle les moitiés intactes et les revend comme neufs. Au début son petit commerce était florissant et il arrivait souvent à se faire presque un gulden par jour, mais la grosse industrie juive de Prague a fini par éventer la mèche – et maintenant elle le fait elle-même. En enlevant la crème, bien entendu. »

« Est-ce que vous soulageriez des misères, Charousek, si vous aviez de l'argent de reste ? » demandai-je très vite. Nous étions arrivés devant la porte de Hillel et j'y frappai.

« Me jugez-vous assez vil pour penser que je ne le ferais pas? » répliqua-t-il, déconcerté.

Les pas de Mirjam s'approchaient; j'attendis qu'elle eût la main sur la poignée et enfonçai très vite le billet dans la poche de l'étudiant.

« Non, monsieur Charousek, c'est moi que vous pourriez juger vil si je négligeais de le faire. »

Avant qu'il eût pu répondre, je lui avais serré la main, et je m'étais engouffré derrière la porte. Pendant que Mirjam me souhaitait la bienvenue, je tendais l'oreille pour savoir ce qu'il allait faire.

Il demeura un instant immobile, laissa échapper un léger sanglot, puis descendit lentement l'escalier, d'un pas tâtonnant, comme quelqu'un qui doit se tenir à la rampe.

C'était la première fois que j'entrais dans la chambre de Hillel.

Elle était nue comme une prison, le sol méticuleusement propre, saupoudré de sable blanc. Aucun meuble à part deux chaises, une table et une commode. A gauche et à droite, un piédestal de bois contre le mur. Mirjam s'assit en face de moi à la fenêtre, tandis que je pétrissais ma cire.

« Il faut donc avoir un visage devant soi pour saisir la ressemblance? » demanda-t-elle timidement, afin de rompre le silence.

Gênés, nous évitions de nous regarder. Elle ne savait où poser les yeux tant elle était honteuse de cette chambre misérable et moi les joues me brûlaient à la pensée que je ne m'étais jamais soucié jusqu'alors de savoir comment elle vivait avec son père.

Mais enfin, il fallait bien répondre quelque chose!

« Moins pour saisir la ressemblance que pour vérifier si l'on a vu juste également sur le plan intérieur. » Et en disant cela, je sentais combien c'était faux.

Pendant des années j'avais rabâché sans réfléchir la loi fondamentale et fondamentalement fausse de la peinture selon laquelle il faut étudier la nature physique pour parvenir à la création artistique et je m'y étais conformé. J'avais dû attendre cette nuit où Hillel m'avait réveillé pour que le regard intérieur me fût donné : la véritable vision derrière les paupières fermées qui s'évanouit dès qu'on les ouvre – le don que tous croient avoir et qu'aucun parmi des millions ne possède réellement.

Comment pouvais-je faire seulement allusion à la possibilité de mesurer l'infaillible norme de la vision spirituelle par les grossiers moyens de l'œil humain !

D'après l'étonnement qui se peignait sur son visage, Mirjam devait avoir la même idée.

« Il ne faut pas prendre cela au pied de la lettre », lui dis-je pour m'excuser.

Elle me regarda très attentivement accentuer les reliefs avec le burin.

« Ce doit être incroyablement difficile de reproduire le modèle en pierre avec une exactitude parfaite ? »

« C'est un travail mécanique. Au moins en partie. »

Pause.

« Je pourrai voir la gemme quand elle sera finie ? »

« Elle est pour vous, Mirjam. »

« Non, non; ce ne serait pas... pas... » Je vis ses mains devenir nerveuses, et l'interrompis très vite :

« Vous ne voulez pas même accepter cette petite chose de moi ? Je voudrais, je devrais faire plus pour vous. »

Elle détourna précipitamment son visage.

Qu'avais-je dit là ! J'avais dû la blesser au plus profond d'elle-même.

J'avais l'air de vouloir faire allusion à sa pauvreté.

Pouvais-je encore rattraper ma maladresse ? Ne risquai-je pas de l'aggraver davantage ?

Je pris mon élan.

« Écoutez-moi tranquillement, Mirjam, je vous le demande en grâce. J'estime tant votre père – vous ne pouvez pas vous en faire une idée... »

Elle me regarda, incertaine, sans comprendre.

« – oui – oui – infiniment. Plus que ma propre vie. »

« Parce qu'il vous a secouru pendant que vous étiez sans connaissance ? C'était tout naturel. »

Je sentis qu'elle ignorait le lien qui m'attachait à lui. Prudemment, je tâtai le terrain pour savoir jusqu'où je pouvais aller sans révéler ce qu'il lui avait tu.

« L'aide intérieure est à mettre bien plus haut que l'aide extérieure, à mon sens. Je veux dire celle que l'influence spirituelle d'un homme fait rayonner sur les autres – Comprenez-vous ce que j'entends par là, Mirjam? On peut guérir une âme et non pas seulement un corps. »

« Et il a...? »

« Oui, c'est cette aide-là que votre père m'a apportée! » Je lui pris la main. « Ne voyez-vous pas que ce serait mon plus cher désir de donner quelque joie sinon à lui du moins à quelqu'un qui lui tient autant à cœur que vous? Accordez-moi donc une toute petite parcelle de confiance! N'avez-vous pas quelque souhait que je pourrais exaucer? »

Elle secoua la tête. « Vous croyez que je me sens malheureuse ici? »

« Certainement pas. Mais peut-être avez-vous parfois des soucis dont je pourrais vous délivrer? Vous avez le devoir – vous m'entendez – le devoir de me laisser en prendre une part. Pourquoi vivre tous les deux dans cette ruelle sombre et triste si vous n'y êtes pas obligés? Vous êtes encore si jeune, Mirjam et... »

« Vous y vivez bien vous-même, monsieur Pernath, interrompit-elle en souriant. Qu'est-ce qui vous attache à cette maison? »

Je restai interdit – Oui, oui c'était vrai. En réalité pourquoi vivais-je là? Je ne pouvais me l'expliquer. Je me répétai machinalement, l'esprit ailleurs : qu'est-ce qui t'attache à cette maison. Incapable de trouver une réponse, j'oubliai un instant où je me trouvais – brusquement je me trouvai transporté très haut – dans un jardin – respirant l'odeur enchantée des lilas en fleurs – la ville à mes pieds...

« Est-ce que j'ai touché une blessure? Est-ce que je vous ai fait mal? » La voix de Mirjam semblait me parvenir de très, très loin.

Penchée sur moi, elle me regardait les yeux dans les yeux, l'air angoissé.

J'avais dû rester là, pétrifié, pendant longtemps pour qu'elle fût si inquiète.

J'hésitai un instant, puis tout à coup, les digues se rompirent violemment en moi, un flot m'inonda et j'épanchai tout ce qu'il y avait dans mon cœur.

Je lui racontai, comme à un vieil ami qu'on a connu toute sa vie et pour qui on n'a pas de secrets, la situation dans laquelle je me trouvais, la manière dont j'avais appris, par un récit de Zwakh, que j'avais été fou autrefois et que le souvenir de mon passé m'avait été arraché – comment, depuis peu, des images de plus en plus nombreuses avaient surgi en moi qui devaient nécessairement avoir leurs racines dans ce passé et que je tremblais à la pensée du moment où tout ce que j'avais vécu se découvrirait à mes yeux pour me déchirer de nouveau.

Je tus seulement ce qui m'eût obligé à mettre son père en cause : mes aventures dans les passages souterrains et ce qui s'en était suivi.

Elle s'était approchée tout contre moi et m'écoutait avec une sympathie profonde, haletante, qui me faisait un bien indicible.

Enfin j'avais trouvé une créature humaine à laquelle je pourrais me confier quand ma solitude morale deviendrait trop lourde ! Certes, Hillel était toujours là, mais seulement comme un être venu d'au-delà les nuages, qui apparaissait et disparaissait telle une lumière, inaccessible en dépit de tous mes efforts.

Je le lui dis et elle me comprit. Elle aussi le voyait ainsi, bien que ce fût son père.

Il avait un amour infini pour elle et elle pour lui « et pourtant je suis séparée de lui comme par une cloison de verre que je ne peux briser, me confia-t-elle. Aussi loin que remontent mes souvenirs, il en a été ainsi – quand, enfant, je le voyais en rêve debout près de mon lit, il portait toujours les ornements du grand-prêtre : les tables de la Loi en or avec les douze pierres sur la poitrine et des rayons de lumière bleuâtre jaillissant de ses tempes – Je crois que son amour est de ceux qui vivent au-delà du tombeau, trop grand pour que nous puissions le comprendre – C'est ce que disait toujours ma mère quand nous parlions de lui, en cachette »... Elle frissonna soudain de tout son corps. Je voulus me lever d'un bond, mais elle me retint. « Ne vous inquiétez pas. Ce n'est rien. Seulement un souvenir. Quand ma mère est morte – personne autre que moi ne sait à quel point il l'a aimée, j'étais encore toute petite fille alors – j'ai cru étouffer de douleur, j'ai couru vers lui, je me suis accrochée à sa redingote, je voulais hurler et je ne pouvais pas parce que tout était paralysé en moi – et – et alors... j'en ai encore froid dans le dos quand j'y pense – il m'a regardée en souriant, il m'a embrassée sur le front et il m'a passé la main sur les yeux... A partir de ce moment-là et jusqu'à aujourd'hui, toute la douleur que j'ai pu éprouver d'avoir perdu ma mère a été comme abolie en moi, extirpée. Je n'ai pas pu verser une larme à son enterrement; je voyais le soleil dans le ciel telle la main resplendissante de Dieu et je me demandais pourquoi les gens pleuraient. Mon père marchait lentement derrière le cercueil, à côté de moi et quand je levais les yeux vers lui, il me souriait chaque fois doucement et je sentais un frémissement d'horreur parcourir la foule qui nous regardait. »

« Et vous êtes heureuse, Mirjam? Vraiment heureuse? La pensée d'avoir pour père un être qui surpasse toute l'humanité ne vous fait-elle pas peur parfois? » demandai-je doucement.

Elle secoua joyeusement la tête.

« Je vis comme dans un sommeil bienheureux – Quand vous m'avez demandé il y a un instant, monsieur Pernath, si je n'avais pas de soucis et pourquoi nous habitions ici, j'ai failli en rire. Est-ce que la nature est belle? Oui, bien sûr, les arbres sont verts et le ciel est bleu, mais je me représente bien mieux tout cela en fermant les yeux. Faut-il être assise dans une prairie pour les voir? Et les petites privations et – et – la faim? Tout cela est compensé au centuple par l'espoir et l'attente. »

« L'attente? » demandai-je étonné.

« L'attente du miracle, vous ne connaissez pas cela? Alors,

vous êtes un très, très pauvre homme. Comment peut-on connaître si peu de choses?! Voyez-vous, c'est une des raisons pour lesquelles je ne sors jamais et ne fréquente personne. J'avais bien quelques amies autrefois – juives naturellement, comme moi – mais nous parlions toujours dans le vide; elles ne me comprenaient pas et je ne les comprenais pas. Quand je parlais de miracle, au début, elles croyaient à une plaisanterie et quand elles voyaient à quel point j'étais sérieuse et aussi que je ne donnais pas le même sens au mot que les Allemands avec leurs lunettes – que pour moi ce n'était pas la croissance régulière de l'herbe, mais bien plutôt le contraire – elles m'auraient volontiers crue folle; seulement ce qui les gênait, c'est que j'ai l'esprit assez délié, j'ai appris l'hébreu et l'araméen, je suis capable de lire les targoumim et les midraschim. Elles avaient fini par trouver un mot qui ne signifiait plus rien du tout : selon elles, j'étais " exaltée ".

Quand je voulais leur faire comprendre que pour moi l'essentiel dans la Bible et les autres textes sacrés, c'était le *miracle,* rien que le miracle, et non pas les préceptes de morale qui ne peuvent être que des chemins dérobés pour arriver à lui – elles ne savaient que répondre par des lieux communs, parce qu'elles n'osaient pas admettre ouvertement qu'elles ne croyaient qu'aux passages des textes religieux qui auraient aussi bien pu se trouver dans les codes civils. Dès qu'elles entendaient le mot " miracle ", elles se sentaient mal à l'aise. Elles disaient que le sol se dérobait sous leurs pieds.

Comme s'il pouvait y avoir quelque chose de plus magnifique que de sentir le sol se dérober sous les pieds!

J'ai entendu une fois mon père dire que le monde était là uniquement pour être désintégré par notre pensée – c'est alors et alors seulement que commence la vie. Je ne sais pas ce qu'il entendait par " la vie ", mais j'ai parfois l'impression qu'un jour je m'éveillerai. Encore que je ne puisse pas me représenter dans quel état je me retrouverai. Et je pense toujours qu'à partir de ce moment-là, les miracles se produiront sûrement.

Mes amies me demandaient souvent si j'avais déjà vécu un de ces moments que j'attendais sans cesse et quand je leur disais que non, elles devenaient aussitôt toutes joyeuses et triomphantes. Dites-moi, monsieur Pernath, est-ce que vous pouvez comprendre des cœurs pareils, *vous?* Je me serais bien gardée de leur révéler que j'en avais connu des miracles – les yeux de Mirjam étincelèrent – tout petits – microscopiques – mais de vrais miracles. »

Les larmes de joie étouffaient presque sa voix. « – Mais *vous,* vous me comprendrez : souvent pendant des semaines, des mois même – le ton baissait de plus en plus – nous n'avons vécu que de miracles. Quand il n'y avait plus de pain dans la maison, mais là plus une miette, je savais que l'heure était venue ! Je m'asseyais ici et j'attendais, j'attendais jusqu'à ce que mon cœur batte si fort que je pouvais à peine respirer. Et puis, quand l'inspiration me poussait, je descendais en courant, je marchais de-ci de-là dans les rues, aussi vite que je pouvais pour être rentrée à la maison avant que mon père arrive. Et – et chaque fois je trouvais de l'argent. Plus ou moins selon les jours, mais toujours assez pour acheter l'indispensable. Souvent il y avait une pièce d'un gulden au milieu du trottoir; je la voyais briller de loin et les gens la piétinaient, glissaient sur elle, mais aucun n'y faisait attention – cela me rendait si présomptueuse parfois, que je ne sortais pas tout de suite; je cherchais d'abord par terre dans la cuisine, comme une enfant, pour voir s'il ne serait pas tombé du ciel de l'argent ou du pain. »

Une idée me traversa l'esprit et j'en souris de joie. Elle le vit.

« Ne riez pas, monsieur Pernath, supplia-t-elle. Croyez-moi, je sais que ces miracles grandiront et qu'un jour... »

Je la calmai. « Mais je ne ris pas, Mirjam. Qu'est-ce que vous allez penser là ! Je suis infiniment heureux que vous ne soyez pas comme les autres qui cherchent les causes habituelles derrière tous les effets et se cabrent quand ils ne les trouvent pas – *nous* dans ces cas-là, nous nous écrions : " Dieu doit loué ! " »

Elle me tendit la main.

« Et, n'est-ce pas, vous ne direz plus jamais que vous voulez m'aider – ou nous aider? Maintenant que vous savez que vous me voleriez un miracle, est-ce que vous le feriez? »

Je lui promis. Mais non sans une réserve dans mon for intérieur.

Puis la porte s'ouvrit et Hillel entra.

Mirjam l'embrassa et il me salua. Cordialement, avec beaucoup d'amitié, mais de nouveau ce « vous » si froid.

En outre une légère fatigue ou une incertitude semblait peser sur lui – Ou bien est-ce que je me trompais?

Peut-être était-ce l'effet de la pénombre qui emplissait la pièce.

« Vous êtes certainement venu pour me demander conseil, commença-t-il quand Mirjam nous eut laissés seuls, au sujet de la dame...? »

Stupéfait, je voulus l'interrompre, mais il me prévint.

« L'étudiant Charousek m'a mis au courant. Je lui ai parlé dans la rue – il m'a d'ailleurs paru très changé. Il m'a tout raconté. Son cœur débordait. Et aussi que vous lui aviez donné de l'argent. » Il me fixait d'un regard pénétrant en insistant sur chaque mot de façon très étrange, mais je ne comprenais pas où il voulait en venir :

« Certes, quelques gouttes de bonheur sont ainsi tombées du ciel et – dans son cas – elles n'ont sans doute pas causé de tort, mais – il réfléchit un moment – mais souvent, on ne fait que provoquer de nouvelles souffrances pour soi-même et pour les autres. Aider n'est pas si facile que vous croyez, mon cher ami! Sinon, ce serait très, très simple de délivrer le monde – vous ne pensez pas? »

« Mais est-ce que *vous,* vous ne donnez pas aussi aux pauvres. Souvent tout ce que vous possédez, Hillel? » lui demandai-je.

Il hocha la tête en souriant : « Il me semble que vous êtes tout à coup devenu talmudiste. Vous répondez à une question par une autre question. Il est difficile alors de discuter. »

Il s'arrêta, comme si je devais lui répondre, mais une fois encore je ne compris pas ce qu'il attendait.

« Au reste, pour revenir à notre sujet, reprit-il sur un autre ton, je ne crois pas que votre protégée – je veux dire la dame – soit menacée par un danger immédiat. Laissez les choses suivre leur cours. Certes, il est écrit : “ L’homme sage bâtit pour l’avenir ”, mais à mon avis plus sage encore est celui qui attend, prêt à toute éventualité. Peut-être l’occasion d’une rencontre entre Aaron Wassertrum et moi surviendra-t-elle, mais l’initiative doit venir de lui – je ne bouge pas, c’est lui qui doit faire le premier pas. Vers vous, ou vers moi, peu importe – et à ce moment je lui parlerai. A lui de décider s’il veut suivre mon conseil ou pas. Je m’en lave les mains. »

Je m’efforçai anxieusement de lire dans son visage. Jamais encore il n’avait parlé aussi froidement, avec une curieuse nuance de menace. Mais derrière ses yeux sombres, enfoncés, c’était l’abîme.

« Il y a comme une cloison de verre entre lui et nous. » Ces mots de Mirjam me revinrent à l’esprit.

Je ne pus que lui serrer la main sans un mot – et m’en aller.

Il m’accompagna jusqu’à la porte et quand je me retournai une fois encore en montant l’escalier, je vis qu’il était resté sur le seuil et me faisait un geste amical, mais comme quelqu’un qui voudrait bien dire encore quelque chose et ne le peut pas.

peur

J'avais l'intention de prendre mon manteau, ma canne et d'aller dîner dans la petite auberge « Zum alten Ungelt » où tous les soirs Zwakh, Vrieslander et Prokop restaient jusque tard dans la nuit à se raconter des histoires insensées; mais à peine étais-je entré chez moi que le projet tomba – comme si des mains m'avaient arraché un linge ou quelque chose que je portais sur moi.

Il y avait dans l'air une tension dont je ne m'expliquais pas la cause, mais qui existait néanmoins, quasi tangible et se communiqua si violemment à moi qu'au bout de quelques secondes je ne savais plus par où commencer tant j'étais agité : allumer la lumière, fermer la porte derrière moi, m'asseoir, ou faire les cent pas.

Quelqu'un s'était-il glissé chez moi pendant mon absence? Était-ce l'angoisse d'un homme devant une apparition inopinée qui s'emparait de moi? Wassertrum était-il caché là?

Je plongeai la main derrière les rideaux, ouvris l'armoire, jetai un coup d'œil dans la pièce contiguë – personne.

La cassette elle-même était à sa place, intacte.

Ne valait-il pas mieux brûler les lettres afin d'être débarrassé à jamais de ce souci?

Je cherchai déjà la clef dans ma poche de gilet – mais fallait-il faire cela tout de suite? J'avais encore le temps jusqu'au lendemain matin.

D'abord donner de la lumière!

Impossible de trouver les allumettes.

La porte était-elle verrouillée? Je reculai de quelques pas. M'arrêtai de nouveau.

Pourquoi soudain cette angoisse?

Je voulus me reprocher ma lâcheté, mes pensées s'immobilisèrent. Au beau milieu de la phrase.

Une idée folle me vint brusquement à l'esprit : vite, vite, monter sur la table, empoigner un siège et assommer la « chose » qui rampait sur le sol... si... si elle s'approchait.

« Il n'y a personne ici, dis-je tout fort avec colère. Est-ce que tu as jamais eu peur dans ta vie? »

Rien à faire. L'air que je respirais devint subtil et coupant comme l'éther.

Si seulement j'avais *vu* quelque chose, n'importe quoi : fût-ce ce que l'on pouvait concevoir de plus horrible – la peur m'aurait quitté instantanément.

Mais rien.

Je fouillai du regard les moindres recoins.

Rien.

Partout les objets bien connus : les meubles, la lampe, la gravure, l'horloge – vieux amis inanimés et fidèles.

J'espérais qu'ils se métamorphoseraient sous mes yeux, me donnant la possibilité d'attribuer l'angoisse qui m'étranglait à une illusion des sens.

Même pas cela. Ils restaient obstinément semblables à eux-mêmes. Bien plus figés qu'il n'eût été naturel dans la pénombre ambiante.

« Ils sont soumis à la même contrainte que toi. Ils n'osent pas risquer le moindre mouvement », me dis-je.

Pourquoi l'horloge ne fait-elle plus tic-tac?

L'attente crispée avale tous les bruits.

Je secouai la table, tout étonné d'entendre ses craquements.

Si seulement le vent voulait siffler autour de la maison! Même pas cela! Ou le bois pétiller dans le poêle – le feu était éteint.

Et toujours, constamment, cette même attente dans l'air, ce guet effrayant – sans une pause, sans une lacune, comme l'écoulement de l'eau.

Cette tension inutile de tous mes sens prêts à bondir! Je désespérai de pouvoir la supporter. La pièce pleine d'yeux que je ne voyais pas – pleine de mains errantes que je ne pouvais attraper.

« C'est la terreur qui s'engendre elle-même, l'horreur paralysante du Non-Être insaisissable qui n'a pas de forme et ronge les frontières de notre pensée. »

Je me raidis et attendis.

J'attendis bien un quart d'heure : peut-être la « chose » se laisserait-elle tenter, elle ramperait vers moi, par-derrière – et je pourrais alors l'attraper.

Je me retournai d'un brusque élan : toujours rien.

Ce même « rien » dévoreur de limites, qui *n'était pas* et emplissait pourtant la pièce de sa vie épouvantable.

Et si je m'enfuyais? Qu'est-ce qui m'en empêchait?

« Il me suivrait. » Je le sus aussitôt avec une inéluctable certitude. Et aussi qu'il ne me servirait à rien de donner de la lumière – pourtant je cherchai le bougeoir jusqu'à ce que je l'eusse trouvé.

Mais la mèche ne voulait pas s'allumer et s'obstina à rougeoyer pendant un grand moment : la petite flamme ne parvenait ni à vivre, ni à mourir et quand, à force de lutter, elle conquit enfin une existence cachexique, elle demeura sans éclat, jaune comme du cuivre sale. Non, l'obscurité valait encore mieux.

J'éteignis et me jetai tout habillé sur le lit. Comptai les battements de mon cœur : un, deux, trois – quatre... jusqu'à mille, puis toujours recommençant – des heures, des jours, des semaines, me semblait-il, jusqu'à ce que ma bouche se dessèche et que mes cheveux se hérissent : pas une seconde de soulagement.

Pas une seule.

Je commençai à prononcer des mots, tout haut, comme ils me venaient sur les lèvres : « prince », « arbre », « enfant », « livre », et à les répéter convulsivement jusqu'à ce qu'ils se dressent soudain tout nus devant moi, bruits effrayants d'un temps immémorial, m'obligeant à réfléchir de toutes mes forces pour retrouver leur signification : p-r-i-n-c-e? l-i-v-r-e?

N'étais-je pas déjà fou? Ou mort? Je tâtai autour de moi.

Me lever!

M'asseoir dans le fauteuil!

Je me laissai tomber sur le siège.

Si seulement la mort venait enfin!

Ne plus sentir cette présence aux aguets, exsangue, effrayante! « Je ne veux pas – je ne veux pas! » criai-je. « Vous n'entendez donc pas? »

Je retombai, sans force.

Sans pouvoir saisir que j'étais encore vivant. Incapable de la moindre pensée, du moindre geste, je regardais fixement devant moi.

« Pourquoi me tend-il ces grains si obstinément? »

L'idée m'effleura, puis revint. Reflua. Revint.

Lentement, très lentement, je me rendis compte qu'un être bizarre se tenait devant moi – peut-être était-il là depuis que j'étais assis – et me tendait la main.

Une silhouette grise aux larges épaules, de la taille d'un adulte trapu, appuyée sur son bâton de bois blanc tourné en spirale.

A la place où la tête aurait dû se trouver, je ne distinguais qu'une boule de vapeur pâle.

Une morne odeur de santal et de paille mouillée émanait de l'apparition.

Un sentiment d'impuissance totale me fit presque défaillir. Ce que l'angoisse qui me rongeait les nerfs avait évoqué pendant tout ce temps s'était métamorphosé en une terreur mortelle et avait pris forme dans cette créature.

L'instinct de conservation me disait que je deviendrais fou de peur si jamais je voyais le visage du fantôme – m'en avertissait, me le hurlait aux oreilles – et pourtant, attiré comme par un aimant, je ne pouvais détourner les yeux de la boule pâle dans laquelle je recherchais avidement les yeux, le nez, la bouche.

Mais j'avais beau m'évertuer – la vapeur demeurait immuable. Je parvenais bien à poser des têtes de toutes les façons sur le tronc, mais chaque fois je savais qu'elles étaient nées de ma seule imagination.

D'ailleurs, elles se dissolvaient toujours, presque à l'instant où je les avais créées.

Seule la forme d'une tête d'ibis égyptien persista un peu plus longtemps.

Les contours du fantôme flottaient, à peine marqués dans l'obscurité, se resserraient imperceptiblement, puis se dilataient de nouveau, comme au rythme d'une respiration lente qui parcourait la silhouette entière, seul mouvement discernable. A la place des pieds, touchant le sol, des moignons osseux dont la chair – grise et vide de sang – était remontée jusqu'à la cheville en bourrelets gonflés.

Immobile, l'apparition me tendait la main.

Elle contenait de petits grains. Gros comme des haricots, de couleur rouge avec des points noirs sur les bords.

Que devais-je en faire?

Je me sentais accablé; une responsabilité monstrueuse pèserait sur moi – dépassant de loin tout ce qui était en ce monde – si je ne faisais pas ce qu'il fallait faire à cet instant.

Je pressentais deux plateaux de balance, chacun chargé du poids d'un hémisphère, qui oscillaient quelque part dans l'empire des causes premières – celui sur lequel je jetterais un grain de poussière s'abaisserait jusqu'au sol.

Je compris que c'était *cela* l'attente effrayante qui m'environnait! Ma raison me disait : « Ne bouge pas un doigt, même si de toute l'éternité la mort ne devait jamais venir pour te délivrer de cette torture. »

Mais un murmure s'élevait en moi : ce serait encore faire un choix, tu aurais refusé les grains. Ici, pas de retour en arrière.

Je regardai autour de moi, cherchant quelque signe qui m'indiquât ce que je devais faire. Rien.

En moi non plus, aucun conseil, aucune aspiration – tout était mort, péri.

Je reconnus en cet instant effroyable que la vie de myriades d'hommes ne pèse pas plus qu'une plume.

Il devait faire nuit noire, car je pouvais à peine distinguer les murs de ma chambre.

A côté, dans l'atelier, des pas; j'entendis quelqu'un pousser des armoires, tirer des tiroirs, jeter des objets sur le sol, il me sembla reconnaître la voix de Wassertrum lancer des jurons incandescents de sa basse râlante – mais je n'y prêtai pas attention. Cela n'avait pas plus d'importance pour moi que le grattement d'une souris – Je fermai les yeux.

Des visages humains se mirent à passer en longues files devant moi. Paupières closes – masques mortuaires figés : ma propre race, mes propres ancêtres.

Toujours la même conformation du crâne, si différents que les types pussent paraître – avec les cheveux rasés, bouclés et coupés courts, les perruques à marteau et les toupets serrés dans des anneaux – ils sortaient du tombeau à travers les siècles jusqu'à ce que les traits me deviennent de plus en plus familiers et se fondent enfin en un dernier visage : celui du Golem avec lequel la chaîne de mes ancêtres se brisait.

Alors les ténèbres achevèrent de dissoudre ma chambre en un espace vide infini au milieu duquel je me savais assis dans mon fauteuil et devant moi l'ombre grise au bras tendu.

Mais lorsque j'ouvris les yeux, des êtres inconnus nous entouraient, disposés en deux cercles qui se coupaient pour former un huit : ceux d'un cercle étaient enveloppés de vêtements aux reflets violets, ceux de l'autre, noir rougeâtre. Des hommes d'une race étrangère, à la stature immense, à la force hors nature, le visage caché derrière des voiles étincelants.

Les battements violents dans ma poitrine me disaient que le moment de la décision était venu. Mes doigts se tendirent vers les grains – et je vis alors comme un frémissement parcourir les silhouettes du cercle rouge.

Fallait-il repousser les grains? Le frémissement gagna le cercle bleu – je regardai attentivement l'homme sans tête; il était toujours là, dans la même position, immobile comme avant.

Même sa respiration avait cessé.

Je levai le bras sans savoir encore ce que je devais faire et – frappai la main tendue du fantôme si fort que les grains roulèrent sur le sol.

L'espace d'un instant, bref comme une décharge électrique,

je perdis connaissance et crus tomber dans un gouffre sans fond puis je constatai que j'étais solidement campé sur mes pieds.

La créature grise avait disparu. De même que celles du cercle rouge.

En revanche, les silhouettes bleues avaient formé un cercle autour de moi ; elles portaient une inscription en hiéroglyphes d'or sur la poitrine et la main levée en silence – on eût dit d'un serment – tenaient entre le pouce et l'index les grains rouges que j'avais fait tomber de la main du fantôme sans tête.

J'entendis dehors la grêle marteler furieusement la fenêtre et le tonnerre déchirer l'air en mugissant.

Un orage d'hiver balayait la ville dans sa rage insensée. Au travers de ses hurlements les coups de canon sourds annonçant la débâcle des glaces sur la Moldau arrivaient à intervalles rythmés.

La pièce flamboyait à la lueur des éclairs qui se succédaient sans interruption. Je me sentis soudain si faible que mes genoux se mirent à trembler et je dus m'asseoir.

« Sois en paix », dit très distinctement une voix à côté de moi. « Sois bien en paix, la nuit prédestinée de Lelchimourim est sous la protection de Dieu. »

Progressivement, l'orage se calma et le vacarme assourdissant fit place au tambourinage monotone des grêlons sur les toits.

La lassitude avait envahi mes membres à un tel point que je ne percevais plus qu'avec des sens émoussés et comme en rêve ce qui se passait autour de moi.

Quelqu'un dans le cercle prononça les mots :

« Celui que vous cherchez n'est pas ici. »

Les autres répondirent quelque chose dans une langue étrangère.

Sur ce, le premier dit à nouveau une phrase, très bas, qui contenait un nom :

Hénoch

mais je ne compris pas le reste : le vent apportait avec trop de force les gémissements des glaces qui se brisaient sur la rivière.

Alors une des figures se détacha du cercle, s'avança devant moi, me montra les hiéroglyphes sur sa poitrine – c'étaient les mêmes que ceux des autres – et me demanda si je pouvais les déchiffrer.

Comme – bégayant d'épuisement – je lui disais que non, l'apparition tendit la paume de la main vers moi et l'inscription étincela sur ma poitrine, en caractères d'abord latins :

CHABRAT ZEREH SUR BOCHER [1]

qui se transformèrent ensuite lentement en une écriture inconnue... Et je sombrai dans un sommeil profond, sans rêves comme je n'en avais pas connu depuis la nuit où Hillel m'avait délié la langue.

1. Ce qui signifie : « Confrérie des descendants de la première lumière. »

traque

Les heures des derniers jours avaient fui à tire d'aile. C'est à peine si je prenais le temps de manger.

Un besoin irrésistible d'activité extérieure m'avait rivé à ma table de travail de l'aube au crépuscule.

L'opale taillée était achevée et Mirjam en avait été heureuse comme une enfant.

La lettre « I » dans le livre Ibbour était réparée elle aussi.

Je m'adossai dans mon fauteuil et laissai sereinement défiler devant moi tous les petits incidents des heures récentes.

La vieille femme qui faisait mon ménage était arrivée en courant, le matin après l'orage, pour m'annoncer que le pont de pierre s'était écroulé pendant la nuit.

Bizarre ! – écroulé ! Peut-être juste au moment où les grains... non, non, idée à chasser, ce qui était arrivé alors pouvait s'accommoder d'un vernis de calme raison et je me proposais de le laisser enfoui dans ma poitrine jusqu'à ce qu'il s'éveillât à nouveau de lui-même – mais je ne voulais pas y toucher.

Bien peu de temps auparavant, j'étais passé sur ce pont, j'avais vu les statues de pierre – et maintenant cette construction qui avait résisté aux siècles était en ruine !

J'éprouvais une certaine mélancolie à la pensée que je ne mettrais plus jamais le pied sur lui. Même si on le reconstruisait, ce ne serait plus le vieux pont de pierre mystérieux.

Pendant des heures, alors que je taillais l'opale, j'y avais repensé et, tout aussi naturellement que si je ne l'avais jamais oublié, le souvenir est devenu vivant en moi : celui des innombrables fois où, enfant et aussi par la suite, j'avais levé les yeux sur l'image de sainte Luitgard et de tous les autres, désormais engloutis dans l'eau mugissante.

Les mille petites choses si chères que je disais miennes dans ma jeunesse, je les avais revues en esprit : et mon père et ma mère et mes camarades de classe. Seule la maison où j'avais habité m'échappait toujours.

La sensation que soudain tout se dénouait naturellement et simplement en moi était si confortable.

Quand, l'avant-veille, j'avais pris le livre Ibbour dans la cassette – il n'y avait rien d'étonnant à ce qu'il eût maintenant l'aspect qu'a un vieux recueil de parchemin orné d'initiales précieuses – la chose m'avait paru toute naturelle. Je n'arrivais pas à comprendre qu'il eût jamais pu me produire l'effet d'un spectre. Il était écrit en hébreu, donc totalement incompréhensible pour moi.

Quand l'inconnu viendrait-il le rechercher?

La joie de vivre qui s'était secrètement glissée en moi pendant le travail s'éveilla de nouveau dans toute sa fraîcheur revigorante et chassa les pensées nocturnes qui voulaient m'assaillir par-derrière, en traître.

Très vite, je pris le portrait d'Angelina – j'en avais coupé la dédicace inscrite au bas – et l'embrassai.

Tout cela était fou, insensé, mais pour une fois, pourquoi ne pas rêver de bonheur, saisir le présent lumineux et s'en réjouir comme on se réjouit d'une bulle de savon?

Ce que le désir de mon cœur faisait miroiter à mes yeux ne pourrait-il se réaliser? Était-il donc si totalement impossible que je devinsse célèbre du jour au lendemain? Égal à elle bien que d'extraction inférieure? Au moins l'égal du docteur Savioli? Je pensai à la pierre taillée de Mirjam : si j'en réussissais encore une comme celle-là – aucun doute possible, les meilleurs artistes de tous les temps n'avaient jamais rien créé de meilleur.

Et si l'on admettait un hasard, un seul : la mort subite du mari d'Angelina?

Des ondes brûlantes et glacées me parcouraient : un minuscule hasard – et mon espoir, mon espoir le plus audacieux prenait forme. Le bonheur qui m'échoirait alors en partage ne tenait qu'à un mince fil qui pouvait se rompre d'une heure à l'autre.

Mille choses plus extraordinaires ne m'étaient-elles pas déjà arrivées? Des choses dont l'humanité ne soupçonnait même pas l'existence?

N'était-ce pas un miracle qu'en l'espace de quelques semaines des dons artistiques se fussent éveillés en moi qui me haussaient déjà bien au-dessus de la moyenne?

Et je n'étais encore qu'au début du chemin.

N'avais-je donc pas droit au bonheur?

Mysticisme serait-il synonyme d'apathie sans désir? J'accentuai le « oui » en moi : rêver encore une heure seulement – une minute – une courte existence d'homme?

Et je rêvai les yeux ouverts.

Les pierres précieuses sur la table grossissaient, grossissaient et faisaient ruisseler tout autour de moi des cascades multicolores. Des arbres d'opale groupés en bosquets réfléchissaient les ondes lumineuses du ciel, leurs bleus scintillaient comme les ailes d'un gigantesque papillon tropical, gerbes d'étincelles au-dessus de prairies pleines des chaudes senteurs de l'été.

J'avais soif et je rafraîchissais mes membres dans le bouillonnement glacé des ruisseaux qui bruissaient sur les blocs de rochers en nacre.

Un souffle torride passé sur les pentes recouvertes de fleurs m'enivrait du parfum des jasmins, des jacinthes, des narcisses, des daphnés...

Intolérable! Intolérable! J'effaçai l'image. J'avais soif.

Tels étaient donc les tourments du Paradis.

J'ouvris violemment la fenêtre et le vent tiède du dégel glissa sur mon front.

L'odeur du printemps qui approchait était partout – Mirjam.

Impossible de ne pas penser à Mirjam – Mirjam se tenant au mur pour ne pas tomber quand elle était venue me raconter qu'un miracle avait eu lieu, un vrai miracle : elle avait trouvé une pièce d'or dans le pain que le boulanger posait entre les barreaux sur la fenêtre de la cuisine.

Je saisis ma bourse – Peut-être n'était-il pas encore trop tard pour faire apparaître un ducat comme par magie!

Chaque jour elle venait me voir, pour me tenir compagnie, disait-elle, mais en réalité elle ne parlait presque pas, tant elle était pleine du « miracle ». L'événement l'avait bouleversée jusqu'au plus profond d'elle-même et quand je la revoyais devenant brusquement livide jusqu'aux lèvres sans raison apparente – sous le seul effet de ses souvenirs – je songeais que dans mon aveuglement je pouvais poser des actes dont les conséquences se répercutaient à l'infini.

Et si je rapprochais de tout cela les derniers mots, si sombres, de Hillel, un froid de glace m'envahissait.

La pureté du motif n'était pas une excuse à mes yeux, le but ne justifie pas les moyens, j'en étais persuadé.

Et si le motif « aider les autres » n'était pur qu'en *apparence?* Quelque mensonge secret n'y était-il pas caché? Le désir présomptueux, encore qu'inconscient, de se pavaner dans le rôle de sauveur?

Je commençai à douter de moi-même.

J'avais jugé Mirjam beaucoup trop superficiellement, la chose était évidente.

Elle était fille de Hillel, et cela suffisait pour qu'elle ne fût pas comme les autres.

Comment avais-je pu être assez téméraire pour intervenir aussi inconsidérément dans sa vie intérieure, sans doute de cent coudées plus élevée que la mienne?

Le dessin de son visage, incomparablement plus accordé à l'époque de la VIe dynastie égyptienne – et même encore beaucoup plus spiritualisé – qu'à la nôtre, avec son type d'humanité raisonnante, aurait dû suffire à me mettre en garde.

« Seul l'imbécile fieffé se défie de l'apparence extérieure. » Où avais-je lu cela autrefois? Comme c'était vrai. Nous étions bons amis Mirjam et moi; fallait-il lui avouer que c'était moi qui, jour après jour, glissais en cachette le ducat dans le pain?

Le coup serait trop soudain. Il l'assommerait. Je ne devais

pas courir un tel risque – un procédé plus prudent s'imposait.

Affaiblir le « miracle » d'une manière ou d'une autre ? Au lieu de mettre la pièce dans le pain, la poser sur une marche de l'escalier pour qu'elle la trouve en ouvrant sa porte, etc., etc. ? Je me flattais d'inventer quelque façon de faire nouvelle, moins abrupte qui l'éloignerait peu à peu du miraculeux pour la ramener dans le quotidien.

Oui ! c'était la bonne solution.

Ou bien trancher le nœud ? Mettre son père dans le secret et lui demander conseil ? Le rouge me monta au visage. J'aurais toujours le temps d'en venir là si tous les autres moyens échouaient.

Maintenant, à l'œuvre et sans perdre de temps !

J'eus alors une bonne inspiration : amener Mirjam à faire quelque chose de tout à fait exceptionnel, l'arracher pendant quelques heures à son cadre habituel afin qu'elle éprouvât d'autres impressions.

Prendre une voiture et faire une promenade. Si nous évitions le quartier juif, qui nous reconnaîtrait ? Peut-être la visite du pont écroulé l'intéresserait-elle ?

Le vieux Zwakh ou une de ses amies pourrait venir avec elle si elle jugeait monstrueux d'être en ma seule compagnie.

J'étais fermement décidé à n'accepter aucune opposition.

Sur le pas de la porte, je faillis culbuter un homme qui se trouvait là.

Wassertrum !

Il avait dû épier par le trou de la serrure, car au moment de la collision, il était plié en deux. « Vous me cherchiez ? » lui demandai-je rudement. Il marmonna quelques mots d'excuse dans son jargon impossible, puis acquiesça.

Je le priai de s'approcher et de s'asseoir, mais il resta debout contre la table, tiraillant convulsivement le bord de son chapeau. Une profonde hostilité, qu'il s'efforçait en vain de me dissimuler, se réflétait sur son visage et chacun de ses mouvements.

Jamais encore je ne l'avais vu d'aussi près. Ce n'était pas

son effroyable laideur qui repoussait (elle me faisait plutôt pitié : elle lui donnait l'air d'un être à qui dès sa naissance la nature avait piétiné le visage avec rage et dégoût) – non c'était autre chose, impondérable, qui émanait de lui.

Le « sang », comme Charousek l'avait dit de façon si frappante.

Involontairement, j'essuyai la main que je lui avais tendue.

Si discret que fût le mouvement, il sembla le remarquer, car il dut soudain étouffer avec violence la flambée de haine qui lui brûla le visage.

« C'est beau chez vous », dit-il enfin avec hésitation lorsqu'il vit que je ne lui rendrais pas le service d'entamer la conversation.

En contradiction avec ses mots, il ferma les yeux, peut-être pour ne pas rencontrer mon regard. Ou croyait-il que son visage aurait ainsi une expression plus inoffensive?

On sentait nettement l'effort qu'il faisait pour parler un allemand correct.

Ne me jugeant pas tenu de répondre, j'attendis ce qu'il allait dire ensuite.

Dans son désarroi, il tendit la main vers la *lime* qui – Dieu sait pourquoi – se trouvait sur la table depuis la visite de Charousek, mais la retira aussitôt comme si un serpent l'avait mordue. J'admirai dans mon for intérieur la finesse des perceptions de son subconscient.

Il se ressaisit et plongea :

« Bien sûr, naturellement, ça va avec le métier, il faut être bien installé quand – on reçoit des si belles visites. » Il voulut ouvrir les yeux pour voir l'effet que ses mots produisaient sur moi, mais jugea de toute évidence le mouvement prématuré et les referma très vite.

Je décidai de le pousser dans ses derniers retranchements :

« Vous voulez parler de la dame qui est passée ici récemment? Dites donc franchement où vous voulez en venir! »

Il hésita un instant, puis me saisit vigoureusement le coude et me tira vers la fenêtre.

Le geste étrange, sans motif apparent, me rappela la

manière dont il avait entraîné le sourd-muet Jaromir dans sa tanière quelques jours auparavant.

Il me tendit un objet brillant entre ses doigts recourbés.

« Qu'est-ce que vous en pensez, monsieur Pernath, on peut encore en faire quelque chose? »

C'était une montre en or dont le double boîtier était cabossé au point de faire croire que quelqu'un l'avait abîmé exprès.

Je pris une loupe : les charnières étaient à demi arrachées et à l'intérieur – n'y avait-il pas quelque chose de gravé? Presque effacé et de surcroît gratté à coups de rayures toutes fraîches. Lentement je déchiffrai :

K - rl Zott - mann

Zottmann? Zottmann? Où avais-je donc déjà vu ce nom? Zottmann? Impossible de m'en souvenir. Zottmann?

Wassertrum m'arracha presque la loupe des mains : « Le mouvement, ça va, j'ai déjà regardé moi-même. Mais le boîtier, il est esquinté. »

« Il suffit de le décabosser – quelques points de soudure tout au plus. Le premier orfèvre venu fera ça aussi bien que moi, monsieur Wassertrum. »

« Je tiens à ce que ça soit du bon travail. Artistique comme on dit », coupa-t-il très vite. Avec une sorte d'angoisse.

« Très bien, si vous y tenez à ce point. »

« Oui, j'y tiens, j'y tiens beaucoup. »

Son empressement était tel que sa voix détonna. « Je veux la porter moi-même, la montre. Et quand je la montrerai à quelqu'un, je veux pouvoir dire : regardez, c'est le travail de monsieur Pernath, voilà ce qu'il sait faire. »

L'individu me répugnait : il me crachait littéralement au visage ses odieuses flatteries.

« Revenez dans une heure, ce sera fait. »

Wassertrum se tordit en convulsions. « Pas question. Je ne voudrais jamais. Trois jours. Quatre jours. La semaine prochaine ça sera assez temps. Je me reprocherais toute ma vie de vous avoir pressé. »

Que voulait-il donc pour être ainsi hors de lui? Je passai

dans la pièce voisine et enfermai la montre dans ma cassette. La photographie d'Angelina se trouvait sur le dessus et je rabattis précipitamment le couvercle – au cas où Wassertrum m'aurait suivi des yeux.

Quand je revins, je remarquai qu'il avait changé de couleur. Je le scrutai avec attention, mais écartai tout aussitôt mon soupçon : impossible! Il ne *pouvait* pas l'avoir vue. Contrairement à ce qu'il faisait auparavant, il ouvrait désormais tout grands ses yeux de poisson en parlant et fixait obstinément le premier bouton de mon gilet.

Pause.

« Bien entendu, la donzelle vous a dit de la boucler le jour où on éventerait la mèche. Hein? » Sans le moindre préliminaire, il lança ces mots dans ma direction, comme des projectiles, et frappa la table du poing.

Il y avait quelque chose d'effrayant dans la soudaineté avec laquelle il était passé d'un ton à un autre, abandonnant la flatterie pour la brutalité avec la rapidité de l'éclair et je conclus que la plupart de ses interlocuteurs, les femmes surtout, devaient tomber à sa merci en un tournemain s'il avait la moindre arme contre eux.

Ma première pensée fut de le prendre à la gorge et de le jeter dehors; puis je me demandai s'il ne serait pas plus adroit de le laisser vider son sac.

« Je ne comprends vraiment pas ce que vous voulez dire, monsieur Wassertrum. » Je m'efforçai de prendre un air aussi niais que possible. « La donzelle? Qu'est-ce que c'est que ça la donzelle? »

« Faut peut-être que je vous apprenne à causer? » rétorqua-t-il grossièrement. « Vous serez obligé de lever la main devant le tribunal s'il s'agit de la drôlesse, c'est *moi* qui vous le dis. Vous me comprenez? » Il se mit à crier. « Là-bas vous pourrez pas me jurer en pleine figure qu'elle est pas sortie d'à côté » – il montrait l'atelier du pouce – « pour s'amener chez vous au triple galop avec un tapis sur elle et – rien d'autre. »

La rage me monta jusqu'aux yeux; j'empoignai le gredin par la poitrine et le secouai :

« Si vous dites encore un mot sur ce ton-là, je vous brise tous les os que vous avez dans le corps! Compris? »

Gris comme la cendre, il s'effondra dans le fauteuil et balbutia :

« Quoi? Quoi? Qu'est-ce que vous voulez? On cause, c'est tout. »

Je fis quelques pas dans la pièce pour me calmer. Sans écouter tout ce qu'il éructait pour s'excuser.

Puis, je me postai devant lui, bien décidé à tirer l'affaire au clair une fois pour toutes, dans la mesure où elle concernait Angelina et, si l'explication ne pouvait être pacifique, à le contraindre d'ouvrir enfin les hostilités et de tirer prématurément ses quelques faibles flèches.

Sans prêter la moindre attention à ses interruptions, je l'avertis carrément que le chantage de quelque sorte qu'il fût – j'insistai sur le terme – était voué à l'échec, qu'il ne pouvait pas apporter la moindre preuve pour étayer ses accusations, qu'au reste je saurais *certainement* récuser n'importe quel témoignage (en admettant qu'il lui fût possible d'en obtenir un) et qu'Angelina m'était beaucoup trop chère pour que je ne la sauve pas à l'heure du besoin, cela à n'importe quel prix, fût-ce un parjure!

Chacun des muscles de son visage tressautait, son bec-de-lièvre s'ouvrait jusqu'au nez, il grinçait des dents et glougloutait continuellement comme un dindon pour essayer de m'interrompre : « Est-ce que je lui veux quelque chose, moi, à la donzelle? Mais écoutez-moi donc! » L'impatience l'affolait car il voyait que je ne me laissais pas induire en erreur. « C'est à Savioli que j'en ai, ce damné chien... ce... ce... » Le hurlement avait jailli malgré lui.

L'air lui manquait, il haleta. Je me tus aussitôt : enfin, il était là où je voulais l'amener, mais il s'était déjà ressaisi et fixait de nouveau mon gilet.

« Écoutez-moi, Pernath. » Il se contraignit à prendre le ton froid et mesuré d'un commerçant. « Vous parlez de la don... de la dame. Bon! Elle est mariée. Bon : elle s'est acoquinée avec ce... ce jeune pouilleux. Moi, qu'est-ce que ça peut me faire? » Il agitait les mains devant mon visage, les bouts des doigts pressés comme s'il tenait une pincée de sel. « Qu'elle s'en dépêtre la donzelle. Je connais la vie et vous aussi, vous connaissez la vie. On sait ce que c'est tous les deux. Hein? Tout ce que je veux, c'est rentrer dans mon argent. Vous comprenez, Pernath? »

Très étonné, je dressai l'oreille :

« Quel argent? Le docteur Savioli est dans vos dettes? »

Il esquiva :

« J'ai des comptes à régler avec lui. Ça se fera en une fois. »

« Vous voulez l'assassiner! » m'écriai-je.

Il se leva d'un bond. Gesticula. Gloussa.

« Oui, parfaitement! L'assassiner! Vous allez encore me jouer la comédie longtemps? » Je lui montrai la porte. « Faites-moi le plaisir de déguerpir! »

Lentement, il prit son chapeau, le mit et fit mine de partir. Puis il s'arrêta une fois encore, et me dit avec un calme dont je ne l'aurais pas cru capable :

« C'est bien. Je voulais vous tirer de là. Bon, si ça se peut pas, ça se peut pas. Les barbiers compatissants font les plus mauvaises blessures. Ma cour est pleine. Si vous aviez été malin... pourtant le Savioli vous gêne aussi! – *Maintenant, avec tous les trois* » – le geste d'étrangler quelqu'un exprima sa pensée – « je vais faire *des briquettes* ».

Ses expressions révélaient une cruauté si satanique et il avait l'air si sûr de son affaire que le sang se figea dans mes veines. Il devait avoir entre les mains une arme que je ne soupçonnais pas et que Charousek ignorait aussi. Je sentis le sol se dérober sous mes pieds.

« La lime! La lime! » Ce fut comme un chuchotis dans mon cerveau. Je mesurai la distance du regard : un pas jusqu'à la table, deux pas jusqu'à Wassertrum, je voulus bondir – et soudain Hillel apparut sur le seuil, comme jailli du sol.

La pièce s'estompa devant mes yeux.

Je voyais seulement – à travers un brouillard – que Hillel demeurait immobile, tandis que Wassertrum reculait pas à pas jusqu'au mur.

Puis j'entendis Hillel dire :

« Vous connaissez cependant le dicton, Aaron : tout Juif est le gardien des autres? Ne nous rendez pas la tâche trop difficile. » Il ajouta quelques mots hébreux que je ne compris pas.

« Qu'est-ce que vous aviez besoin d'espionner à la porte? » bredouilla le brocanteur, les lèvres tremblantes.

« Que j'aie écouté ou non, cela ne vous regarde pas » – et de nouveau Hillel conclut avec une phrase en hébreu qui cette fois sonnait comme une menace.

Je m'attendais à l'explosion d'une querelle violente, mais Wassertrum ne répondit pas une syllabe; il réfléchit un instant, puis s'en alla, l'air insolent.

Très excité, je me tournai vers Hillel, mais il me fit signe de me taire. De toute évidence, il attendait quelque chose, car il écoutait avec une extrême attention les bruits de l'escalier. Je voulus fermer la porte, mais il me retint d'un mouvement de main impatient.

Une minute au moins s'écoula, puis le pas traînant du brocanteur se fit de nouveau entendre, gravissant les marches. Sans dire un mot, Hillel sortit et lui céda le passage. Wassertrum attendit qu'il fût hors de portée de la voix, puis gronda sourdement.

« Rendez-moi ma montre. »

femme

Où était donc Charousek ?

Près de vingt-quatre heures s'étaient écoulées et il ne se montrait toujours pas.

Avait-il oublié le signal dont nous étions convenu ?

Ou bien ne le voyait-il pas ?

J'allai à la fenêtre et orientai le miroir de manière que le rayon de soleil qui le frappait tombât directement sur le soupirail grillagé de son sous-sol.

L'intervention de Hillel – la veille – m'avait un peu tranquillisé. Il m'aurait certainement averti si quelque danger se préparait.

En outre, Wassertrum ne pouvait plus entreprendre la moindre action d'importance; aussitôt après m'avoir quitté, il était rentré dans sa boutique – je jetai un coup d'œil en bas : parfaitement, il était là, immuable derrière ses plaques de foyer, comme je l'avais déjà vu au début de la matinée...

Intolérable cette éternelle attente !

L'air tiède du printemps qui entrait à flots par la fenêtre ouverte de la pièce voisine me rendait malade de langueur.

Gouttes fondantes qui tombaient des toits ! Et comme les minces filets d'eau étincelaient au soleil !

Des fils invisibles me tiraient au-dehors. Rongé d'impatience j'allais et venais dans la pièce. Me jetais sur un fauteuil. Me relevais.

Cette semence avide d'un amour indécis plantée dans ma poitrine ne voulait pas germer.

Toute la nuit elle m'avait tourmenté! Une fois, c'était Angelina qui se serrait contre moi, ensuite je parlais apparemment en toute innocence avec Mirjam et à peine avais-je déchiré l'image que la première revenait pour m'embrasser; je sentais le parfum de ses cheveux, sa douce zibeline me chatouillait le cou, la fourrure glissait de ses épaules – et elle devenait Rosina, qui dansait avec des yeux ivres à demi fermés – en frac – nue; ...et tout cela dans une somnolence qui était pourtant exactement comme une veille. Une exquise veille crépusculaire.

Vers le matin, mon double apparut auprès de moi, Habal Garmin semblable à une ombre, « l'haleine des os » dont Hiller avait parlé – et je le regardai les yeux dans les yeux : il était en ma puissance, *obligé* de répondre à toutes les questions que je lui poserais sur ce monde ou sur l'autre, et n'attendant que cela. Mais la soif du mystérieux demeura impuissante devant l'alanguissement de mon sang et se perdit dans les sables desséchés de ma raison. Je renvoyai le fantôme et il se ratatina en prenant la forme de la lettre « aleph », grandit de nouveau, dressé devant moi telle la femme nue colossale que j'avais vue dans le livre Ibbour avec son pouls puissant comme un séisme, se pencha vers moi et je respirai l'odeur engourdissante de sa chair brûlante.

Charousek ne venait toujours pas. Les cloches chantaient dans les tours des églises.

Je l'attends encore un quart d'heure – et je m'en vais.

Parcourir les rues animées pleines de gens en vêtement de fête, me mêler au joyeux tourbillon dans les quartiers des riches, voir de jolies femmes aux visages coquets, aux mains et aux pieds étroits.

Je me disais, pour m'excuser, que je rencontrerais peut-être Charousek par hasard.

Pour faire passer le temps plus vite, je pris le vieux jeu de tarots sur le rayonnage des livres.

Peut-être ses images me donneraient-elles une idée pour un projet de camée.

Je cherchai le Fou.

Introuvable. Où pouvait-il bien être passé?

Je fis une fois encore glisser les cartes sous mes yeux, perdu dans des réflexions sur leur sens caché. Le « Pendu » en particulier – que pouvait-il bien signifier?

Un homme pendu à une corde entre ciel et terre, la tête tournée de côté, les bras attachés dans le dos, la jambe droite repliée sur la gauche, l'ensemble dessinant une croix sur un triangle inversé.

Incompréhensible similitude.

Ah – enfin! Charousek!

Ou bien pas encore?

Heureuse surprise, c'était Mirjam.

« Savez-vous Mirjam, que j'étais sur le point de descendre chez vous pour vous inviter à faire une promenade en voiture avec moi? » Ce n'était pas tout à fait vrai, mais je ne m'en inquiétai nullement. « Vous n'allez pas me refuser, n'est-ce pas? J'ai le cœur si heureux aujourd'hui – il faut absolument que ce soit vous, Mirjam, qui mettiez le couronnement à ma joie. »

« Une promenade en voiture? » répéta-t-elle, si déconcertée que je ne pus m'empêcher d'en rire.

« La proposition est donc tellement extraordinaire? »

« Non, non, mais » – elle cherchait ses mots – « incroyablement singulière. Une promenade en voiture! »

« Pas du tout singulière si vous réfléchissez que des centaines de milliers de gens en font – et ne font même rien d'autre en réalité toute leur vie. »

« Oui, les *autres!* » Elle était toujours complètement décontenancée.

Je lui pris les deux mains.

« Ces satisfactions que les *autres* connaissent, je voudrais que vous en jouissiez aussi, Mirjam, et dans une mesure encore infiniment plus grande. »

Elle devint soudain blanche comme un cadavre et je vis à la sourde fixité de son regard à quoi elle pensait.

J'en éprouvai un choc.

« Il ne faut pas toujours porter avec vous le... le miracle,

Mirjam, lui dis-je. Ne voulez-vous pas me le promettre par – amitié? »

Elle entendit l'angoisse dans ma voix et me regarda d'un air étonné.

« S'il ne vous bouleversait pas à ce point, je pourrais me réjouir avec vous. Mais ainsi, non. Savez-vous que je m'inquiète beaucoup pour vous, Mirjam? Pour – pour – comment dirais-je? – votre santé spirituelle! Ne prenez pas ce que je vais dire au pied de la lettre, mais je voudrais que le miracle n'ait jamais eu lieu. » J'attendis une contradiction, mais elle se contenta de hocher la tête, perdue dans ses pensées.

« Il vous dévore! N'ai-je pas raison, Mirjam? » Elle se ressaisit.

« Souvent, moi aussi, je souhaiterais presque qu'il n'ait pas eu lieu. »

Ce fut comme un rayon d'espoir pour moi. « Quand je me dis – elle parlait très lentement, perdue dans un rêve – qu'il pourrait venir un temps où je serais obligée de vivre sans ces miracles... »

« Vous pourriez devenir riche d'un jour à l'autre et alors vous n'auriez plus besoin » – j'étais intervenu sans réfléchir mais je me repris bien vite en voyant l'épouvante sur son visage – « Je veux dire, vos soucis peuvent se dissiper brusquement, d'une manière toute naturelle et les miracles que vous vivriez alors seraient spirituels, – des expériences intérieures. »

Elle secoua la tête et répliqua durement : « Les expériences intérieures ne sont pas des miracles. Il est assez étrange que certains semblent ne jamais en avoir. Depuis mon enfance, jour après jour, je connais... (elle s'interrompit brutalement et je devinai qu'il y avait en elle autre chose dont elle n'avait jamais parlé, peut-être un tissu d'événements invisibles semblables aux miens) mais ce n'est pas le moment d'en parler. Même si quelqu'un se levait et guérissait les malades en leur imposant les mains, je ne pourrais pas appeler cela un miracle. C'est seulement quand la matière sans vie – la terre – sera animée par l'esprit et que les lois de la nature se briseront que sera accompli ce que je désire de tout mon être depuis que je pense – Mon père m'a dit un jour que la Cabale avait deux aspects : l'un magique et l'autre abstrait que l'on ne peut jamais faire coïncider. Le magique peut attirer l'abstrait à lui, mais jamais l'inverse. Le premier est un *don,* l'autre *peut* être conquis, encore que l'aide d'un maître soit indispensable. » Elle reprit le premier fil de sa pensée. « Le *don,* c'est cela dont j'ai soif; ce que je peux conquérir m'est indifférent, sans plus de valeur que la poussière. Quand je me représente que le temps pourrait venir, comme je l'ai déjà dit, où il me faudrait vivre de nouveau sans ces miracles » – je vis ses doigts se crisper et le remords me broya – « je crois que je mourrais sur-le-champ, rien qu'à l'idée d'une telle possibilité ».

« Est-ce la raison pour laquelle vous souhaitiez aussi que le miracle n'ait jamais eu lieu? » J'explorai prudemment.

« En partie seulement. Il y a encore autre chose. Je... je – elle réfléchit un instant – je n'étais pas encore mûre pour le miracle sous cette forme. C'est cela. Comment vous expliquer? Supposez, simplement pour avoir un exemple, que j'aie fait toutes les nuits depuis des années le même rêve, qui se continue et dans lequel quelqu'un – disons un habitant d'un autre monde – m'enseigne et ne me montre pas seulement d'après l'image de moi-même et ses continuelles modifications combien je suis loin de la maturité magique, loin de pouvoir vivre un miracle, mais aussi qu'il y a pour les questions de raison, la même explication que je peux vérifier jour après jour. Vous allez me comprendre : un être comme celui-là tient lieu de tous les bonheurs que l'on peut concevoir sur terre; il est pour moi le pont qui me relie à " l'Audelà ", l'échelle de Jacob que je peux gravir pour m'élever au-dessus du quotidien et parvenir à la lumière – il est le maître et l'ami; tout l'espoir que j'ai de ne pas m'égarer dans la folie et les ténèbres sur les sombres chemins que parcourt mon âme, je le mets en " lui " qui ne m'a encore jamais trompé. – Et voilà que brusquement, malgré tout ce qu'il m'a dit, un " miracle " entre dans ma vie! Qui croire maintenant? Ce qui emplissait mon être pendant toutes ces années,

était-ce donc une illusion ? Si je devais douter de lui, je tomberais la tête la première dans un gouffre sans fond – Et pourtant le miracle est arrivé ! Je sangloterais de joie si... »

« Si... » Je l'interrompis, le souffle coupé. Peut-être allait-elle prononcer elle-même la parole libératrice et je pourrais tout lui avouer.

« – Si j'apprenais que je me suis trompée – que ce n'était pas un miracle, mais j'en mourrais, je le sais, comme je sais que je suis assise ici, aussi sûrement. » (Mon cœur s'arrêta.) « Être arrachée du ciel et rejetée sur la terre – croyez-vous qu'une créature humaine puisse supporter cela ? »

« Demandez donc de l'aide à votre père », dis-je, égaré dans mon angoisse.

« Mon père ? De l'aide ? » Elle me regarda, sans comprendre. – « Où il n'y a que deux voies pour moi peut-il en trouver une troisième ? Savez-vous ce qui serait le véritable salut pour moi ? S'il m'arrivait à *moi* ce qui vous est arrivé à vous. Si je pouvais oublier en cette minute tout ce qu'il y a derrière moi, toute ma vie jusqu'à aujourd'hui. C'est curieux, n'est-ce pas ? Ce que vous tenez pour un malheur, ce serait le plus grand des bonheurs pour moi ! »

Nous restâmes silencieux un long moment.

« Je ne veux pas que vous vous tourmentiez pour moi » (elle me consolait – moi !). « Avant, vous étiez si joyeux, si heureux du printemps dehors et maintenant vous êtes la tristesse même. Je n'aurais rien dû vous dire. Arrachez-vous à vos souvenirs et reprenez vos pensées comme avant ! Je suis si joyeuse. »

« Vous, joyeuse, Mirjam ? » Mon interruption était pleine d'amertume.

Elle prit une mine convaincue : « Oui, vraiment ! Joyeuse ! Quand je suis venue chez vous, j'étais si angoissée – je ne sais pas pourquoi, je ne pouvais me délivrer de l'impression que vous courriez un grave danger » – je dressai l'oreille – « et au lieu de me réjouir de vous trouver bien portant, voilà que je vous assombris avec des prédictions de malheur... »

Je me contraignis à la gaieté : « Et vous ne pourrez réparer cela qu'en venant vous promener avec moi » (Je m'efforçais de mettre autant d'entrain que possible dans ma voix) « Je voudrais voir si je ne parviendrais pas à chasser vos sombres pensées, Mirjam. Vous direz ce que vous voudrez, vous n'êtes pas encore une magicienne de l'ancienne Égypte, mais seulement jusqu'à nouvel ordre une jeune fille à qui le vent du printemps peut jouer beaucoup de méchants tours. »

Elle devint soudain très mutine :

« Voyons, qu'est-ce que vous avez aujourd'hui, monsieur Pernath ? Je ne vous ai encore jamais vu ainsi ? D'ailleurs, le " vent du printemps ", chez les jeunes filles juives, ce sont les parents qui le dirigent, c'est bien connu et nous n'avons qu'à obéir. Ce que nous faisons, bien entendu. Nous avons cela dans le sang. Mais pas moi – ajouta-t-elle avec force – ma mère a violemment résisté quand on a voulu lui faire épouser l'affreux Aaron Wassertrum. »

« Quoi ? Votre mère ? Le brocanteur, là en bas ? »

Elle fit signe que oui. « Dieu merci, cela ne s'est pas fait – Pour le pauvre homme, le coup a été écrasant, sans doute. »

« Le pauvre homme ? m'exclamai-je. Mais c'est un criminel ! »

Elle hocha pensivement la tête : « Certainement, c'est un criminel. Mais celui qui vit dans un corps pareil et qui n'est pas criminel doit être prophète. »

Je m'approchai, dévoré de curiosité.

« Vous savez quelque chose de plus précis sur lui ? Cela m'intéresse. Pour des raisons très particulières... »

« Si vous aviez vu l'intérieur de sa boutique, monsieur Pernath, vous sauriez aussitôt comment est l'intérieur de son âme. Je dis cela parce que j'y suis souvent entrée dans mon enfance. – Pourquoi me regardez-vous d'un air si étonné ? C'est donc tellement extraordinaire ? Il a toujours été très gentil et très bon avec moi. Je me rappelle même qu'un jour il m'a donné une grosse pierre brillante qui m'avait fait envie, au milieu de toutes ses affaires. Ma mère m'a dit que c'était un diamant et j'ai dû le reporter immédiatement, bien entendu.

D'abord, il ne voulait pas le reprendre, mais au bout d'un grand moment, il me l'a arraché des mains et il l'a jeté dans un coin avec rage. J'ai bien vu qu'il avait les larmes aux yeux et je savais déjà assez l'hébreu à l'époque pour comprendre qu'il marmonnait : « Tout ce que je touche est maudit... » C'est la dernière fois que je suis allée le voir. Jamais plus ensuite il ne m'a invitée à venir chez lui. Je sais pourquoi : si je n'avais pas essayé de le consoler, tout serait demeuré comme avant, mais parce qu'il me faisait une pitié infinie et que je le lui ai dit, il n'a plus voulu me voir – vous comprenez cela, monsieur Pernath? C'est si simple : c'est un possédé, un homme qui devient méfiant, irrémédiablement méfiant dès que quelqu'un lui touche le cœur. Il se tient pour bien plus laid encore qu'il l'est en réalité – si la chose est possible – la racine de toutes ses pensées, de toutes ses actions est là. On dit que sa femme l'aimait bien, peut-être était-ce plus de la pitié que de l'amour, mais enfin beaucoup de gens le croyaient. Le seul qui était profondément convaincu du contraire, c'était *lui*. Partout il décèle la tromperie et la haine.

Il ne faisait une exception que pour son fils. Peut-être parce qu'il l'avait vu grandir depuis sa plus tendre enfance, qu'il avait donc suivi le développement de ses moindres traits de caractère depuis le premier germe dans le nouveau-né, pour ainsi dire, qu'il n'y avait jamais eu de lacune par où sa méfiance aurait pu s'introduire, ou peut-être cela tenait-il au sang juif – déverser sur sa descendance tout ce qui vivait en lui de capacité d'aimer, poussé par cette peur instinctive de notre race, la peur de mourir sans avoir rempli une mission que nous avons oubliée, mais qui demeure obscurément en nous. Qui peut le savoir?

Il a conduit l'instruction de son fils avec une circonspection qui confinait à la sagesse, très étonnante chez un homme si inculte, écartant de son chemin d'une main aussi sûre que celle d'un psychologue tout ce qui aurait pu contribuer au développement de sa conscience, afin de lui éviter les souffrances morales par la suite.

Il lui avait donné comme professeur un savant éminent qui soutenait que les animaux sont dénués de sensibilité et que chez eux les expressions de la souffrance sont de simples réflexes.

Tirer de toute créature le maximum de joie et de jouissance, puis rejeter aussitôt l'écorce inutile, tel était à peu près l'ABC de son système d'éducation.

« Vous pouvez bien penser, monsieur Pernath, que l'argent jouait là le premier rôle, à la fois critère et clef de la " puissance ". De même qu'il cache soigneusement sa propre richesse pour noyer dans l'ombre les limites de son influence, il imagina un moyen qui permît à son fils d'en posséder autant, tout en lui épargnant les contraintes d'une vie apparemment misérable; il l'imprégna de l'infernal mensonge de la " beauté ", il lui enseigna, au nom de l'esthétique, à jouer hypocritement les lis des champs tout en étant intérieurement un vautour.

Bien entendu, cette histoire de " beauté " il ne l'avait pas inventée – c'était probablement le " perfectionnement " du conseil donné par quelque érudit.

Que par la suite son fils l'ait renié chaque fois qu'il le pouvait, il ne l'a jamais pris en mauvaise part. Au contraire, il lui enjoignait de le faire, car son amour était totalement désintéressé et – comme je l'ai déjà dit à propos de mon père – de ceux qui survivent à la tombe. »

Mirjam se tut un instant et je vis sur son visage qu'elle poursuivait le fil de ses pensées, je l'entendis au son différent de sa voix quand elle dit :

« Des fruits étranges poussent sur l'arbre du judaïsme. »

« Dites-moi, Mirjam, lui demandai-je, vous n'avez jamais entendu dire que Wassertrum a une figure de cire dans sa boutique? Je ne sais plus qui m'a raconté cela – c'était sans doute une invention... »

« Non, non. C'est bien vrai, monsieur Pernath : il y a une figure de cire grandeur nature dans le coin où il couche sur son sac de paille, au milieu du bric-à-brac le plus insensé. Il l'a achetée à un montreur de marionnettes il y a des années, simplement, dit-on, parce qu'elle ressemble à... à une chrétienne qu'il aurait aimée autrefois?

« La mère de Charousek! » L'idée jaillit aussitôt dans mon cerveau. « Vous ne savez pas son nom, Mirjam? »

Elle secoua la tête. « Si vous tenez à le savoir – je pourrai m'informer. »

« Ah, mon Dieu, non ! Cela m'est tout à fait indifférent. » (Je voyais à ses yeux brillants qu'à force de me parler elle était sortie de sa dépression et je me promis qu'elle n'y retomberait jamais.) Ce qui m'intéresse beaucoup plus, c'est le sujet dont nous parlions avant. Celui du " vent de printemps " – votre père ne vous imposerait tout de même pas un mari ? »

Elle rit gaiement :

« Mon père ? Qu'est-ce que vous allez penser ? »

« Heureusement pour moi, alors. »

« Comment cela ? » demanda-t-elle naïvement.

« Parce que je garde encore mes chances. »

Ce n'était qu'une plaisanterie et elle ne le prit pas autrement, mais néanmoins elle se leva très vite et alla vers la fenêtre pour ne pas me laisser voir qu'elle rougissait.

Pour la tirer de son embarras, je pris un biais :

« Il faut que vous me promettiez une chose, comme à un vieil ami : quand vous aurez pris votre décision, mettez-moi dans le secret. Ou alors est-ce que vous projetez de rester célibataire ? »

« Non, non, non. » Elle s'en défendait si résolument que je ne pus m'empêcher de sourire. « Il faudra bien que je me marie un jour. »

« Bien sûr ! Naturellement ! »

Elle devint nerveuse comme un gardon.

« Vous ne pouvez donc pas rester sérieux une minute, monsieur Pernath ? » Je pris docilement une mine doctorale et elle se rassit. « Quand je dis qu'il faudra bien que je me marie un jour, j'entends que je ne me suis pas cassé la tête sur les détails jusqu'à présent, mais que je méconnaîtrais certainement le sens de la vie si je pensais que je suis venue au monde femme pour rester sans enfants. »

Pour la première fois je perçus la féminité sur son visage.

« Cela fait partie de mes rêves, poursuivit-elle doucement, de me représenter comme but ultime de l'union de deux êtres pour donner – vous n'avez jamais entendu parler du vieux culte égyptien d'Osiris ? – ce que " l'hermaphrodite " pourrait représenter comme symbole. »

Je l'écoutais, tendu : « L'hermaphrodite? »

« Je veux dire l'union magique de l'élément mâle et de l'élément femelle dans la race humaine pour donner un demi-dieu. Comme but ultime. Non, pas comme but ultime, comme début d'une voie nouvelle et éternelle – qui n'a *pas* de fin. »

« Et, lui demandai-je bouleversé, vous espérez trouver celui que vous cherchez? Ne pourrait-il se faire qu'il vive dans un pays lointain, peut-être même qu'il n'existe pas sur cette terre? »

« Cela, je n'en sais rien, répondit-elle simplement. Je ne peux qu'attendre. S'il est séparé de moi par le temps et l'espace – ce que je ne crois pas, car alors pourquoi serais-je attachée ici, dans le ghetto – ou par l'abîme de l'incompréhension réciproque – et si je ne le trouve pas, alors ma vie n'aura pas eu de sens, elle aura été le jeu inepte d'un démon idiot. Mais, je vous en prie, je vous en prie, ne parlons plus de cela, supplia-t-elle. Il suffit d'exprimer l'idée tout haut pour qu'elle prenne un arrière-goût affreux de terre et je ne voudrais pas – » Elle s'interrompit brusquement.

« Qu'est-ce que vous ne voudriez pas, Mirjam? »

Elle leva la main. Se leva très vite et dit :

« Vous avez une visite, monsieur Pernath. »

Des vêtements de soie froufroutaient sur le palier.

Quelques coups impétueux. Puis :

Angelina!

Mirjam voulait s'en aller; je la retins.

« Permettez-moi de vous présenter : la fille d'un ami très cher... la comtesse... »

« Impossible d'arriver jusqu'ici en voiture. Partout les pavés sont arrachés. Quand donc vous installerez-vous dans un quartier digne d'un être humain, maître Pernath? Dehors la neige fond et le ciel exulte à faire éclater la toiture et vous, vous restez terré ici dans votre grotte à stalactites comme une vieille grenouille – Au reste, savez-vous que je suis allée hier voir mon bijoutier et il m'a dit que vous étiez le plus grand artiste, le meilleur tailleur de pierres précieuses qu'il y ait aujourd'hui, voire l'un des plus grands qui aient jamais existé ? » Angelina bavardait comme une cascade et j'étais fasciné. Je ne voyais plus que les yeux bleus étincelants, les pieds agiles dans les minuscules bottines vernies, le visage capricieux émergeant du fouillis des fourrures et les coquillages roses des oreilles.

Elle prenait à peine le temps de respirer.

« Ma voiture est au coin de la rue. J'avais peur de ne pas vous trouver chez vous. Vous n'avez sans doute pas encore déjeuné ? Nous allons d'abord aller – oui, où est-ce que nous allons d'abord aller ? Nous allons d'abord aller – attendez – oui, peut-être dans les vergers – bref quelque part à la campagne où l'on sent si bien, dans l'air, les bourgeons se gonfler et les graines germer en secret. Venez, venez, prenez votre chapeau et puis vous déjeunerez chez moi et puis nous bavarderons jusqu'à ce soir. Prenez donc votre chapeau ! Qu'est-ce que vous attendez ? Il y a une grosse couverture bien douce, bien épaisse en bas : nous nous entortillerons dedans jusqu'aux oreilles et nous nous blottirons ensemble jusqu'à ce que nous ayons chaud comme des cailles. »

Que dire maintenant ? « Je me disposais justement à faire une promenade avec la fille de mon ami... »

Avant même que j'eusse achevé ma phrase, Mirjam avait pris congé en toute hâte d'Angelina.

Je l'accompagnai jusqu'à la porte bien qu'elle s'en défendît gentiment.

« Écoutez-moi, Mirjam, je ne peux pas vous dire ici, dans l'escalier, combien je tiens à vous – j'aimerais mille fois mieux aller avec vous... »

« Il ne faut pas faire attendre la dame, monsieur Pernath, coupa-t-elle. Au revoir et bien du plaisir ! »

Elle dit cela très cordialement, très sincèrement, mais je vis que la lumière s'était éteinte dans ses yeux.

Elle descendit très vite l'escalier et le chagrin me serra la gorge. J'eus l'impression d'avoir perdu un monde.

J'étais assis comme dans un songe à côté d'Angelina. Nous filions au galop furieux des chevaux dans les rues pleines de monde.

Le ressac de la vie tout autour de nous m'étourdissait au point que je pouvais tout juste distinguer les petites taches lumineuses dans les images qui défilaient devant moi : bijoux étincelants aux oreilles et chaînes de manchons, hauts de forme luisants, gants blancs, un caniche avec un collier rose qui voulait mordre nos roues, des pur-sang écumants qui nous croisaient dans un bruit de sonnailles argentines, une vitrine de magasin exposant des châles souples noués de perles, des parures scintillantes – le reflet de la soie sur des hanches étroites de jeune fille.

Le vent vif qui nous coupait le visage faisait paraître deux fois plus troublante encore la chaleur du corps d'Angelina.

Aux croisements, les sergents de ville sautaient respectueusement de côté quand nous passions au triple galop.

Une fois sur le quai, il fallut ralentir l'allure, car il était noir de voitures qui déversaient devant le pont de pierre écroulé, une foule de visages curieux.

J'y jetai à peine un regard : la moindre parole d'Angelina, le battement de ses paupières, le jeu pressé de ses lèvres – tout cela était infiniment plus important pour moi que de regarder en bas les blocs de rocher qui endiguaient de l'épaule la débâcle des glaces empilées.

Des allées de parc, une terre tassée, élastique. Puis le froissement des feuilles sous les sabots des chevaux, un air humide, des arbres géants pleins de nids de corbeaux, le vert mort des prairies avec des îles de neige fondante, tout cela passa devant moi comme un rêve.

En quelques mots brefs, presque avec indifférence, Angelina en vint à parler du docteur Savioli.

« Maintenant que le danger est passé, me dit-elle avec une ravissante candeur d'enfant, et que je sais qu'il va mieux, tous ces événements auxquels j'ai été mêlée me paraissent effroyablement ennuyeux. Je veux enfin pouvoir m'amuser de nouveau, fermer les yeux et plonger dans l'écume étincelante de la vie. Je crois que toutes les femmes sont ainsi. Simplement, certaines en conviennent et d'autres non. Ou alors sont-elles si sottes qu'elles ne s'en rendent pas compte? Vous ne croyez pas? » Elle n'écoutait pas un mot de ce que je répondais. « D'ailleurs les femmes ne m'intéressent absolument pas. Il ne faut pas que vous preniez cela pour une flatterie, naturellement, mais – vraiment la simple présence d'un homme sympathique m'est plus agréable que la conversation la plus passionnante avec une femme, si intelligente soit-elle. En fin de compte, nos bavardages ne portent que sur des niaiseries – Tout au plus des histoires de toilette – bon et alors? Les modes ne changent pas si souvent – N'est-ce pas, je suis frivole? » demanda-t-elle soudain, si coquette que je dus m'arracher avec violence aux rets de son charme pour ne pas lui prendre la tête entre les mains et l'embrasser dans le cou.

« Dites-le que je suis frivole! »

Elle se blottit plus près encore de moi.

Sortis de l'allée, nous passions devant des bosquets dont les arbustes d'ornement, empapillotés de paille, ressemblaient à des torses de monstres aux membres et aux têtes coupés.

Des promeneurs assis au soleil sur des bancs nous suivaient du regard, puis les têtes se rapprochaient.

Nous gardâmes un moment le silence, tout occupés à suivre nos pensées. Comme Angelina était différente, totalement différente de celle qui vivait jusqu'alors dans mon imagination! On eût dit qu'elle pénétrait aujourd'hui dans mon présent pour la première fois!

Qu'était-elle donc en réalité, cette femme que j'avais consolée quelques jours auparavant dans la cathédrale?

Je ne pouvais détacher mes regards de sa bouche entrouverte.

Toujours silencieuse, elle semblait contempler une image dans sa pensée.

La voiture tourna dans une prairie mouillée.

Une odeur de terre en train de s'éveiller montait.

« Savez-vous... madame...?

Appelez-moi donc Angelina », interrompit-elle doucement.

« Savez-vous Angelina que – que j'ai rêvé de vous toute cette nuit? » Les mots avaient jailli, presque malgré moi.

Elle fit un petit mouvement rapide comme si elle voulait dégager son bras du mien et me regarda avec de grands yeux. « Curieux ! Et moi de vous ! Et juste en ce moment, je pensais à la même chose. »

De nouveau la conversation s'arrêta et nous devinâmes que nous avions rêvé la même chose.

Je le sentais au frémissement de mon sang. Son bras tremblait imperceptiblement contre ma poitrine. La tête violemment tournée, elle regardait hors de la voiture pour éviter mon regard.

Lentement, je portai sa main à mes lèvres, fis glisser le gant souple et parfumé, écoutai sa respiration se précipiter et, fou d'amour, pressai les dents contre ses paumes.

... Des heures après, je descendais vers la ville comme un homme ivre à travers le brouillard du soir, enfilant les rues au hasard, si bien que je tournai en rond pendant un bon moment sans m'en apercevoir.

Puis je me retrouvai au bord de la rivière, appuyé contre une balustrade de fer, les yeux fixés sur les vagues mugissantes.

Je sentais encore les bras d'Angelina autour de mon cou, je voyais le bassin de pierre au bord duquel nous nous étions déjà dit adieu, des années auparavant, avec les feuilles d'orme qui pourrissaient au fond et elle se promenait avec moi comme nous venions de le faire, la tête contre mon épaule, à travers le parc crépusculaire de son château.

Je m'assis sur un banc et rabattis mon chapeau sur mes yeux pour rêver.

Les eaux se précipitaient au-dessus du barrage et leur voix étouffait les derniers bruits maussades de la ville en train de s'endormir.

Chaque fois que j'ouvrais les yeux pour resserrer mon manteau autour de moi, l'ombre s'était épaissie sur la rivière et finalement, la nuit noire l'engloutit ; on ne distinguait plus que l'écume du barrage tendue d'une rive à l'autre en rubans blancs éblouissants.

La pensée de me retrouver seul dans ma triste maison me faisait frissonner.

L'éclat d'un court après-midi avait fait de moi et pour toujours un étranger dans mon propre logis.

Quelques semaines, peut-être même quelques jours seulement et le bonheur sera passé – sans rien laisser derrière lui qu'un beau souvenir douloureux.

Et alors?

Alors j'étais sans asile ici et là, sur l'un et l'autre bord de la rivière.

Je me levai. Voulus jeter un regard au château à travers les grilles du parc, aux fenêtres derrière lesquelles elle dormait, avant de m'enfoncer dans le sombre ghetto... Je repartis dans la direction d'où j'étais venu, tâtonnant dans le brouillard épais, le long des maisons, traversant les places endormies, cependant que des monuments noirs surgissaient, menaçants et des enseignes solitaires et les gargouilles des façades baroques. La lueur terne d'une lanterne jaillie de la brume s'agrandit en anneaux fantastiques, énormes, aux couleurs d'arc-en-ciel, puis pâlit, œil jaune à demi fermé et s'éteignit tout à fait derrière moi.

Mon pied tâtait de larges marches en pierre recouvertes de gravier.

Où étais-je? Dans un chemin creux escaladant une pente abrupte?

Des murs lisses de jardin à droite et à gauche? Les branches dépouillées d'un arbre pendent par-dessus, venues du ciel : le tronc se dissimule derrière le pan de nuage.

Effleurées par mon chapeau, quelques minces brindilles se brisent en craquant, glissent sur mon manteau et tombent dans le gouffre gris qui me cache mes pieds.

Puis un point brillant : une lumière dans le lointain, quelque part entre ciel et terre, solitaire, énigmatique.

J'ai dû me tromper de chemin. Ce ne peut être que le « vieil escalier du château », qui longe les pentes des jardins Fürstenberg...

Puis de longues étendues de terre argileuse – Un chemin pavé.

Une ombre massive s'élève, la tête coiffée d'un bonnet pointu noir et raide : la « Daliborka », la tour de la faim dans laquelle des hommes ont péri autrefois, pendant que les rois chassaient, en bas, dans le « fossé aux cerfs ».

Une étroite ruelle sinueuse avec des créneaux, à peine assez large pour mes épaules – et je me trouvai devant une rangée de maisonnettes dont aucune n'était plus haute que moi.

Il me suffisait de tendre le bras pour toucher les toits.

J'étais dans la rue des Faiseurs d'Or, où, au Moyen Age, les adeptes de l'alchimie chauffaient la pierre philosophale et empoisonnaient les rayons de lune.

Pas d'autre issue que celle par où j'étais venu.

Mais impossible de retrouver l'étroit passage entre les murs – je me heurtai à une barrière de bois.

Rien à faire, je suis obligé de réveiller quelqu'un pour demander mon chemin. Ce qui est bizarre, c'est qu'il y a là une maison qui ferme la rue – plus grande que les autres et apparemment habitée. Je ne me rappelle pas l'avoir déjà remarquée.

Elle doit être badigeonnée de blanc pour ressortir aussi nettement dans le brouillard?

Je franchis la barrière, traverse l'étroit jardinet, et presse le visage contre les vitres : tout est noir. Je frappe à la fenêtre – Alors un homme incroyablement vieux, une chandelle allumée à la main, apparaît sur le seuil d'une porte, s'avance à pas tremblants jusqu'au milieu de la pièce, s'arrête, tourne lentement la tête vers les cornues d'alchimiste au mur, fixe un œil méditatif sur les gigantesques toiles d'araignée dans les coins, puis dirige enfin son regard vers moi.

L'ombre de ses pommettes remonte jusque dans ses orbites qui ont l'air aussi vides que celles d'une momie.

De toute évidence, il ne me voit pas.

Je frappe à la vitre.

Il ne m'entend pas et ressort de la pièce comme un somnambule.

J'attends en vain.

Je frappe à la porte de la maison : personne n'ouvre...

Pas d'autre ressource que de chercher jusqu'à ce que j'aie trouvé la sortie de cette ruelle.

Ne ferais-je pas mieux d'ailleurs de me retremper dans la société de mes semblables – auprès de mes amis Zwakh, Prokop et Vrieslander dans la vieille taverne où ils sont sûrement attablés – pour atténuer au moins pendant quelques heures le désir qui me dévore des baisers d'Angelina.

Vite, je me mets en route.

Telle une triade de morts, ils étaient accroupis autour de la vieille table trouée des vers – tous les trois, le mince tuyau d'une pipe en terre blanche entre les dents et la pièce pleine de fumée.

On distinguait à peine leurs traits tant les parois brun sombre absorbaient la lumière chétive d'une lampe à l'ancienne mode pendue au plafond.

Dans un coin, la tavernière, sèche comme un hareng, avare de paroles, rongée par le temps, avec son éternel bas pendu aux aiguilles à tricoter, le regard sans couleur et le nez camard tout jaune !

Des rideaux rouge terne masquaient les portes closes, si bien que les voix des clients dans la salle voisine ne filtraient que faiblement, tel le bourdonnement d'une ruche d'abeilles.

Vrieslander, chapeau conique aux bords droits sur la tête, visage plombé barré d'une moustache et cicatrice sous l'œil, avait l'air d'un Hollandais ivre surgi de quelque siècle oublié.

Josua Prokop, une cuillère passée dans ses boucles de musicien, pianotait sans arrêt de ses longs doigts osseux en regardant d'un œil admiratif les efforts de Zwakh pour habiller le flacon d'arak ventru du manteau violet d'une marionnette.

« Ce sera Babinski, me déclara Vrieslander, avec un profond sérieux. Vous ne savez pas qui était Babinski ? Zwakh, racontez vite à Pernath l'histoire de Babinski. »

« Babinski, commença aussitôt Zwakh sans lever un instant les yeux de sur son travail, était un célèbre brigand de Prague. Il exerça son honteux métier pendant bien des années sans que personne le remarque. Cependant, peu à peu, on commença à s'apercevoir dans les meilleures familles que tantôt un membre du clan tantôt un autre manquait à la table des repas et ne reparaissait jamais. Au début, on ne dit rien parce que la chose avait son bon côté, puisqu'il y avait moins de cuisine à faire, mais enfin la réputation risquait d'en souffrir un peu dans la société et les bonnes langues pouvaient jaser.

Surtout quand des filles à marier s'évanouissaient sans laisser de traces.

En outre, aux yeux de l'extérieur, il était indispensable de souligner avec une force suffisante l'union et la concorde régnant au sein de la famille.

Dans les journaux, les rubriques « Reviens, tout est oublié », prirent une place de plus en plus importante – circonstance dont Babinski, évaporé comme la plupart des assassins de profession, n'avait pas tenu compte dans ses prévisions – et finirent pas attirer l'attention générale.

Dans le ravissant village de Krtsch, près de Prague, Babinski, qui avait au fond une nature tout à fait idyllique, s'était acheté grâce au produit de son infatigable activité, une maison petite mais confortable, étincelante de propreté, et précédée par un jardinet plein de géraniums fleuris.

Comme ses gains ne lui permettaient pas de s'agrandir, il se vit dans la nécessité, pour pouvoir inhumer discrètement les corps de ses victimes, d'édifier à la place du parterre de fleurs qu'il eût bien préféré, un tertre recouvert d'herbe, simple mais bien approprié aux circonstances, qu'il pouvait allonger sans difficulté selon les exigences de sa profession ou de la saison.

Il avait l'habitude de s'asseoir là chaque soir dans les rayons du soleil couchant, après les fatigues et les soucis du jour, pour jouer sur sa flûte toutes sortes d'airs mélancoliques.

« Halte ! » coupa brutalement Josua Prokop en tirant de sa poche une clef qu'il posa sur ses lèvres à la manière d'une clarinette et sifflota : « Zimzerlim, zambousla – deh. »

« Vous y étiez pour connaître si exactement la mélodie ? » demanda Vrieslander étonné.

Prokop lui lança un regard furieux : « Non, Babinski est né trop tôt pour ça. Mais, en tant que compositeur, je sais mieux que personne ce qu'il devait jouer. Vous ne pouvez pas en juger : vous n'êtes pas musicien... Zimzerlim, zambousla – bousla deh. »

Zwakh, saisi, attendit que Prokop eût remis la clef dans sa poche, puis continua :

« Avec le temps, la croissance ininterrompue du tertre éveilla l'attention des voisins et c'est à un policier de Ziskov, dans la banlieue, qui avait vu par hasard, de loin, Babinski étrangler une vieille dame de la bonne société, que revient le mérite d'avoir mis définitivement fin aux activités égoïstes du méchant.

On l'emprisonna dans son Tusculum.

Le tribunal lui ayant accordé les circonstances atténuantes en raison de son excellente renommée le condamna à la mort par pendaison et chargea la firme des frères Leipen – corderie *en gros et en détail*[1] – de fournir à prix modique le matériel nécessaire pour l'exécution, dans la mesure où leur branche était intéressée, contre facture remise à un employé supérieur du Trésor.

Seulement, il advint que la corde cassa et la peine de Babinski fut commuée en prison à perpétuité.

Pendant vingt ans l'assassin expia derrière les murs de Saint-Pancrace sans que jamais un reproche lui vînt aux lèvres; aujourd'hui encore le personnel de l'institution ne tarit pas d'éloges sur son comportement modèle et on lui permettait même de jouer de la flûte les jours de l'anniversaire de notre très gracieux souverain. »

Prokop plongea aussitôt à la recherche de sa clef, mais Zwakh l'arrêta d'un geste.

« A la suite d'une amnistie générale, Babinski bénéficia de la remise de sa peine et obtint une place de portier au couvent des Sœurs de la Miséricorde.

Le petit travail de jardinage qu'il avait à assurer de surcroît ne lui prenait guère de temps, grâce à l'adresse acquise dans le maniement de la pelle lors de ses activités antérieures, si bien qu'il avait de nombreux loisirs pour se cultiver le cœur

1. En français dans le texte.

et l'esprit au moyen de bonnes lectures soigneusement choisies.

Les résultats furent des plus satisfaisants.

Chaque fois que la Supérieure l'envoyait à l'auberge le samedi soir pour s'égayer un peu, il rentrait ponctuellement à la tombée de la nuit en déclarant que la dégradation de la morale publique le navrait et que des gredins de la pire sorte pullulant dans l'ombre rendaient les routes si peu sûres que tout citoyen pacifique devait se faire un devoir de diriger ses pas à temps vers sa demeure.

Les ciriers de Prague avaient pris à cette époque la mauvaise habitude de mettre en montre de petites figures habillées d'un manteau rouge et qui représentaient le brigand Babinski. Aucune des familles en deuil n'aurait manqué de s'en procurer une.

Mais le plus souvent, elles se trouvaient dans les boutiques, protégées par des châssis vitrés, et rien n'indignait autant Babinski que d'apercevoir une de ces figurines :

“ C'est absolument indigne et preuve d'un rare manque de délicatesse de mettre ainsi continuellement ses fautes de jeunesse sous les yeux d'un homme, disait-il en pareil cas, et combien regrettable que les autorités ne fassent rien pour réprimer pareil abus. ”

Sur son lit de mort, il s'exprimait encore dans le même sens.

Il eut finalement gain de cause, car peu après son trépas, le gouvernement interdit le commerce de ces irritantes statuettes. »

Zwakh avala une grosse gorgée de grog et tous trois grimacèrent comme des diables, après quoi il tourna prudemment la tête en direction de la tavernière et je vis qu'elle écrasait une larme au coin de son œil.

« Bon et vous n'apportez aucune contribution – si ce n'est bien entendu que vous réglez l'ardoise en reconnaissance des joies artistiques qui vous ont été prodiguées, très honoré collègue et tailleur de pierres précieuses? » me demanda Vrieslander après un long intervalle de rêverie générale.

Je leur racontai mes déambulations dans le brouillard.

Lorsque j'en vins à décrire l'endroit où j'avais vu la maison blanche, tous trois furent si intéressés qu'ils retirèrent la pipe de leur bouche et une fois que j'eus terminé, Prokop frappa la table du poing en criant :

« C'est tout de même trop fort! Il n'y a pas une légende que ce Pernath ne rencontre en chair et en os. A propos du Golem de l'autre fois. Vous savez, l'affaire est tirée au clair. »

« Comment cela tirée au clair? » demandai-je sidéré.

« Vous connaissez bien le mendiant juif fou, " Haschile ". Non? Eh bien, c'était lui le Golem. »

« Un mendiant, le Golem? »

« Parfaitement, Haschile était le Golem. Cet après-midi le fantôme est allé se promener béatement dans la rue Salniter en plein soleil avec son célèbre habit à la mode du XVIIe siècle et là l'équarrisseur a eu la chance de l'attraper avec une laisse à chien. »

« Comment cela? Je n'y comprends pas un mot », interrompis-je.

« Mais enfin puisque je vous dis que c'était Haschile. Il paraît qu'il a trouvé les vêtements, il y a longtemps, derrière une porte cochère. D'ailleurs, pour en revenir à la maison blanche : l'histoire est extrêmement intéressante. Selon une vieille légende, il y a là-bas dans la rue des Alchimistes une maison qui n'est visible que les jours de brouillard et encore par les " enfants du dimanche ". On l'appelle " le mur à la dernière lanterne ". Quand on passe devant, la journée, on ne voit qu'une grosse pierre grise – immédiatement derrière, c'est le fossé aux cerfs qui s'ouvre, béant et vous pouvez dire que vous avez eu de la chance Pernath : si vous aviez fait un pas de plus, vous seriez immanquablement tombé dedans en vous rompant tous les os.

On raconte qu'un trésor immense se trouve sous cette pierre qui aurait été posée par l'ordre des Frères asiatiques – fondateurs supposés de Prague – comme soubassement d'une maison qui sera un jour habitée par un homme ou plutôt un hermaphrodite – une créature tenant de l'homme et de la femme. Et celui-ci portera un lièvre dans ses armes – soit dit en passant, cet animal était le symbole d'Osiris, d'où très probablement l'origine de la tradition concernant le lièvre de Pâques.

Jusqu'à ce que le temps soit venu, Mathusalem en personne monte la garde afin que Satan ne vienne pas voler sur la pierre pour la féconder et en créer un fils : Armilos – Vous n'avez encore jamais entendu parler de cet Armilos? On sait même – c'est-à-dire les vieux rabbis savent – l'aspect qu'il aurait s'il venait au monde : des cheveux d'or liés derrière la tête, avec deux raies, des yeux en forme de croissant et des bras jusqu'à terre.

« On devrait dessiner cet élégant dandy », grommela Vrieslander en cherchant un crayon.

« Donc, Pernath, si jamais vous aviez la chance de devenir hermaphrodite et de trouver le trésor *en passant* [1], conclut Prokop, n'oubliez pas que j'ai toujours été votre meilleur ami! »

Bien loin d'avoir envie de plaisanter, je me sentais une peine légère au cœur.

Zwakh s'en aperçut peut-être, sans se douter de la raison, car il vint promptement à mon secours.

« De toute façon, il est extraordinaire, presque inquiétant, que Pernath ait eu une vision à cet endroit précis qui est si étroitement lié à une légende antique. Ce sont là des coïncidences dont un homme ne peut apparemment pas se dégager quand son âme a la faculté de voir des formes dissimulées au toucher. Je ne peux m'empêcher de penser que le plus fascinant est ce qui transcende les sens! Qu'en dites-vous? »

Vrieslander et Prokop étaient devenus très graves et personne ne jugea utile de répondre.

« Qu'est-ce que vous en dites, Eulalie? » répéta Zwakh en se détournant.

La vieille tavernière se gratta la tête avec une aiguille à tricoter, soupira, rougit et dit :

« Allez donc! Vous avez pas honte? »

« Il y a eu pendant toute la journée une ambiance bougrement tendue, reprit Vrieslander quand notre accès d'hila-

1. En français dans le texte.

rité fut calmé. Je n'ai pas pu donner un coup de pinceau. Je ne pouvais pas penser à autre chose qu'à la Rosina dansant en frac. »

« Est-ce qu'on l'a découverte? » demandai-je.

« Découverte est bon! La police des mœurs lui a signé un engagement de longue durée. Elle a peut-être tapé dans l'œil de Monsieur le Commissaire, l'autre soir chez Loisitschek. De toute façon elle a maintenant une activité fébrile et contribue notablement à l'extension du tourisme dans le quartier juif. Je vous prie de croire qu'elle a déjà pris du poil de la bête, en si peu de temps. »

« Quand on pense à ce qu'une femme peut faire d'un homme, rien qu'en se laissant aimer par lui, c'est stupéfiant, coupa Zwakh. Pour ramasser l'argent qui lui permettra d'aller la trouver, le malheureux Jaromir est devenu artiste du jour au lendemain. Il fait le tour des tavernes en découpant la silhouette des clients, qui se font ainsi portraiturer. »

Prokop qui n'avait pas écouté la fin de ces propos claqua des lèvres : « Vraiment? Elle est devenue si belle que ça la Rosina? Est-ce que vous lui avez déjà volé un baiser, Vrieslander? »

La tavernière se leva d'un bond et quitta la pièce, indignée.

« Cette vieille poule au pot! Elle a bien besoin de faire la renchérie, avec ses accès de vertu! » grogna Prokop impatienté.

« Que voulez-vous, elle est partie au moment scabreux. D'ailleurs son bas était fini », dit Zwakh pour le calmer.

Le patron apporta d'autres grogs et la conversation prit peu à peu un tour assez gras. Trop gras pour ne pas m'échauffer le sang, qui était déjà en fièvre.

Je m'efforçai de lutter, mais plus je voulais m'abstraire de l'environnement et penser à Angelina, plus les bourdonnements se faisaient violents dans mes oreilles. Je pris congé assez abruptement.

Le brouillard, devenu un peu plus transparent, faisait pleuvoir de fines aiguilles de glace; mais il était encore assez épais pour m'empêcher de lire les plaques des rues et je m'écartai de mon chemin.

Engagé dans une mauvaise rue, je voulais revenir sur mes pas lorsque j'entendis appeler mon nom :

« Monsieur Pernath ! Monsieur Pernath ! »

Je regardai autour de moi, en l'air.

Personne !

Une porte ouverte surmontée d'une petite lanterne rouge fort discrète bâillait à côté de moi et une silhouette claire se tenait – me semblait-il – dans les profondeurs du vestibule.

De nouveau : « Monsieur Pernath ! Monsieur Pernath ! » Un chuchotement.

Étonné, je m'engageai dans le passage – alors des bras de femme s'enroulèrent autour de mon cou et je vis dans le rayon de lumière qui tomba d'une fente de porte lentement ouverte que c'était Rosina qui se pressait toute chaude contre moi.

ruse

Un jour gris, bouché.

J'avais dormi bien avant dans la matinée, sans rêve, sans conscience, comme un mort.

Ma vieille servante n'était pas venue, ou elle avait oublié d'allumer le poêle.

Des cendres froides dans le foyer.

De la poussière sur les meubles.

Le plancher pas balayé.

Gelé, je me mis à faire les cent pas.

Une odeur repoussante d'haleine chargée de tord-boyau emplissait la pièce. Mon manteau, mes vêtements empestaient la vieille fumée de tabac.

J'ouvris violemment la fenêtre, puis la refermai : le souffle froid et souillé de la rue était intolérable.

Dehors, des moineaux étaient blottis dans les gouttières, immobiles, les plumes trempées.

Partout où je regardais, je ne voyais que maussaderie aux vilaines couleurs.

Tout en moi était déchiré, en lambeaux.

Ce coussin sur le fauteuil – comme il était élimé ! Le crin jaillissait des coutures.

Il faudrait l'envoyer chez le tapissier... oh, et puis à quoi bon... encore l'espace d'une vie désolée et tout tombera en poussière !

Et là-bas, ces guenilles en tire-bouchon aux fenêtres, quelle friperie sans goût, sans utilité !

Pourquoi ne pas les tordre pour en faire une corde et me pendre avec ?

Au moins, je n'aurais plus besoin de voir ces choses qui me blessent les yeux et toute cette détresse grise qui me désagrège serait terminée – une fois pour toutes.

Oui! Ce serait le plus intelligent! En finir.

Aujourd'hui même.

Maintenant – ce matin. Surtout ne pas manger avant. Quelle pensée répugnante, se tuer le ventre plein! Être couché dans la terre mouillée en ayant dans le corps des aliments non digérés qui pourrissent.

Si seulement le soleil voulait se montrer de nouveau et faire briller dans le cœur son insolent mensonge de la joie de vivre!

Non! Je ne me laisserai plus aliéner, je ne veux plus être le jouet d'un destin balourd, sans but, qui m'exalte et me jette ensuite dans un bourbier simplement pour me démontrer que tout en ce bas monde est transitoire, ce que je savais depuis longtemps, ce que savent tous les enfants, tous les chiens dans la rue.

Pauvre, pauvre Mirjam! Si seulement je pouvais l'aider, *elle* au moins.

Prendre une décision, une première décision inébranlable, avant que ce maudit instinct de conservation s'éveille à nouveau en moi et fasse danser de nouveaux mirages devant mes yeux.

A quoi m'avaient-ils donc servi, tous ces messagers de l'immarcescible au-delà?

A rien, absolument à rien.

Peut-être seulement à me faire tourner en rond, tel un aveugle, jusqu'à ressentir cette terre comme une torture intolérable.

Plus qu'une solution possible.

Je calculai de tête combien il me restait d'argent à la banque.

Oui, il n'y avait que *cela* à faire. C'était la seule chose minuscule qui pouvait avoir quelque valeur parmi tous les non-actes de ma vie.

Tout ce que je possédais – avec les quelques pierres précieuses dans mon tiroir – j'allais en faire un paquet et l'envoyer à Mirjam. Elle serait ainsi délivrée des soucis de la vie quotidienne au moins pendant quelques années. Et puis écrire une lettre à Hillel pour lui expliquer où elle en était au sujet du « miracle ».

Lui seul pouvait l'aider.

Je réunis les pierres, les empaquetai, regardai la pendule : si je me rendais aussitôt à la banque, tout pourrait être réglé en une heure.

Ah, et puis encore acheter un bouquet de roses rouges pour Angelina ! – – La douleur et le désir hurlaient en moi – rien qu'une journée, je voudrais vivre encore rien qu'une journée !

Et puis être obligé ensuite de subir à nouveau ce désespoir qui m'étrangle ? Non, plus une minute à gaspiller ! J'éprouvai comme une satisfaction en constatant que je n'avais pas cédé.

Je regardai autour de moi. Restait-il encore quelque chose à faire ?

Parfaitement : la lime, là-bas. Je la mis dans ma poche avec l'intention de la jeter quelque part dans la rue, comme je me l'étais promis peu auparavant.

Je haïssais la lime ! Il s'en était fallu de si peu que je devinsse un meurtrier par sa faute.

Qui venait donc encore me déranger ?

C'était le brocanteur.

« Seulement un petit instant, monsieur de Pernath, me demanda-t-il déconcerté, comme je lui signifiais que je n'avais pas le temps. Un tout petit instant. Quelques mots. »

La sueur lui coulait sur le visage et il tremblait de surexcitation.

« Est-ce qu'on peut vous parler ici sans être dérangé, monsieur de Pernath ? Je ne voudrais pas que – que ce Hillel entre encore une fois. Fermez donc la porte à clef ou, mieux encore, passons dans la chambre à côté – » Il me tira à sa suite avec les mouvements violents qui lui étaient habituels.

Puis il regarda craintivement autour de lui et chuchota très bas :

« J'ai réfléchi, vous savez la chose, – on venait d'en parler. C'est mieux comme ça. Motus. Bon, ce qui est passé est passé. »

Je tentai de lire dans ses yeux.

Il soutint mon regard, mais au prix d'un tel effort que sa main se crispa sur le dossier de la chaise.

« J'en suis très heureux, monsieur Wassertrum, lui dis-je aussi amicalement que je pus. La vie est trop triste pour qu'on l'assombrisse encore par des haines réciproques. »

« Sûr, c'est comme si on entendait lire ce qu'il y a dans un livre imprimé », grogna-t-il, soulagé. Puis il fouilla dans sa poche de pantalon et ressortit la montre en or cabossée. « Et pour vous prouver que je suis de bonne foi, il faut que vous acceptiez cette bricole. En cadeau. »

« Quelle idée avez-vous là? m'exclamai-je. Vous n'allez tout de même pas croire – » Puis je repensai à ce que Mirjam m'avait dit de lui et lui tendis la main pour ne pas le blesser.

Mais il n'y prêta pas la moindre attention; devenu blanc comme un linge, il écouta un instant et râla :

« Ça y est! Ça y est! J'en étais sûr. Encore ce Hillel. Il frappe. »

Je repassai dans l'autre pièce en fermant la porte de communication derrière moi pour le tranquilliser.

Mais cette fois ce n'était pas Hillel. Charousek entra, posa un doigt sur ses lèvres pour montrer qu'il savait *qui* était à côté et, sans attendre ce que j'allais dire, m'inonda sous un flot de paroles :

« Oh, très honoré, très aimable maître Pernath, comment trouver les mots pour exprimer ma joie de vous trouver seul chez vous – et en bonne santé... » Il parlait comme un acteur sur un ton emphatique, forcé, qui contrastait si violemment avec son visage ravagé que j'en éprouvai une profonde angoisse.

« Jamais, maître, je n'aurais osé me présenter chez vous dans l'état de dénuement loqueteux où vous m'avez si souvent vu dans la rue – que dis-je, vu! Combien de fois m'avez-vous miséricordieusement tendu la main!

Si je peux aujourd'hui paraître devant vous avec une cravate blanche et un complet propre – savez-vous à qui je le dois? A l'un des hommes les plus nobles et malheureusement

– hélas – les plus méconnus de notre ville. L'émotion m'étouffe quand je pense à lui.

Bien que de condition modeste, il a toujours la main ouverte pour les pauvres et les nécessiteux. Depuis bien longtemps, lorsque je le voyais, si triste, devant son magasin, un élan venu du plus profond de mon cœur me poussait vers lui et je lui tendais la main, sans un mot.

Il y a quelques jours, il m'a appelé alors que je passais et il m'a donné de l'argent, me permettant ainsi d'acheter un costume à tempérament.

Et savez-vous, maître Pernath, qui est mon bienfaiteur?

Je le dis avec fierté, car j'ai toujours été le seul à deviner qu'un cœur d'or bat dans sa poitrine. C'est – monsieur Aaron Wassertrum! »

Je comprenais, naturellement, que Charousek jouait la comédie à l'usage du brocanteur qui écoutait tout de la pièce voisine, mais je ne voyais pas bien dans quel dessein; au reste, cette flatterie trop appuyée ne me semblait pas du tout propre à duper le méfiant Wassertrum. Charousek devina sans doute ce que je pensais à ma mine dubitative, car il secoua la tête en faisant la grimace et les paroles suivantes me parurent destinées à m'indiquer qu'il connaissait son homme et qu'il savait jusqu'où il pouvait aller.

« Parfaitement! Monsieur – Aaron – Wassertrum! J'ai le cœur déchiré de ne pas pouvoir exprimer moi-même la reconnaissance infinie que j'ai envers lui et je vous conjure, maître, de ne jamais lui révéler que je suis venu ici et que je vous ai tout raconté. Je sais que l'égoïsme des hommes l'a empli d'amertume et d'une méfiance profonde, inguérissable – encore que malheureusement trop justifiée.

Je suis psychiatre, mais la sensibilité me le dit aussi : mieux vaut que monsieur Wassertrum ne sache jamais – même pas par ma bouche – l'admiration que j'ai pour lui. Cela ne ferait que semer les germes du doute dans son malheureux cœur. Or rien n'est plus loin de mes intentions. Je préfère qu'il me croie ingrat.

Maître Pernath! Je suis moi-même un malheureux et je sais depuis ma plus tendre enfance ce que c'est d'être seul et abandonné. Je ne connais même pas le nom de mon père. Jamais non plus je n'ai vu ma chère mère. Elle a dû mourir trop tôt. » La voix de Charousek devint étrangement mystérieuse et pénétrante. « Elle avait, j'en suis persuadé, une de ces natures tout en profondeur spirituelle qui ne parviennent jamais à exprimer l'infini de leur amour et dont monsieur Aaron Wassertrum fait également partie.

Je possède une feuille déchirée du journal de ma mère – je ne m'en sépare jamais, elle est toujours sur ma poitrine – et elle y écrit qu'elle a aimé mon père, bien qu'il eût été fort laid, comme jamais homme n'a été aimé au monde.

Pourtant, il semble qu'elle ne le lui ait jamais dit – Peut-être pour les mêmes raisons qui m'empêchent par exemple, dût mon cœur s'en briser, d'exprimer la reconnaissance que j'éprouve pour monsieur Wassertrum.

Mais il est autre chose qui se dégage de la feuille du journal, bien que j'en sois réduit à des présomptions parce que les photos sont presque effacées par les larmes : mon père – que sa mémoire périsse au ciel comme sur la Terre – a dû la traiter d'une manière abominable. »

Charousek tomba soudain à genoux avec une telle brutalité que le plancher en gémit et hurla sur un ton à faire frémir les moelles – au point que je me demandai s'il jouait toujours la comédie, ou s'il était devenu fou :

« Ô Toi Tout-Puissant dont l'homme ne doit pas prononcer le nom, je me tiens agenouillé devant Toi : maudit, maudit, maudit soit mon père de toute éternité! »

Puis il ricana comme Satan en personne. Il me sembla que Wassertrum, à côté, avait gémi tout bas.

« Pardonnez-moi, maître Pernath, reprit Charousek d'une voix habilement étranglée après une courte pause. Pardonnez-moi de m'être laissé aller, mais je prie matin et soir, nuit et jour, pour que mon père, quel qu'il soit, ait la fin la plus horrible que l'on puisse concevoir. »

Instinctivement, je voulus répondre quelque chose, mais Charousek me devança très vite. « Maintenant, maître Pernath, j'en viens à la requête que j'ai à vous présenter :

Monsieur Wassertrum avait un protégé auquel il tenait

par-dessus tout – sans doute un neveu. On raconte même que c'était son fils, mais je n'en crois rien, car il aurait porté le même nom que lui, or il s'appelait Wassory, docteur Theodor Wassory.

Les larmes me montent aux yeux quand je le revois là devant moi, avec les yeux du cœur. Je lui étais dévoué corps et âme, comme si un lien invisible d'affection et de parenté m'avait attaché à lui. » Charousek sanglota, apparemment vaincu par l'émotion.

« Hélas, dire que pareille noblesse devait quitter prématurément cette terre! Hélas! Hélas! Pour une raison que je n'ai jamais apprise, il s'est donné la mort. Et j'étais parmi ceux qui furent appelés à l'aide – – trop tard malheureusement – trop tard – trop tard! Et quand je me suis trouvé seul au chevet du mort, couvrant de baisers sa main froide et livide, oui – pourquoi ne pas l'avouer, maître Pernath, ce n'était pas un vol – j'ai pris une rose sur la poitrine du cadavre et aussi la petite bouteille dont le contenu avait mis fin si vite à sa vie en fleur. »

Charousek sortit une fiole de pharmacie et poursuivit, en tremblant de surexcitation :

« Je les pose tous les deux sur votre table, la rose fanée et le flacon, souvenirs de mon ami disparu. Combien de fois, aux heures de découragement intime, quand j'appelais la mort dans la solitude de mon cœur et la nostalgie de ma mère morte, j'ai joué avec ce petit flacon qui m'apportait une consolation spirituelle : celle de savoir qu'il me suffisait de verser quelques gouttes de son contenu sur un linge et de les respirer et que je glisserais sans souffrance dans les champs élyséens où mon cher, mon bon Theodor se repose des épreuves de notre vallée de larmes.

Et maintenant, je vous demande, maître très honoré – c'est d'ailleurs pourquoi je suis ici – de les prendre et de les remettre à monsieur Wassertrum.

Dites-lui qu'ils vous ont été apportés par quelqu'un qui était très proche du docteur Wassory mais dont vous avez promis de ne jamais divulguer le nom – peut-être par une dame.

Il le croira et ce sera pour lui comme ce fut pour moi un souvenir infiniment précieux. Le remerciement que je lui adresse en secret.

Je suis pauvre, c'est tout ce que je possède, mais je suis heureux de savoir que désormais il les a l'une et l'autre sans se douter que c'est *moi* le donateur. Il y a là quelque chose d'indiciblement doux pour moi.

Et maintenant, portez-vous bien, très cher maître, et surtout, soyez mille fois remercié. »

Il me serra fortement la main, cligna de l'œil et me chuchota quelque chose que je compris à peine tant il parlait bas.

« Attendez, monsieur Charousek, je vais vous accompagner un petit bout de chemin », lui dis-je, répétant mécaniquement les mots que je lisais sur ses lèvres et je sortis avec lui.

Nous nous arrêtâmes sur le sombre palier du premier étage et je voulus prendre congé de l'étudiant.

« Je comprends bien le dessein que vous aviez en jouant cette comédie... vous... vous vouliez que Wassertrum s'empoisonne avec le contenu de la petite fiole! » Je lui lançai en plein visage.

« Sans doute », admit Charousek, très dégagé.

« Et vous croyez que je vais prêter la main à une chose pareille? »

« Absolument inutile. »

« Mais vous venez de dire qu'il me faudrait porter le flacon à Wassertrum! »

Il secoua la tête.

« Si vous rentrez chez vous maintenant, vous constaterez qu'il l'a déjà pris. »

« Comment pouvez-vous supposer cela? » demandai-je étonné. « Un homme comme lui ne se suicidera jamais – il est bien trop lâche – il ne se laisse jamais aller à des impulsions soudaines. »

« C'est que vous ne connaissez pas le poison insidieux de la suggestion, interrompit Charousek très grave. Si je m'étais exprimé dans les mots de tous les jours, vous auriez sans doute raison, mais j'avais calculé à l'avance la moindre intonation. Le pathos le plus écœurant est le seul moyen d'agir sur un pareil gredin. Vous pouvez m'en croire. J'aurais pu vous dessiner la tête qu'il faisait à chacune de mes phrases. Il n'y a pas de " lèche ", comme disent les peintres, assez infâme pour ne pas faire jaillir des larmes de la foule menteuse jusqu'aux moelles – la frapper au cœur ! Croyez-vous que l'on n'aurait pas rasé tous les théâtres par le feu et l'épée s'il en était autrement ? C'est à la sentimentalité qu'on reconnaît la canaille. Mille pauvres diables peuvent crever de faim, personne ne pleure, mais quand une vieille rosse peinturlurée, déguisée en cul-terreux tourne de l'œil sur la scène, alors ils hurlent comme les chiens du château... Le petit père Wassertrum aura peut-être oublié demain matin ce qui vient de lui coûter quelques déchirements de cœur : mais chacune de mes paroles reprendra vie en lui quand mûriront les heures où il se jugera le plus malheureux des hommes. Dans ces moments de profonde dépression, il suffit d'une très légère impulsion – et je veillerai à la fournir – pour que la main la plus lâche se tende vers le poison. Il faut simplement que ce soit la sienne ! Le cher Theodor n'aurait probablement pas empoigné la chopine non plus si je ne lui avais pas rendu l'opération si commode. »

« Charousek, vous êtes effroyable ! m'écriai-je horrifié. Vous n'avez donc pas trace de sentiment ? »

Il me mit précipitamment la main sur la bouche et m'entraîna dans un recoin. « Chut ! Le voilà ! »

Chancelant, se tenant au mur, Wassertrum descendit l'escalier et passa devant nous.

Charousek me serra furtivement la main et se glissa à sa suite.

Revenu chez moi, je vis que la rose et le petit flacon avaient disparu : à leur place, la montre en or cabossée du brocanteur était posée sur la table.

Je dus attendre huit jours avant de pouvoir toucher mon argent, on m'avait dit à la banque que c'était le délai habituel.

J'avais prétexté que j'étais extrêmement pressé parce que je devais partir en voyage dans l'heure, et réclamé le directeur.

On m'avait répondu qu'il n'était pas visible et que d'ailleurs il ne pouvait modifier les règlements, ce sur quoi un drôle avec un monocle qui se trouvait au guichet en même temps que moi avait ri.

Il me fallait donc attendre la mort pendant huit affreuses journées grises!

J'eus l'impression d'une durée sans fin.

J'étais si abattu que je fis les cent pas devant la porte d'un café pendant je ne sais combien de temps, sans m'en rendre compte.

Je finis par entrer uniquement pour me débarrasser du répugnant individu à monocle qui m'avait suivi depuis la banque et faisait semblant de chercher quelque chose par terre dès que je regardais dans sa direction.

Il avait une jaquette à carreaux claire, beaucoup trop étroite, et des pantalons noirs graisseux, qui flottaient comme des sacs autour de ses jambes. Sur la bottine gauche, une pièce de cuir en forme d'œuf donnait l'impression qu'il portait une chevalière à l'orteil, en dessous.

Je m'étais à peine assis qu'il entrait aussi et s'installait à une table à côté de la mienne.

Je crus qu'il voulait me demander la charité et je cherchais déjà mon porte-monnaie quand je vis un gros diamant briller sur son doigt de boucher boudiné.

Je restai dans ce café des heures et des heures, croyant devenir fou d'énervement – mais où aller? Chez moi? Errer dans les rues? Les deux me paraissaient également déplorables.

L'air vicié par trop de respirations, l'éternel cliquetis imbécile des boules de billard, le toussotement sec d'un crieur de journaux à demi aveugle en face de moi, un lieutenant d'infanterie aux jambes d'échassier qui tantôt se fouillait le nez et tantôt se peignait la barbe devant un miroir de poche avec des doigts jaunis par les cigarettes, un ramassis en velours brun d'Italiens répugnants, suants et braillants autour de la table de jeu dans le coin, qui abattaient leurs atouts à coups de poing en poussant des cris stridents, ou crachaient au milieu de la pièce comme s'ils allaient rendre tripes et boyaux.

Et il fallait voir tout cela en double et triple exemplaire dans les glaces des murs !

Ce spectacle me suçait lentement le sang des artères.

Peu à peu l'obscurité se fit et un garçon aux pieds plats qui croulait sur ses genoux, lutina d'une perche tremblotante les lustres à gaz pour finir par se convaincre qu'ils ne voulaient pas s'allumer.

Chaque fois que je tournais la tête, je rencontrais l'œil de loup du type à monocle qui chaque fois se dissimulait rapidement derrière un journal, ou plongeait sa moustache sale dans une tasse à café depuis longtemps vide.

Il avait enfoncé son chapeau rond et dur si bas que ses oreilles étaient retournées presque à angle droit, mais il ne faisait pas mine de s'en aller.

La situation devenait intolérable.

Je payai et sortis.

Au moment où je voulus refermer la porte derrière moi, quelqu'un me prit la poignée de la main – Je me retournai.

Encore cet individu !

Irrité, je voulus tourner à gauche dans la direction de la ville juive, mais il se poussa contre moi et m'en empêcha.

« Cette fois, en voilà assez ! » lui criai-je.

« A droite », me dit-il brièvement.

« Qu'est-ce que ça signifie ? »

Il me dévisagea d'un air insolent.

« Vous êtes le Pernath. »

« Vous voulez probablement dire : *Monsieur* Pernath ? »

Il ricana haineusement.

« Pas le moment de faire des façons. Suivez-moi ! »

« Vous êtes fou ? D'ailleurs qui êtes-vous ? » répliquai-je.

Sans répondre il ouvrit sa jaquette et me montra précautionneusement un aigle de fer-blanc assez usé fixé à la doublure.

Je compris : le misérable était membre de la police secrète et il m'arrêtait.

« Au nom du ciel dites-moi ce qu'il y a ! »

« Vous le saurez bientôt. Allez, ouste, au commissariat ! répliqua-t-il grossièrement. Par file à droite, marche ! »

Je lui proposai de prendre une voiture.
« Pas de ça ! »
Il fallut donc aller à pied.

Un gendarme me conduisit jusqu'à une porte sur laquelle une plaque de porcelaine annonçait :

Alois OTSCHIN
Conseiller de Police.

« Vous pouvez entrer », me dit le gendarme.
Deux bureaux crasseux surmontés de casiers hauts d'un mètre étaient placés l'un en face de l'autre.
Entre eux, quelques chaises griffées.
Le portrait de l'empereur au mur.
Un bocal avec des poissons rouges sur l'appui de la fenêtre.
A part cela, rien dans la pièce.
Derrière le bureau de gauche, un pied-bot et à côté de lui un épais chausson de feutre, surmontés par un pantalon gris effrangé.
J'entendis un froissement. Une voix marmonna quelques mots en tchèque et tout aussitôt monsieur le conseiller de police surgit au-dessus du bureau de droite, puis s'avança vers moi.
C'était un petit homme à barbiche grise qui avait la manie bizarre de grincer des dents avant de commencer à parler, comme quelqu'un qui a le soleil en plein visage.
Il fronçait alors les yeux derrière ses lunettes, ce qui lui donnait un air de vilenie terrifiant.
« Vous vous appelez Athanasius Pernath et vous êtes... » il regarda une feuille de papier sur laquelle il n'y avait rien « ...tailleur de pierres précieuses. »
Aussitôt, le pied-bot s'anima sous l'autre bureau ; il se frotta contre la patte de la chaise et j'entendis le grincement d'une plume.
J'acquiesçai :
« Pernath. Tailleur de pierres précieuses. »
« Bon, nous sommes donc bien d'accord, monsieur... Per-

nath... parfaitement, Pernath. Bien, bien... » Le conseiller de police, devenu tout à coup étonnamment aimable comme s'il venait d'apprendre la meilleure nouvelle du monde, me tendit les deux mains et fit des efforts grotesques pour prendre une mine bonhomme.

« Alors, monsieur Pernath, racontez-moi donc ce que vous faites comme ça, toute une journée. »

« Je ne crois pas que cela vous regarde, monsieur Otschin », lui répondis-je froidement.

Il fronça les yeux, attendit un moment, puis lança avec la rapidité de l'éclair :

« Depuis quand la comtesse a-t-elle des relations avec Savioli ? »

Comme je m'attendais à quelque chose de ce genre, je ne bronchai pas.

Il essaya de m'enfermer dans des contradictions en accumulant adroitement les questions en tout sens, mais bien que le cœur me battît d'effroi dans la gorge, je ne me trahis pas, répétant sans cesse que je n'avais jamais entendu prononcer le nom de Savioli, que j'étais l'ami d'Angelina depuis le temps de mon père et qu'elle m'avait déjà souvent commandé des camées.

Il réfléchit un moment, puis tira sur ma jaquette pour m'attirer contre lui, me montra le bureau gauche du doigt et chuchota : « Athanasius ! Votre défunt père était mon meilleur ami. Je veux vous sauver, Athanasius ! Mais il faut me dire tout ce que vous savez sur la comtesse – vous entendez : tout. »

Je ne compris pas ce que cela signifiait : « Que voulez-vous dire : me sauver ? » demandai-je tout haut.

Le pied-bot frappa rageusement le sol. Le visage du conseiller de police devint gris de haine. Il retroussa la lèvre. Attendit. Je savais qu'il allait immédiatement lâcher une bordée (son système d'intimidation me rappelait Wassertrum) et j'attendis aussi – observant du coin de l'œil une tête de chèvre, propriétaire du pied-bot, se dresser au-dessus du bureau, aux aguets – puis le conseiller me hurla aux oreilles : *« Assassin ! »*

Je demeurai muet de stupeur.

Grinchue, la tête de chèvre replongea derrière son bureau.

Le conseiller de police lui-même parut assez décontenancé par mon calme, mais le dissimula adroitement en approchant un siège sur lequel il m'invita à prendre place.

« Donc, vous refusez de me donner les renseignements que je vous demande sur la comtesse, monsieur Pernath ? »

« Je ne peux pas les donner, monsieur le conseiller de police, du moins pas au sens où vous l'entendez. D'abord je ne connais personne qui s'appelle Savioli et ensuite je crois dur comme fer que l'on calomnie la comtesse quand on prétend qu'elle trompe son mari. »

« Vous êtes prêt à le jurer ? »

J'en eus le souffle coupé. « Oui ! A n'importe quel moment ! »

« Bon. Hum. »

Une pause plus longue suivit, pendant laquelle il parut réfléchir intensément.

Quand il me regarda de nouveau, sa grimace avait pris une expression de douleur assez bien simulée et je songeai involontairement à Charousek lorsqu'il reprit d'une voix étranglée par les larmes :

« Vous pouvez bien me le dire, Athanasius, à moi, un vieil ami de votre père – *moi* qui vous ai tenu dans mes bras » – j'eus peine à retenir un éclat de rire : il avait au maximum, dix ans de plus que moi – « N'est-ce pas, Athanasius, c'était un cas de légitime défense ? »

La tête de chèvre reparut.

« Comment cela, un cas de légitime défense ? » Je ne comprenais pas.

« L'affaire avec... *Zottmann!* » Il me cracha littéralement le nom au visage.

Le mot me perça comme un coup de poignard : Zottmann ! Zottmann ! La montre ! Le nom de Zottmann était gravé à l'intérieur de la montre.

Je sentis tout mon sang refluer au cœur : l'abominable Wassertrum m'avait donné la montre pour faire peser sur moi le soupçon de l'assassinat.

Aussitôt le policier jeta le masque, grinça des dents, fronça les sourcils :

« Vous avouez dont le meurtre, Pernath ? »

« Tout cela est une erreur, une effroyable erreur. Pour l'amour de Dieu, écoutez-moi. Je peux vous expliquer, monsieur le conseiller de police... » hurlai-je.

« Si vous me dites tout ce que vous savez sur la comtesse, coupa-t-il très vite, vous améliorerez beaucoup votre situation. Je tiens à attirer votre attention là-dessus. »

« Je ne peux pas vous dire autre chose que ce que je vous ai déjà dit : la comtesse est innocente. »

Il se mordit les lèvres et se tourna vers la tête de chèvre :

« Écrivez – donc, Pernath avoue le meurtre de l'employé d'assurances, Karl Zottmann. »

Une rage insensée s'empara de moi.

« Canaille, hurlai-je, vous oseriez ? »

Je cherchai quelque objet lourd.

L'instant d'après deux gardiens m'avaient empoigné et me passaient les menottes.

Le conseiller de police se rengorgea comme un coq sur son fumier.

« Et cette montre ? – il brandit soudain le boîtier cabossé – Quand vous la lui avez volée, est-ce que le malheureux Zottmann vivait encore ou non ? »

Redevenu très calme, je déclarai d'une voix claire à l'usage du procès-verbal :

« Cette montre m'a été – donnée – ce matin par le brocanteur Aaron Wassertrum. »

Un rire hennissant éclata et je vis le pied-bot exécuter une gigue avec la pantoufle de feutre sous le bureau.

tourments

Les mains liées derrière le dos, suivi par un gendarme baïonnette au canon, je dus parcourir les rues illuminées pour le soir.

Des bandes de petits voyous m'escortaient, jubilants, des femmes ouvraient la fenêtre, me menaçaient avec leur cuillère à pot et me criaient des injures.

De loin j'apercevais déjà le cube massif du Palais de justice avec l'inscription sur son fronton :

La sévérité de la justice
Est la protection des honnêtes gens.

Puis une porte gigantesque m'avala et je pénétrai dans un vestibule empesté par des odeurs de cuisine.

Un barbu avec sabre, vareuse et casquette d'uniforme, pieds nus et jambes enfilées dans un long caleçon ficelé autour des chevilles, posa le moulin à café qu'il tenait et m'ordonna de me déshabiller.

Puis il visita mes poches, sortit tout ce qu'il y trouva et me demanda si j'avais des punaises.

Quand je lui eus dit que non, il m'ôta les bagues des doigts et m'assura que tout allait bien, que je pouvais me rhabiller.

On me fit grimper de nombreux étages et parcourir d'innombrables corridors dans lesquels de grandes caisses grises occupaient les embrasures des fenêtres.

Des portes de fer avec des verrous énormes et de petites ouvertures grillagées, surmontées chacune par une flamme de gaz, se succédaient en files ininterrompues le long du mur.

Un gardien gigantesque au maintien d'ancien soldat – le premier visage honnête depuis des heures – ouvrit une des portes, me poussa dans l'ouverture sombre et étroite qui soufflait la pestilence, puis la referma derrière moi.

Plongé dans une obscurité complète, je tâtonnai autour de moi.

Mes genoux heurtèrent un seau de fer-blanc.

Je finis par sentir une poignée – l'espace était si réduit que je pouvais à peine me tourner – et je me trouvai – dans une cellule.

De chaque côté, deux grabats avec des paillasses le long du mur.

Le passage entre eux, large d'un pas tout au plus.

Une fenêtre grillagée carrée, en haut du mur perpendiculaire, laissait entrer la lueur terne du ciel nocturne.

Une chaleur intolérable, chargée d'une odeur empestée de vieux vêtements emplissait la pièce.

Quand mes yeux se furent habitués à l'obscurité, je vis que sur trois des grabats – le quatrième était vide – des hommes habillés du costume gris des prisonniers étaient assis – les bras appuyés sur les genoux et la tête dans les mains.

Aucun ne dit mot.

Je m'assis sur le cadre vide et attendis. Attendis. Attendis.

Une heure.

Deux – trois heures !

Quand je croyais entendre un pas dehors, je me levais ; enfin, enfin on vient me chercher pour me conduire devant le juge d'instruction.

Chaque fois, c'était une déception. Les pas se perdaient à nouveau dans la longueur du corridor.

J'arrachai ma cravate – il me semblait que j'allais étouffer.

J'entendis les prisonniers s'étendre les uns après les autres en geignant.

« On ne peut donc pas ouvrir la fenêtre, là-haut ? » demandai-je tout haut dans le noir, désespéré. Ma propre voix me fit presque peur.

« A marche pas », grogna-t-on de l'une des paillasses. Je tâtai néanmoins la paroi transversale : à hauteur de poitrine une planche... deux cruches à eau... des croûtes de pain.

Péniblement, je grimpai en m'accrochant aux barreaux et pressai le visage contre la jointure du carreau, pour avoir au moins un peu d'air frais.

Je restai là jusqu'à ce que mes genoux se missent à trembler. Devant mes yeux, le brouillard de la nuit gris-noir, uniforme.

Les carreaux froids transpiraient.

Minuit ne devait pas être loin.

Derrière moi, j'entendais ronfler. Un seul paraissait ne pas pouvoir dormir : il s'agitait sur la paillasse et gémissait souvent à mi-voix.

Le matin ne viendrait-il jamais? Ah, l'horloge qui sonne de nouveau!

Je comptai, les lèvres tremblantes.

Un, deux, trois! Dieu merci encore quelques heures et l'aube se lèvera. Mais les coups continuaient :

Quatre? Cinq? La sueur me monta au front – Six!! Sept... il était *onze* heures.

Une heure seulement s'était écoulée depuis que je l'avais entendue sonner pour la dernière fois.

Peu à peu, mes pensées s'ordonnèrent.

Wassertrum m'a passé la montre du disparu pour me faire soupçonner d'avoir commis un meurtre. Donc, c'est lui le coupable, sinon comment se trouverait-elle en sa possession? S'il avait découvert le cadavre quelque part et l'avait dépouillé après seulement, il aurait à coup sûr touché la récompense de mille gulden promise à celui qui retrouverait le disparu. Mais ce n'était pas le cas, puisque les placards étaient toujours collés aux coins des rues, je les avais vus sur le chemin de la prison.

Il était clair que le brocanteur avait dû me dénoncer.

Clair aussi qu'il était de connivence avec le conseiller de police, au moins en ce qui concernait Angelina. Sinon pourquoi l'enquête au sujet de Savioli?

D'un autre côté, Wassertrum n'avait certainement *pas encore* les lettres d'Angelina entre les mains.

Je réfléchissais...

D'un seul coup, toute la vérité surgit devant mes yeux, aussi nette que si j'avais assisté aux événements. Oui, les choses n'avaient pu se passer qu'ainsi : au moment où il fouillait mon logis avec ses complices de la police, Wassertrum s'était emparé de la cassette en fer dans laquelle il pensait bien trouver la preuve; il n'avait pas pu l'ouvrir immédiatement puisque je portais la clef sur moi et peut-être... peut-être était-il à cet instant même en train de forcer la serrure dans son repaire.

Saisi par un désespoir fou, je secouai les barreaux, voyant devant moi Wassertrum se vautrer dans les lettres d'Angelina...

Si seulement j'avais pu mettre Charousek au courant pour qu'il aille avertir Savioli à temps!

L'espace d'un instant, je m'accrochais à l'espoir que la nouvelle de mon arrestation avait dû se répandre dans la ville juive avec la rapidité d'un feu de broussailles et mettais ma confiance en Charousek comme dans un ange gardien. Contre sa ruse infernale le brocanteur serait impuissant. L'étudiant ne m'avait-il pas dit un jour : « A l'heure où il voudra prendre le docteur Savioli à la gorge, je lui passerai la corde au cou? »

Mais la minute suivante me rejetait dans une angoisse frénétique : et si Charousek arrivait trop tard? Alors Angelina serait perdue...

Je me mordis les lèvres jusqu'au sang et me griffai la poitrine, affolé par le regret de ne pas avoir aussitôt brûlé ces lettres; je me jurai de supprimer Wassertrum dans l'heure qui suivrait ma mise en liberté.

Que je meure de ma propre main, ou à une potence – quelle importance?

Que le juge d'instruction dût me croire quand je lui aurais expliqué de façon plausible l'histoire de la montre et les menaces de Wassertrum – je n'en doutais pas un instant.

Assurément je serais libéré dès le lendemain; à tout le

moins la justice ferait aussi arrêter Wassertrum, soupçonné de meurtre.

Je comptais les heures en priant qu'elles passent plus vite, les yeux perdus dans le brouillard sombre de la nuit.

Au bout d'un temps indiciblement long, le jour commença à se lever et, tache sombre d'abord, puis toujours plus nette, une énorme face ronde, cuivrée, se dégagea des brumes : le cadran d'une vieille horloge dans son beffroi. Mais les aiguilles manquaient – nouveaux tourments.

Puis cinq coups sonnèrent.

J'entendis les prisonniers s'éveiller et entamer en tchèque une conversation coupée de bâillements.

Je crus reconnaître une des voix; je me retournai, descendis de mon perchoir et vis Loisa le grêlé assis sur le grabat en face du mien qui me regardait avec stupéfaction.

Les deux autres, visages insolents et hardis, me toisèrent avec mépris.

« Un fraudeur, hein? » demanda l'un d'eux à son camarade en lui envoyant un coup de coude.

L'autre marmonna quelque chose, dédaigneusement, fouilla dans sa paillasse et en extirpa un papier noir qu'il posa par terre.

Puis il versa dessus un peu d'eau de la cruche, s'agenouilla, se mira dans la surface brillante et se peigna les cheveux avec les doigts.

Après quoi il sécha le papier avec un soin délicat, et le cacha de nouveau sous la paillasse.

Pendant ce temps Loisa ne cessait de murmurer « Pan Pernath, pan Pernath », les yeux écarquillés comme s'il voyait un revenant.

« Je remarque que ces messieurs se connaissent », dit celui qui ne s'était pas peigné, dans le dialecte « pointu » d'un Viennois tchèque en m'adressant un demi-salut ironique. « Permettez-moi de me présenter : Vóssatka. Vóssatka le noir – Incendiaire », ajouta-t-il fièrement, un octave plus bas.

Le frisé cracha entre ses dents, me regarda un instant avec condescendance, puis, se mettant l'index sur la poitrine :

« Fric-frac. »

Je demeurai muet.

« Et vous, monsieur le Comte, vous êtes ici pour quel genre de délit? » demanda le Viennois après une pause.

Je réfléchis un moment, puis dis tranquillement : « Assassinat. »

Les deux lascars sursautèrent sidérés et cependant que l'ironie moqueuse faisait place à une admiration sans borne sur leurs traits agressifs, ils s'écrièrent presque d'une seule voix : « Nos respects, nos respects. »

Voyant que je ne faisais pas attention à eux, ils se retirèrent dans un coin où ils conversèrent ensemble tout bas.

Une fois, pourtant, le frisé se leva, s'approcha de moi et me tâta sans mot dire les muscles du bras, puis s'en retourna vers son ami en hochant la tête.

« Vous êtes sans doute également soupçonné du meurtre de Zottmann? » demandai-je discrètement à Loisa.

Il hocha la tête : « Oui, depuis longtemps déjà. »

De nouveau quelques heures passèrent.

Je fermai les yeux et fis semblant de dormir. Mais : « Monsieur Pernath! Monsieur Pernath! » J'entendis soudain la voix de Loisa qui m'appelait tout bas :

« Oui? » Je sursautai comme quelqu'un qui s'éveille.

« Monsieur Pernath, excusez-moi – s'il vous plaît – vous – vous ne savez pas ce que fait Rosina? Est-ce qu'elle est à la maison? » bredouilla le pauvre diable. Il me fit pitié avec ses yeux enflammés rivés sur mes lèvres et ses mains crispées par l'angoisse.

« Elle s'en tire très bien. Elle – elle est serveuse au – à la taverne Zum alten Ungelt. » Ce mensonge le soulagea visiblement.

Deux détenus apportèrent sur un plateau des écuelles en fer-blanc pleines de brouet à la saucisse bouillant et en posèrent trois dans la cellule sans dire un mot; puis au bout de quelques heures encore, la serrure cliqueta de nouveau et le surveillant me conduisit chez le juge d'instruction.

Tandis que nous grimpions et descendions les escaliers, mes genoux frémissaient d'impatience.

« Croyez-vous que je puisse être libéré aujourd'hui? » demandai-je au surveillant.

Je le vis étouffer un sourire, avec pitié : « Hum. Aujourd'hui? Enfin... Dieu peut tout. »

De nouveau une plaque de porcelaine sur une porte et un nom :

Karl, baron Katimini
Juge d'instruction

De nouveau une pièce nue et deux bureaux avec des casiers hauts d'un mètre.

Un vieil homme corpulent, barbe blanche divisée en deux par une raie, jaquette noire, lèvres rouges gonflées, bottines craquantes.

« Vous êtes monsieur Pernath? »

« Oui. »

« Tailleur de pierres précieuses? »

« Oui. »

« Cellule nº 70? »

« Oui. »

« Soupçonné du meurtre de Zottmann? »

« Monsieur le juge d'instruction, je vous prie... »

« Soupçonné du meurtre de Zottmann? »

« Probablement. Du moins je le suppose. Mais... »

« Vous avouez? »

« Qu'est-ce que je pourrais avouer, monsieur le juge d'instruction? Je suis innocent. »

« Vous avouez? »

« Non. »

« Alors je vous place en détention préventive aux fins d'enquête. Gardien, emmenez cet homme. »

« Mais je vous en supplie, écoutez-moi, monsieur le juge d'instruction – il faut absolument que je sois chez moi aujourd'hui. J'ai des choses importantes à faire. »

Quelqu'un gloussa derrière le second bureau.

Le baron sourit avec complaisance.

« Emmenez cet homme, gardien. »

Les jours succédaient aux jours, les semaines aux semaines et j'étais toujours dans la cellule.

A midi nous avions la permission de descendre dans la cour et de tourner en rond avec les autres détenus pendant quarante minutes sur le sol mouillé.

Interdiction d'échanger un seul mot.

Au milieu du terrain, un arbre chauve se mourait, un médaillon ovale de la Vierge incrusté dans son tronc.

De malingres troènes se blottissaient contre les murs, les feuilles noircies par la suie.

Tout autour, les grillages des cellules, derrière lesquels on voyait parfois apparaître un visage grisâtre aux lèvres exsangues.

Puis retour dans les cachots pour toucher du pain, de l'eau, un brouet à la saucisse et, le dimanche, des lentilles vermineuses.

Une fois seulement, j'avais été entendu à nouveau :

Avais-je des témoins de la prétendue donation par « Monsieur » Wassertrum, de la montre litigieuse?

« Oui, M. Schemajah Hillel... c'est-à-dire – non – (je me rappelai qu'il n'y avait pas assisté)... mais M. Charousek – non – lui non plus n'était pas là. »

« En bref, il n'y avait personne? »

« Non, personne, monsieur le juge d'instruction. »

De nouveau le gloussement derrière le bureau et de nouveau :

« Gardien, emmenez cet homme. »

Mon angoisse pour Angelina s'était changée en morne résignation; le temps où je tremblais pour elle était passé. Je me disais que le plan de vengeance mis au point par Wassertrum avait réussi depuis longtemps, ou que Charousek était intervenu.

Mais la pensée de Mirjam me rendait fou.

Je me la représentais, attendant heure après heure que le miracle se reproduise, se précipitant le matin de bonne heure, dès que le boulanger était passé, pour chercher dans le pain, mourant d'inquiétude peut-être, et par ma faute.

Souvent, pendant la nuit, le remords me réveillait à coups de fouet, je grimpais sur le rayonnage et je m'accrochais là, les yeux fixés sur le cadran de cuivre de la grosse horloge, dévoré par le désir que mes pensées parviennent jusqu'aux oreilles de Hillel et lui crient qu'il devait aider Mirjam, la délivrer de l'espoir torturant d'un miracle.

Puis je me jetais à nouveau sur la paillasse retenant mon souffle jusqu'à ce que ma poitrine fût prête à éclater – afin de contraindre l'image de mon double à apparaître devant moi et pouvoir l'envoyer vers elle, comme consolation.

Une fois d'ailleurs je l'avais vu à côté de mon grabat, les mots « Chabrat Zereh Aur Bocher » en écriture au miroir sur la poitrine et j'étais prêt à hurler de joie à la pensée que désormais tout allait s'arranger, mais il s'était enfoncé dans le sol sans me laisser le temps de lui donner l'ordre d'apparaître à Mirjam.

Comment se faisait-il que je n'eusse aucune nouvelle de mes amis ?

Je demandai à mes compagnons de cellule s'il était interdit d'envoyer des lettres. Ils n'en savaient rien.

Ils n'en avaient jamais reçu – d'ailleurs ils ne connaissaient personne qui pût leur écrire.

Le gardien me promit de se renseigner.

Mes ongles étaient rongés jusqu'au sang et ma chevelure retournait à l'état sauvage, car nous n'avions ni brosse ni peigne.

Pas non plus d'eau pour nous laver.

Je luttais presque continuellement contre la nausée, car notre brouet était salé à la soude – prescription en honneur dans les prisons pour « éviter que l'instinct sexuel prenne le dessus ».

Le temps passait dans une effroyable monotonie grise.

Tournait en rond comme une roue des supplices. Survenaient alors ces moments que nous connaissions tous, où brusquement l'un ou l'autre se levait d'un bond et courait en rond pendant des heures comme un animal sauvage pour se laisser retomber, brisé, sur le grabat et recommencer à attendre – attendre – attendre.

Quand venait le soir, des légions de punaises se mettaient à trotter sur les murs et je me demandais avec étonnement pourquoi l'individu en sabre et caleçon m'avait examiné avec une minutie scientifique pour savoir si je n'avais pas de vermine.

Craignait-on au tribunal qu'il pût en résulter des croisements avec des races étrangères ?

Le mercredi matin voyait en général une tête de cochon faire irruption avec chapeau mou et jambes de pantalon flottantes : le docteur Rosenblatt, médecin de la prison, qui venait s'assurer que nous resplendissions tous de santé.

Et si quelqu'un se plaignait, de n'importe quoi, il prescrivait une pommade à l'oxyde de zinc pour frictionner la poitrine.

Une fois le président du tribunal en personne l'accompagna – long coquin parfumé de la « bonne société », les vices les plus répugnants peints sur le visage – venu s'assurer que l'ordre régnait, et que « personne s'était encore pendouillé » selon l'expression du frisé.

Je m'étais approché de lui pour lui adresser une requête, mais il avait fait un bond pour se cacher derrière le gardien et brandi un revolver en me demandant d'une voix suraiguë ce que je voulais.

« Savoir s'il y a des lettres pour moi », lui dis-je poliment. Au lieu d'une réponse, je reçus un coup dans la poitrine administré par le docteur Rosenblatt qui prit rapidement le large. Monsieur le Président battit lui aussi en retraite et grinça par le judas que si je n'avouais pas le meurtre, je ne recevrais plus de lettres sur cette terre.

Je m'étais depuis longtemps habitué au mauvais air et à la chaleur; bien plus, j'avais continuellement froid, même quand le soleil brillait.

Deux des prisonniers avaient déjà changé plusieurs fois, mais je n'y prêtais aucune attention. Une semaine, c'était un voleur à la tire ou un brigand de grand chemin, une autre un faux-monnayeur ou un recéleur.

Ce que j'avais vécu un jour était oublié le lendemain.

A côté de l'angoisse qui me rongeait au sujet de Mirjam tous les incidents extérieurs pâlissaient.

Un seul m'avait profondément impressionné – au point de me poursuivre parfois en rêve, grotesquement déformé : J'étais grimpé sur le rayonnage pour regarder dehors quand j'avais senti tout à coup un objet pointu me piquer la hanche; ayant cherché ce que cela pouvait être, j'avais constaté qu'il s'agissait de la lime qui après avoir percé ma poche s'était glissée entre la doublure et le tissu. Elle devait être là depuis longtemps, sinon l'homme qui m'avait fouillé en bas l'aurait certainement remarquée.

Je la sortis et la jetai négligemment sur ma paillasse. Mais quand je descendis, elle avait disparu et je ne doutai pas un instant que seul Loisa avait pu la prendre.

Quelques jours après, on vint le chercher pour l'installer à un étage au-dessous.

Le gardien avait dit qu'on ne pouvait pas laisser dans la même cellule deux détenus accusés du même crime, comme lui et moi.

Je souhaitai de tout cœur que le pauvre diable parvînt à se libérer avec l'aide de la lime.

mai

Comme je lui demandai quel jour nous étions – le soleil paraissait aussi chaud qu'en plein été et l'arbre éreinté de la cour portait quelques bourgeons – le gardien s'était d'abord tu, puis il m'avait chuchoté : le 15 mai. En fait, il n'aurait pas dû le dire, parce qu'il était interdit de parler aux prisonniers – ceux surtout qui n'avaient pas encore avoué devaient être maintenus dans l'ignorance totale des dates. Trois mois pleins dans cette cellule et toujours pas la moindre nouvelle du monde extérieur.

Quand le soir tombait, les sons d'un piano se glissaient par la fenêtre grillagée que l'on ouvrait désormais pendant les journées chaudes.

Un détenu m'avait dit que c'était la fille du sommelier en bas qui jouait.

Nuit et jour je rêvais de Mirjam.

Que devenait-elle?

J'avais parfois l'impression consolante que mes pensées allaient jusqu'à elle et se tenaient auprès de son lit pendant qu'elle dormait, lui posant une main apaisante sur le front.

Et puis dans les moments de désespoir, quand mes compagnons de cellule étaient conduits les uns après les autres chez le juge d'instruction – moi seul n'étais pas interrogé – une peur sourde m'étranglait : peut-être était-elle morte depuis longtemps.

Je m'adressai alors au sort pour savoir si elle était encore en vie, si elle était malade, ou bien portante : le nombre des brins de paille dans une poignée arrachée à mon grabat devait me donner la réponse.

Et presque chaque fois, elle était mauvaise. Alors je scrutais en moi pour y trouver quelque révélation sur l'avenir, j'essayais de ruser avec mon âme qui me cachait le mystère en lui posant une question apparemment à côté, comme celle de savoir si un jour je pourrais être heureux et rire de nouveau.

En pareil cas, l'oracle répondait toujours oui et j'étais tranquillisé pour une heure.

Telle une plante qui croît et s'épanouit en secret, un amour incroyablement profond pour Mirjam s'était peu à peu éveillé en moi et je ne comprenais pas comment j'avais pu me trouver si souvent à côté d'elle et lui parler sans m'en rendre compte dès ce moment-là.

Le désir tremblant qu'elle pût penser à moi avec les mêmes sentiments prenait parfois la force d'un avant-goût de la certitude et quand j'entendais alors des pas dehors, dans le corridor, j'avais presque peur qu'on vînt me chercher pour me libérer, peur que mon rêve fût réduit à néant par la grossière réalité du monde extérieur.

Mon ouïe était devenue si fine pendant cette longue détention, que je percevais les moindres bruits.

Tous les soirs, à la tombée de la nuit j'entendais une voiture passer dans le lointain et je me creusais la tête pour deviner qui pouvait bien se trouver dedans.

L'idée était étrangement déconcertante qu'il y eût là-bas, dehors, des hommes qui avaient le droit de faire ce que bon leur semblait – qui pouvaient se mouvoir librement, aller ici ou là, sans en éprouver une exultation indescriptible.

Moi aussi j'avais connu ce bonheur autrefois, moi aussi j'avais pu flâner dans les rues ensoleillées... mais je n'étais plus capable de me le représenter.

Le jour où j'avais tenu Angelina dans mes bras me semblait appartenir à une existence depuis longtemps révolue – j'y repensais avec une mélancolie légère, celle qui surprend quand on ouvre un livre et que l'on y trouve des fleurs fanées, portées autrefois par l'amour des années de jeunesse.

Le vieux Zwakh se retrouvait-il encore tous les soirs avec Vrieslander et Prokop au cabaret pour tourner la tête de la sèche Eulalie?

Non, nous étions au mois de mai : le temps où il circulait à travers la province avec son castelet de marionnettes et jouait l'histoire du chevalier Barbe-Bleue sur les prairies vertes, devant les portes des petites villes.

J'étais seul dans la cellule – Vóssatka l'incendiaire, mon unique compagnon depuis une semaine, avait été emmené plusieurs heures auparavant chez le juge d'instruction.

Cet interrogatoire durait bien longtemps.

Enfin. A la porte le cadenas de fer cliqueta et Vóssatka fit irruption, rayonnant de joie, lança un paquet de vêtements sur son grabat et se mit à se changer avec la rapidité de l'éclair.

Il lançait son uniforme de prisonnier par terre, en accompagnant chaque pièce d'un juron.

« Rien pu prouver, les salopards – Incendiaire ! Mon œil ! – » il tira de l'index sa paupière inférieure. « Vóssatka le noir en connaît un vieux bout. J'ai dit que c'était le vent. Et j'en ai pas démordu. Y peuvent le boucler si y veulent maintenant – çui qui fait souffler le vent. Serviteur, ce soir je me tire ! Et en avant la musique. Chez Loïsitschek. » Il étendit les bras et martela un pas de danse. « Le mois de mai ne fleurit qu'une fois dans la vi – i – e ! » Il s'enfonça sur le crâne, avec un bruit sec, un chapeau dur orné d'une plume de geai tachetée de bleu. « Ouais, ça va vous intéresser monsieur le Comte : vous savez pas ? Votre ami, le Loisa, il a fait la belle ! – Je viens de l'apprendre en haut, chez le curieux. Y a déjà un mois – il s'est cavalé et maintenant, pfuitt ! – » il se frappa le dos de la main – « il est loin, de l'autre côté de la montagne. »

Je songeai à la lime et souris.

« Bon, alors à présent » – l'incendiaire me tendit amicalement la main – « vous pouvez compter que vous allez pas tarder à être libéré aussi – Et si jamais vous êtes à fond de cale, vous avez qu'à demander Vóssatka le noir chez Loisitschek. Là-bas, toutes les filles me connaissent. Allez ! Serviteur, monsieur le Comte. Enchanté d'avoir fait votre connaissance. »

Il n'avait pas encore franchi le seuil que le gardien poussait un autre détenu dans la cellule.

Je reconnus au premier coup d'œil le drôle à la casquette de soldat qui s'était trouvé un jour à côté de moi pendant une averse sous la porte cochère de la ruelle du Coq. Quelle heureuse surprise! Peut-être saurait-il quelque chose sur Hillel et Zwakh et tous les autres.

Je voulais tout de suite commencer à l'interroger, mais à mon grand étonnement, il se mit un doigt sur les lèvres avec un air mystérieux et me fit signe de me taire. L'émotion m'affola le cœur.

Qu'est-ce que cela signifiait?

Me connaissait-il et que voulait-il?

Son premier geste fut de s'asseoir, après quoi il ôta sa botte gauche.

Il tira avec les dents un petit bouchon enfoncé dans le talon, prit dans la cavité ainsi découverte une lame de fer-blanc enroulée, arracha la semelle qui ne semblait pas très solidement cousue et me tendit les deux objets d'un air triomphant.

Le tout avec la vitesse de l'éclair et sans prêter la moindre attention à mes questions frénétiques.

« Voilà! Et bien le bonjour de monsieur Charousek! »

J'étais tellement stupéfait que je ne pus prononcer un seul mot.

« Vous aurez qu'à prendre le fer et à déchirer la semelle cette nuit. Ou quand personne vous verra. Dedans, elle est creuse – m'expliqua-t-il, l'air doctoral – et vous trouverez une lettre de monsieur Charousek. »

Dans l'excès de ma joie, je me jetai au cou du voyou et les larmes me jaillirent des yeux.

Il m'écarta doucement et me dit sur un ton de reproche :

« Faut vous tenir en main mieux que ça, monsieur de Pernath! On n'a pas une minute à perdre. Les gaffes peuvent s'apercevoir illico que je suis pas dans la bonne cellule. Le Franzl et moi on a échangé nos numéros, en bas, chez le portier. »

Je dus prendre un air particulièrement ahuri, car il poursuivit aussitôt :

« Si vous comprenez pas, aucune importance. Je suis ici, c'est tout ce qui faut. »

« Mais dites-moi donc, que devient l'archiviste Hillel et Monsieur... »

Il vint à mon aide : « Wenzel. Je m'appelle le beau Wenzel. »

« Dites-moi donc, Wenzel, que devient l'archiviste Hillel et comment va sa fille? »

« Pas le temps! » interrompit impatiemment le beau Wenzel. « Je peux être vidé dans une minute. Je suis ici parce que j'ai avoué un serrage de rabiot... »

« Comment, vous avez commis une agression simplement à cause de moi, pour pouvoir venir me rejoindre? » J'étais bouleversé.

Il secoua la tête avec mépris. « Si j'avais fait un vrai coup, je l'aurais pas avoué. Non, mais pour qui vous me prenez? »

La lumière se faisait peu à peu dans mon esprit. Le brave garçon avait usé d'une ruse pour pouvoir me remettre la lettre de Charousek.

« Bon – Commençons par le commencement. » Il prit un air extrêmement important. « Faut que je vous donne une leçon d'ébilebsie. »

« De quoi? »

« D'ébilebsie. Faites bien attention à ce que je vais vous causer et tâchez de rien oublier. Regardez de près : d'abord faut de la salive en suffisance » – il se gonfla les joues et les remua comme quelqu'un qui se rince la bouche – « ensuite de la bave sur la gueule, vous voyez? » Je voyais, l'imitation était d'une répugnante exactitude. « Ensuite tous les doigts bien crochés dans la paluche – Ensuite les yeux qui ressortent » – il loucha effroyablement – « et ensuite, ça c'est un rien plus duraille – faut pousser un cri genre étranglé. Vous saisissez – beu – beu – beu et au même moment vous vous affalez raide. » Il se laissa tomber de tout son long sur le sol avec un choc qui fit trembler la maison et déclara en se relevant :

« Voilà l'ébilebsie naturelle que le docteur Hulbert, Dieu ait son âme, nous a apprise au bataillon ».

« Oui, oui, elle est imitée à s'y tromper, j'en conviens, mais à quoi tout ça peut-il servir? »

« A vous faire sortir du trou, premièrement d'une, expliqua le beau Wenzel. Le docteur Rosenblatt est tout ce qui se fait de plus toquard. Quand un gars a même plus de tête, l'autre rabâche toujours qu'il est en pleine santé. Y a qu'une chose qu'y respecte : l'ébilebsie. Si on sait s'y prendre, on est illico transporté à l'infirmerie. Alors à ce moment-là » – il prit un air de profond mystère – « c'est un jeu d'enfant de faire la belle. Le grillage est scié et y tient plus qu'avec un peu de saloperie. C'est un secret du bataillon! Vous avez qu'à faire bien attention pendant une nuit ou deux et quand vous entendrez une corde dégringoler du toit jusque devant la fenêtre, vous soulevez le grillage, lento pour pas réveiller personne, vous passez les épaules dans le nœud coulant; alors à ce moment-là, on vous hisse sur le toit et on vous débarque de l'autre côté dans la rue. Ni vu ni connu! »

« Mais pourquoi m'évader? objectai-je timidement. Je suis innocent. »

« En voilà une raison pour pas s'évader! » Le beau Wenzel me considéra d'un œil arrondi par l'étonnement.

Je dus faire appel à toute mon éloquence pour le dissuader de mettre à exécution ce plan hasardeux, qui était, ainsi qu'il me le confia, le résultat d'une conférence du « bataillon ». Il n'arrivait pas à comprendre que je repousse ce « don de Dieu » et préfère attendre ma libération.

« Quoi qu'il en soit, je vous remercie, vous et vos braves camarades du fond du cœur », lui dis-je très touché en lui serrant la main. « Quand j'en aurai fini avec cette période difficile, mon premier soin sera de vous témoigner ma reconnaissance à tous. »

« Pas la peine, me dit aimablement Wenzel. Si vous nous payez quelques verres de Pils, on les refusera pas, et avec plaisir, mais c'est tout. Pan Charousek, qui est le trésorier du bataillon maintenant, nous a raconté comment que vous faisiez le bien et en douce. Vous avez quelque chose à lui faire dire quand je sortirai? »

« Oui, certainement, répondis-je en hâte. Qu'il aille voir Hillel et lui dise que je m'inquiète terriblement de la santé de sa fille Mirjam. Il ne faut pas qu'il la quitte des yeux. Vous vous rappellerez le nom? *Hillel.* »

« Hirräl? »

« Non : Hillel. »

« Hillär? »

« Non : Hill-el. »

Wenzel faillit se déchirer la langue sur ce nom presque imprononçable pour un Tchèque, mais finit tout de même par le maîtriser, non sans faire des grimaces épouvantables.

« Et puis, encore une chose : je voudrais que monsieur Charousek – je l'en prie instamment – s'occupe aussi dans la mesure où il le pourra, de la dame noble – il sait bien ce que je veux dire.

« Vous causez, probable, de la pépée de la haute qui s'était mise avec le Teuton – le docteur Sapoli? Elle a divorcé et elle est partie avec sa gosse et le docteur Sapoli. »

« Vous en êtes bien sûr? » Je sentis trembler ma voix. J'avais beau me réjouir profondément pour Angelina – mon cœur était serré à se briser.

J'avais porté un poids si écrasant de souci pour elle... et j'étais déjà oublié.

Peut-être pensait-elle que j'étais vraiment un assassin. Un goût amer me monta à la bouche.

Avec la délicatesse qui caractérise si curieusement les hommes les plus dévoyés quand il s'agit de choses qui touchent à l'amour, le voyou parut deviner mes pensées, car il détourna timidement le regard et ne répondit rien.

« Vous savez peut-être aussi ce que devient la fille de M. Hillel, mademoiselle Mirjam? Vous la connaissez? » demandai-je.

« Mirjam? Mirjam? » – Le visage de Wenzel se plissa sous l'effort de concentration. « Mirjam? Elle va souvent le soir chez Loisitschek? »

Je ne pus réprimer un sourire : « Non. Sûrement pas. »

« Alors je la connais pas », trancha-t-il sèchement.

Nous restâmes un moment silencieux.

Je me dis qu'il y aurait peut-être quelque chose à son sujet dans la petite lettre.

« Le diable s'est tout de même décidé à emporter Wassertrum, reprit brusquement Wenzel. Vous l'aviez bien déjà entendu dire? »

Je bondis, effaré.

« Couic! » Wenzel se mit le doigt sur la gorge. « Affreux je vous le dis. Quand on a forcé la porte de sa boutique parce que ça faisait plusieurs jours que personne l'avait vu, j'étais le premier, nature – et comment! Et il était là, le Wassertrum, dans un fauteuil crasseux, avec plein de sang sur la poitrine et des yeux comme du verre... Vous savez, je suis plutôt du genre dur à cuire, mais ça m'a scié, je vous le dis et j'ai bien cru tourner de l'œil là-dedans. A fallu que je me raisonne – Wenzel que je me suis dit, Wenzel t'en fais pas, c'est jamais qu'un Juif mort. On lui avait filé une lime dans la gorge et tout était sens dessus dessous dans la boutique – crime crapuleux comme on dit dans le beau monde. »

La lime! La lime! Je sentis mon souffle se glacer d'horreur. La lime! Ainsi, elle avait trouvé son chemin!

« Je sais bien qui a fait le coup », poursuivit Wenzel à mi-voix. « Pour moi, c'est le vérolé, Loisa, ça fait pas un pli. J'ai trouvé son couteau de poche par terre dans la boutique et je l'ai planqué rapide pour que la police le voie pas. Il est arrivé par un souterrain... » Il s'interrompit soudain, écouta quelques secondes avec une extrême attention, puis se jeta sur l'un des grabats où il se mit à ronfler effroyablement.

Au même instant le cadenas cliqueta, le gardien entra et me lança un regard méfiant.

Je pris mon air le plus indifférent; quant à Wenzel, impossible de le réveiller.

Il fallut une série de bourrades bien appliquées pour qu'il se redresse enfin en bâillant et titube vers la sortie, suivi par le gardien.

Enfiévré d'impatience, je dépliai la lettre de Charousek et lus :

12 mai,

Mon pauvre cher ami et bienfaiteur,

Semaine après semaine j'ai attendu votre libération – toujours en vain – et cherché tous les moyens possibles de réunir des éléments à votre décharge, mais sans rien trouver.

J'ai demandé au juge d'instruction de hâter la procédure, mais chaque fois il me répondait qu'il ne pouvait rien faire, que c'était l'affaire du ministère public et non pas la sienne.

Âneries administratives !

Il y a une heure seulement, est enfin survenu un fait nouveau dont j'espère le *meilleur* succès : j'ai appris que Jaromir avait vendu à Wassertrum une montre en or trouvée dans le lit de son frère Loisa après l'arrestation de celui-ci.

Le bruit court chez « Loisitschek », que les détectives fréquentent volontiers, comme vous le savez, qu'on a retrouvé chez vous le *corpus delicti,* la montre de Zottmann – prétendument assassiné mais dont on n'a toujours pas découvert le cadavre. Le reste je l'ai reconstitué sans peine : Wassertrum, etc.

J'ai aussitôt fait venir Jaromir, je lui ai donné 1 000 fl. – – Je laissai retomber la lettre et des larmes de joie me montèrent aux yeux : seule Angelina avait pu donner une pareille somme à Charousek. Ni Zwakh, ni Prokop, ni Vrieslander n'en possédaient autant. Elle ne m'avait donc pas oublié ! Je repris ma lecture : – donné 1 000 fl. et promis 2 000 autres s'il allait immédiatement avouer à la police qu'il avait pris la montre chez son frère, puis l'avait vendue.

Tout cela ne pourra se faire avant que cette lettre que je vous envoie par Wenzel soit déjà en route. Le délai est trop court.

Mais soyez assuré que *cela se fera.* Aujourd'hui même. Je m'en porte garant.

Je ne doute pas un instant que Loisa ait commis le meurtre ni que la montre soit celle de Zottmann. Si, contre toute attente, il n'en était rien, Jaromir sait ce qu'il a à faire : *dans tous les cas, il certifiera que c'est celle qui a été trouvée chez vous.*

Donc courage et persévérance. Ne désespérez pas ! Le jour est proche où vous serez libéré.

Mais le jour où nous nous reverrons ? Viendra-t-il jamais ?

Je ne sais.

Je pourrais presque dire : je ne crois pas, car la fin approche à grands pas et je dois veiller à ce que la dernière heure ne me prenne pas par surprise.

Mais soyez assuré d'une chose : nous nous *reverrons*.

Si ce n'est pas dans le monde des vivants, ni dans celui des morts, ce sera le jour où le temps se brisera – ou comme il est écrit dans la Bible, le SEIGNEUR vomira de sa bouche ceux qui étaient tièdes, ni chauds ni froids.

Ne vous étonnez pas que je parle ainsi ! Jamais je n'ai abordé ces questions avec vous et quand vous avez fait un jour allusion à la Cabale, je me suis dérobé – mais je sais ce que je sais.

Peut-être me comprendrez-vous; sinon rayez de votre mémoire, je vous en prie, ce que je viens de dire – – Un jour, dans mon délire, j'ai cru voir – un signe sur votre poitrine. Peut-être avais-je rêvé tout éveillé.

Si vraiment vous ne me compreniez pas, sachez que j'ai eu certaines révélations – intérieures – presque depuis mon enfance, qui m'ont conduit par un étrange chemin, des révélations qui ne sauraient coïncider avec ce que nous enseigne la médecine, ou Dieu merci, ce qu'elle ignore encore – et ne saura probablement jamais.

Mais je ne me suis pas laissé abêtir par la science dont le but suprême est de garnir une « salle d'attente » que l'on ferait beaucoup mieux de démolir.

Mais assez sur ce sujet.

Je vais vous raconter ce qui s'est passé entre-temps :

A la fin d'avril Wassertrum en était arrivé au point où ma suggestion commençait à opérer.

Je le voyais à ce qu'il gesticulait continuellement dans la rue et parlait tout seul.

C'est là un signe certain que les pensées d'un homme se pressent en tempête pour s'abattre sur leur maître.

Ensuite il s'est acheté un carnet pour prendre des notes. Il écrivait !

Il écrivait ! A crever de rire ! *Il écrivait!*

Et puis il s'est rendu chez un notaire. D'en bas, devant la maison, je savais ce qu'il faisait en haut : son testament.

Je ne pensais d'ailleurs pas du tout qu'il me désignerait comme héritier. J'aurais probablement attrapé la chorée de joie – si l'idée m'était venue.

Il m'a institué héritier parce que j'étais le seul en ce monde à qui il pût encore faire réparation – du moins il le croyait. Sa conscience l'a dupé.

Peut-être aussi parce qu'il espérait que je le bénirais si, grâce à sa sollicitude, je me retrouvais brusquement millionnaire après sa mort, compensant ainsi la malédiction qu'il avait dû entendre de ma bouche dans votre chambre.

Donc ma suggestion a eu une triple action.

Il est follement drôle qu'il ait cru en secret à des représailles dans l'au-delà, alors qu'il avait laborieusement cherché à se convaincre du contraire pendant toute sa vie.

Mais il en va ainsi pour tous les esprits forts : on le voit à la fureur insensée qui les prend quand on le leur lance en plein visage. Ils se sentent démasqués. De l'instant où Wassertrum est revenu de chez le notaire, je n'ai plus cessé de le surveiller.

La nuit, j'écoutais, l'oreille collée contre les volets de sa boutique, car la décision pouvait intervenir d'une minute à l'autre.

Je crois que s'il avait débouché la fiole de poison, j'aurais entendu à travers les murs ce petit bruit tant désiré.

Il s'en est manqué d'une heure peut-être pour que s'accomplisse l'œuvre de ma vie.

Un intrus est intervenu qui l'a tué. Avec une lime.

Wenzel vous donnera les détails, demandez-les-lui, il me serait trop amer de les écrire.

Appelez cela de la superstition si vous voulez – mais quand j'ai vu le sang répandu – les objets dans la boutique en étaient éclaboussés – il m'a semblé que mon âme s'enfuyait.

Quelque chose en moi – un instant subtil, infaillible – me

dit que mourir par une main étrangère, ou mourir par la sienne propre est tout différent : il aurait fallu que Wassertrum ait été obligé d'emporter son sang avec lui dans la tombe pour que ma mission soit accomplie. Maintenant, j'ai l'impression d'être au rancart, instrument qui n'a pas été jugé digne dans les mains de l'ange exterminateur !

Mais je ne veux pas m'insurger. Ma haine est de celles qui ne s'arrêtent pas au tombeau et j'ai encore mon propre sang que je peux verser comme je veux, afin qu'il poursuive le sien, pas à pas, dans le royaume des ombres.

Tous les jours depuis qu'ils ont enterré Wassertrum, je m'assieds près de lui dehors, au cimetière et j'écoute dans ma poitrine, pour savoir ce que je dois faire.

Je crois que je le sais maintenant, mais je veux encore attendre jusqu'à ce que la voix intérieure, qui me parle, soit claire comme une source. Nous sommes impurs, nous les hommes : souvent jeûnes et attente prolongés sont nécessaires avant que nous comprenions les murmures de notre âme.

Au cours de la semaine écoulée, la justice m'a officiellement annoncé que Wassertrum m'avait institué légataire universel.

Je ne veux pas toucher un kreuzer de cet héritage pour mon usage personnel, je n'ai pas besoin de vous le dire, monsieur Pernath. Je me garderai de lui fournir une arme pour l'au-delà.

Les maisons qu'il a possédées, je les ferai vendre aux enchères et les objets qu'il a touchés seront brûlés ; de l'argent que ces transactions rapporteront, un tiers vous reviendra après ma mort.

Je vous vois déjà bondir et protester, mais je peux vous tranquilliser. Ce que vous recevrez n'est que votre propriété légitime avec les intérêts composés. Je savais depuis longtemps que Wassertrum avait autrefois ruiné votre père et sa famille – c'est maintenant seulement que je suis en mesure de le prouver avec documents à l'appui.

Un deuxième tiers sera réparti entre les douze membres du « bataillon » qui ont personnellement connu le docteur Hulbert. Je veux que tous deviennent riches et qu'ils aient accès à la « bonne société » de Prague.

Le troisième tiers divisé en parts égales appartiendra aux sept premiers meurtriers du pays qui seront relâchés, faute de preuves suffisantes.

Je dois cela à l'opinion publique.

Voilà. Je crois que c'est tout.

Maintenant, mon cher, cher ami, adieu, portez-vous bien et pensez quelquefois à votre sincère et reconnaissant

Innocent Charousek. »

Bouleversé, je laissai échapper la lettre.

La nouvelle de ma prochaine libération ne pouvait me réjouir.

Charousek ! Le pauvre garçon ! Il s'intéressait comme un frère à mon sort. Simplement parce que je lui avais donné un jour 100 fl. Si seulement je pouvais lui serrer la main une fois encore !

Mais je sentais qu'il avait raison : ce jour-là ne viendrait jamais.

Je le revoyais devant moi, les yeux flamboyants, les épaules de poitrinaire, le haut front noble.

Peut-être si une main secourable était intervenue à temps dans cette vie gâchée, tout aurait-il été différent.

Je repris la lettre et la lus une fois encore.

Quelle méthode dans la folie de Charousek ! D'ailleurs était-il fou ?

J'eus presque honte d'avoir toléré cette pensée, fût-ce une seconde.

Les allusions n'en disaient-elles pas assez long ? C'était un être comme Hillel, comme Mirjam, comme moi, un être au pouvoir de son âme qui l'entraînait à travers les gouffres sauvages et les précipices de la vie, toujours plus haut vers les neiges éternelles d'un monde inviolé.

Il s'était préparé au meurtre toute sa vie et pourtant n'était-il pas plus pur que n'importe lequel des rechignés qui prétendent suivre les lois machinalement apprises d'un prophète mythique inconnu ?

Il observait le commandement que lui dictait un instinct irrésistible, sans jamais penser à une « récompense » ni dans ce monde ni dans l'autre.

Ce qu'il avait fait, était-ce autre chose que le pieux accomplissement d'un devoir au sens le plus caché du terme?

« Lâche, sournois, avide de sang, malade, une nature à problèmes, une nature de criminel. » Je croyais déjà entendre le jugement que les hommes porteraient sur lui quand ils essaieraient d'éclairer les profondeurs de son âme avec leurs lanternes d'écurie – cette foule écumante qui ne comprendra jamais que la vénéneuse colchique est mille fois plus belle et plus noble que l'utile ciboulette.

Une fois encore, la clef tourna dans la serrure et l'on poussa un homme dans la cellule – Mais je ne me retournai même pas tant j'étais sous le coup des impressions laissées par la lettre.

Pas un mot sur Angelina, pas un mot sur Hillel.

Certes, Charousek avait dû se hâter fiévreusement, l'écriture en témoignait.

N'allait-il pas encore me faire parvenir un message en secret?

Sans trop oser me l'avouer, je mettais mes espoirs dans le lendemain, la ronde des prisonniers dans la cour. Ce serait le moment le plus favorable si un membre du bataillon avait quelque chose à me remettre.

Une voix douce me surprit au milieu de mes réflexions.

« Voudriez-vous bien, Monsieur, m'autoriser à me présenter? Je m'appelle Laponder. Amadeus Laponder. »

Je me retournai.

Un petit homme malingre, encore assez jeune, très bien mis, mais sans chapeau comme tous les détenus aux fins d'enquête, s'inclinait correctement devant moi.

Rasé de près, comme un acteur, il avait de grands yeux en amande, vert clair qui, bien qu'ils fussent dirigés vers moi, ne semblaient pas me voir. Ils avaient une expression – absente.

Je murmurai mon nom et m'inclinai également, puis voulus me détourner à nouveau, mais j'eus beaucoup de mal à détacher mes regards de cet homme tant le sourire de pagode, imprimé sur son visage par les coins retroussés de ses lèvres finement arquées, produisait sur moi une impression bizarre.

Il faisait penser à un bouddha chinois en quartz rose, avec sa peau lisse, transparente, son nez étroit de jeune fille et ses tendres narines.

« Amadeus Laponder, Amadeus Laponder », répétai-je à part moi.

« Qu'est-ce qu'il a bien pu faire? »

lune

« Vous avez déjà été interrogé ? » lui demandai-je au bout d'un moment.

« Je viens précisément de chez le juge d'instruction. J'espère bien ne pas vous incommoder longtemps », répondit-il aimablement.

« Pauvre diable ! pensai-je. Il ne se doute pas de ce qui l'attend. »

Je voulus le préparer tout doucement.

« On s'habitue peu à peu à l'immobilité quand les premiers jours sont passés ; ce sont les plus difficiles. »

Il prit un air obligeant.

Pause.

« Votre interrogatoire a duré longtemps, monsieur Laponder ? »

Il sourit distraitement.

« Non. On m'a seulement demandé si je reconnaissais les faits et j'ai signé un procès-verbal. »

« Vous avez signé que vous reconnaissiez les faits ? »

L'exclamation m'avait échappé.

« Absolument. »

Il disait cela comme la chose du monde la plus naturelle.

Je me rassurai à l'idée que s'il se montrait aussi calme ce ne pouvait être bien grave. Probablement une provocation en duel, ou quelque chose de ce genre.

« Malheureusement, moi je suis ici depuis si longtemps que cela me paraît toute une vie – » Je soupirai involontairement et il fit aussitôt mine de prendre part à mes ennuis. « Je souhaite que vous n'ayez pas à subir cela, monsieur Laponder. D'après ce que je comprends, vous serez bientôt libre. »

« Cela dépend de ce que l'on entend par là », répondit-il sereinement, mais comme si les mots avaient un sens caché.

« Vous ne croyez pas? » demandai-je en souriant. Il secoua la tête.

« Que dois-je comprendre? Qu'avez-vous fait de si terrible? Excusez-moi, monsieur Laponder, si je vous le demande ce n'est pas de la curiosité de ma part, mais seulement de la sympathie. »

Il hésita un instant, puis me dit sans sourciller : « Viol et assassinat. »

J'eus l'impression de recevoir un coup de bâton sur la tête.

L'horreur et l'effroi me serraient la gorge – je ne pus articuler un son.

Il parut le remarquer et regarda discrètement d'un autre côté, mais sans que le moindre jeu de physionomie vînt modifier son sourire machinal, ni révéler que mon brusque changement d'attitude l'avait blessé.

Nous restâmes là, sans échanger un mot, les yeux fixés dans le vide.

Lorsque je m'allongeai à la tombée de la nuit, il m'imita aussitôt, se déshabilla, accrocha avec soin ses vêtements au clou planté dans le mur, se coucha et à en juger d'après sa respiration calme et profonde, s'endormit immédiatement.

Durant toute la nuit je ne pus trouver le repos.

Le voisinage d'un pareil monstre, l'obligation de respirer le même air que lui éveillaient en moi une répulsion si vive que toutes les autres impressions de la journée, la lettre de Charousek et les nouvelles qu'elle m'apprenait, se trouvaient rejetées bien loin à l'arrière-plan.

Je m'étais installé de manière à garder toujours le meurtrier sous les yeux, car je n'aurais pu supporter de le savoir derrière moi.

La cellule était faiblement éclairée par le reflet terne de la lune et je voyais que Laponder gisait sans un mouvement, presque raidi.

Ses traits avaient pris un aspect cadavérique, encore accentué par la bouche à demi ouverte.

Pendant des heures, il ne changea pas une seule fois de position.

Bien après minuit seulement, alors qu'un mince rayon de lune tombait sur son visage, une légère agitation le saisit et il remua les lèvres, sans un son, comme quelqu'un qui parle dans son sommeil. On eût dit que c'étaient toujours les mêmes mots – peut-être une phrase de deux syllabes, quelque chose comme :

« Laisse-moi. Laisse-moi. Laisse-moi. »

Les quelques jours suivants s'écoulèrent sans que je fisse mine de lui prêter la moindre attention et de son côté il ne rompit pas une seule fois le silence.

Son attitude demeurait immuablement aimable et obligeante; chaque fois que je voulais faire les cent pas, il tournait aussitôt son regard vers moi et s'il était assis sur son grabat, rentrait les pieds pour ne pas me gêner.

Je commençais à me reprocher ma dureté, mais avec la meilleure volonté du monde je ne pouvais vaincre le dégoût qu'il m'inspirait.

J'avais beau espérer pouvoir m'habituer à sa proximité – je n'y parvenais pas.

Même la nuit, elle me tenait éveillé. Je dormais à peine un quart d'heure.

Soir après soir la même scène se répétait : il attendait respectueusement que je me fusse allongé, ôtait ensuite ses vêtements qu'il remettait dans les plis avec un soin maniaque, les accrochait, et ainsi de suite, ainsi de suite.

Une nuit – il pouvait être deux heures environ – je me trouvais une fois encore sur le rayonnage, ivre de sommeil, à regarder la lune pleine dont les rayons glissaient, telle une huile brillante, sur le cadran cuivré de l'horloge, en pensant à Mirjam avec une profonde tristesse.

C'est alors que j'entendis soudain sa voix derrière moi.

Aussitôt éveillé clair – plus que clair – je me retournai et écoutai.

Quelques secondes passèrent.

Je croyais déjà m'être trompé lorsqu'elle recommença. Je ne pouvais comprendre exactement les mots, mais ils sonnaient comme :

« Demande-moi. Demande-moi. »

C'était certainement la voix de Mirjam.

Vacillant de surexcitation, je descendis aussi doucement que je pus et m'approchai du lit de Laponder.

La lumière tombait en plein sur son visage et je distinguai nettement qu'il avait les paupières ouvertes, mais seul le blanc de l'œil était visible.

Je vis à la rigidité des muscles de ses joues qu'il était profondément endormi.

Seules les lèvres remuaient, comme elles l'avaient déjà fait auparavant.

Et peu à peu je compris les mots qui se glissaient entre ses dents.

« Demande-moi. Demande-moi. »

La voix ressemblait à s'y méprendre à celle de Mirjam. Je m'exclamai involontairement : « Mirjam? Mirjam? » mais baissai aussitôt le ton pour ne pas réveiller le dormeur.

J'attendis que le visage eût repris sa fixité, puis répétai très doucement :

« Mirjam? Mirjam? »

Sa bouche forma un « Oui » à peine perceptible et pourtant très net.

Je mis l'oreille contre ses lèvres.

Au bout d'un moment, j'entendis chuchoter *la voix de Mirjam* – si reconnaissable que des frissons glacés me coururent sur la peau.

Je buvais si avidement les paroles que j'en saisissais tout juste le sens. Elle parlait d'amour pour moi, du bonheur indicible que nous avions enfin trouvé – nous ne nous séparerions plus jamais – à la hâte, sans la moindre pause, comme quelqu'un qui craint d'être interrompu et veut profiter de chaque seconde.

Puis la voix hésita – et s'éteignit complètement.

« Mirjam? » demandai-je tremblant d'angoisse, le souffle coupé, « Mirjam, es-tu morte? »

Pendant longtemps pas de réponse.

Puis presque incompréhensible :

« Non – Je vis – Je dors. »

Rien de plus.

Bouleversé, secoué de tremblements, je dus m'appuyer au rebord du grabat pour ne pas tomber la tête en avant sur Laponder.

L'illusion avait été si forte que pendant un moment je crus voir Mirjam allongée sous mes yeux et dus rassembler toutes mes forces pour ne pas poser un baiser sur les lèvres du meurtrier.

Soudain, je l'entendis hurler « Hénoch! Hénoch! » Puis toujours plus clairement, plus articulé : « Hénoch! Hénoch! »

Je reconnus aussitôt Hillel.

« C'est toi, Hillel? »

Pas de réponse.

Je me rappelai alors avoir lu que pour faire parler un dormeur, il ne faut pas lui poser les questions à l'oreille, mais vers le plexus nerveux au creux de l'estomac.

Je le fis.

« Hillel? »

« Oui, je t'entends. »

« Est-ce que Mirjam est en bonne santé? Tu sais tout? »

« Oui. Je sais tout. Depuis longtemps. Ne te tourmente pas, Hénoch et n'aie pas peur! »

« Pourras-tu me pardonner Hillel? »

« Je te l'ai dit : ne te tourmente pas. »

« Est-ce que nous nous reverrons bientôt? » Je craignais de ne plus pouvoir comprendre la réponse, car sa dernière phrase n'était déjà qu'un souffle.

« Je l'espère. Je t'attendrai – si je peux – ensuite je devrai – pays – »

« Où? Dans quel pays? » Je tombai presque sur Laponder.

« Dans quel pays? Dans quel pays? »

« Pays – Gad – au sud – Palestine – »

La voix s'éteignit.

Cent questions s'entrechoquaient, affolées, dans ma tête : pourquoi m'appelle-t-il Hénoch ? Zwakh, Jaromir, la montre, Vrieslander, Angélina, *Charousek*.

« Portez-vous bien et pensez quelquefois à moi. » Les lèvres du meurtrier avaient soudain prononcé ces mots avec force et netteté. Cette fois avec le ton de Charousek, mais exactement comme si c'était moi qui les avais dits.

Je m'en souvins : c'était textuellement la phrase qui terminait la lettre de l'étudiant.

Le visage de Laponder était désormais dans l'ombre. Les rayons de la lune tombaient sur l'extrémité de la paillasse. Dans un quart d'heure, ils auraient disparu de la cellule.

J'eus beau poser question sur question, je n'obtins plus aucune réponse.

Le meurtrier gisait immobile comme un cadavre et ses paupières s'étaient refermées.

Je me reprochai avec violence de n'avoir vu en Laponder, pendant tous ces jours, que le criminel et jamais l'homme.

D'après tout ce que je venais de constater, il était très évidemment somnambule – c'est-à-dire un être sous l'influence de la pleine lune.

Peut-être avait-il tué dans une sorte d'état crépusculaire.

Sûrement même.

Maintenant que l'aube grisonnait, la rigidité avait disparu de son visage, laissant la place à une expression de paix spirituelle.

Je me dis qu'un homme ayant un meurtre sur la conscience ne *pouvait* pas dormir aussi calmement.

J'attendais son réveil avec une impatience que j'avais peine à maîtriser.

Savait-il bien ce qui s'était passé ?

Enfin il ouvrit les yeux, rencontra mon regard et détourna la tête.

Aussitôt je m'approchai de lui et lui serrai la main : « Pardonnez-moi, Monsieur Laponder, d'avoir été aussi peu amical avec vous jusqu'à présent. C'était le choc de la surprise. »

« Soyez persuadé, Monsieur, que je vous comprends parfaitement, coupa-t-il très vite. Ce doit être une impression horrible de vivre avec un assassin. »

« Ne parlons plus de cela. Tant de choses me sont passées par la tête cette nuit et je ne peux me défaire de l'idée que vous pourriez peut-être... » Je cherchais mes mots.

« Vous me tenez pour un malade », dit-il désireux de m'aider.

J'acquiesçai. « Je crois pouvoir le déduire de certains symptômes. Je – je – puis-je vous poser une question directe, Monsieur Laponder?

« Je vous en prie. »

« Elle va vous paraître un peu bizarre – mais – voudriez-vous me dire à quoi vous avez rêvé cette nuit? »

Il secoua la tête en souriant : « Je ne rêve jamais. »

« Mais vous avez parlé en dormant. »

Il me regarda l'air étonné. Réfléchit un moment. Puis dit sur un ton décidé :

« Cela n'a pu se produire que si vous m'avez interrogé. » J'en convins. « Sinon, comme je vous l'ai dit, je ne rêve jamais. Je... j'erre », ajouta-t-il à mi-voix après un instant de silence.

« Vous errez? Qu'est-ce que je dois entendre par là? »

Comme il semblait ne pas vouloir poursuivre la conversation je jugeai opportum de lui indiquer les raisons qui m'avaient amené à le presser de questions et lui racontai brièvement les incidents de la nuit.

« Vous pouvez être absolument sûr, déclara-t-il quand j'eus terminé, que tout ce que j'ai dit en dormant repose sur une réalité. Quand j'ai précisé, il y a un instant, que je ne rêvais pas mais que j'errais, j'entendais par là que ma vie onirique n'est pas celle – disons des gens normaux. Appelez cela comme vous voulez, une désincarnation... Cette nuit, par exemple je me trouvais dans une pièce extrêmement curieuse, où l'on pénétrait par une trappe dans le plancher.

« Quelle aspect avait-elle? demandai-je très vite. Était-elle inhabitée? Vide? »

« Non, il y avait des meubles; mais pas beaucoup. Et un

lit dans lequel une jeune fille dormait – ou gisait comme morte – et un homme, assis à côté d'elle, lui posant la main sur le front. » Laponder décrivit les deux visages. Aucun doute, c'étaient Hillel et Mirjam. J'osais à peine respirer.

« Je vous en prie, racontez encore. Il n'y avait pas une autre personne dans la pièce? »

« Une autre personne? Attendez... non; il n'y avait qu'eux deux. Un chandelier à sept branches était allumé sur la table. Après, je descendais un escalier en colimaçon. »

« Il était démoli? »

« Démoli? Non, pas du tout, il était en bon état. Et sur le côté, une pièce s'ouvrait dans laquelle un homme était assis, avec des boucles d'argent sur ses souliers, d'un type étranger, comme je n'en avais encore jamais vu : le visage jaune et les yeux obliques. Il était penché en avant et paraissait attendre quelque chose. Une mission peut-être. »

« Un livre – un vieux livre, très gros, vous n'avez vu ça nulle part? »

Il se frotta le front.

« Un livre, dites-vous? Oui parfaitement : il y avait un livre ouvert par terre, tout en parchemin et la page commençait par un grand A doré. »

« Vous voulez sans doute dire un I? »

« Non, un A. »

« Vous êtes sûr? Ce n'était pas un I? »

« Non, c'était certainement un A. »

Je secouai la tête et me pris à douter. De toute évidence Laponder à moitié endormi avait lu dans mon esprit et tout mélangé : Hillel, Mirjam, le Golem, le livre Ibbour et le souterrain.

« Il y a longtemps que vous avez ce don d'" errer ", comme vous dites? » lui demandai-je.

« Depuis ma vingt et unième année... » Il s'interrompit, apparemment peu désireux de poursuivre le sujet; puis son visage prit soudain une expression de stupeur sans bornes et il fixa les yeux sur ma poitrine comme s'il y voyait quelque chose.

Sans prêter attention à ma propre surprise, il me saisit les mains et me dit d'un ton suppliant :

« Au nom du ciel dites-moi *tout!* C'est le dernier jour que je pourrai passer avec vous. Dans une heure peut-être on viendra me chercher pour me lire mon arrêt de mort... »

Je l'interrompis, horrifié :

« Il faut que vous me preniez comme témoin! Je jurerai que vous êtes malade – somnambule. On ne peut pas vous exécuter sans avoir examiné votre état mental. Vous devez entendre raison! »

Il écarta mes objurgations d'un geste nerveux. « C'est tellement secondaire – je vous en prie, dites-moi tout! »

« Mais qu'est-ce que je pourrais vous dire? Mieux vaut parler de *vous* et... »

« Vous avez dû, je le sais maintenant, vivre certaines expériences étranges qui me touchent de près – plus près que vous ne sauriez croire... je vous en prie, dites-moi tout », implora-t-il.

Je n'arrivais pas à comprendre que ma vie pût l'intéresser plus que la sienne, qui se trouvait dans un péril si pressant, mais pour le calmer, je lui racontai tous les événements qui m'avaient paru inexplicables.

A la fin de chaque chapitre important, il hochait la tête d'un air satisfait, comme quelqu'un qui est allé au fond des choses.

Quand j'en arrivai au moment où l'apparition sans tête s'était dressée devant moi en me tendant les grains rouges foncé, il eut peine à se contenir tant il avait hâte de connaître la fin du récit.

« Alors, vous les lui avez fait tomber de la main, murmura-t-il, rêveur. Je n'aurais jamais pensé qu'il existait une troisième voie. »

« Ce n'était pas une troisième voie, lui dis-je. C'était la même que si j'avais refusé les grains. »

Il sourit.

« Vous ne croyez pas, monsieur Laponder? »

« Si vous les aviez refusés, vous auriez bien suivi aussi la " voie de la vie ", mais les grains, qui représentent des forces magiques, ne seraient pas restés là où ils étaient. Vous me dites qu'ils ont roulé sur le sol. Cela signifie qu'ils sont demeurés en place et qu'il seront gardés par vos ancêtres jusqu'à ce que vienne le temps de la germination. Alors les forces qui sommeillent encore en vous pour le moment, prendront vie. »

Je ne comprenais pas. « Mes ancêtres garderont les grains ? »

« Il faut interpréter symboliquement, au moins en partie, ce que vous avez vécu, m'expliqua Laponder. Le cercle des figures bleuâtres qui vous entourait était la chaîne des “ Moi ” hérités, que tout homme né d'un père traîne avec lui. L'âme n'est pas une entité à part – il faut qu'elle le devienne et c'est ce que l'on appelle alors “ éternité ”; la vôtre est faite de nombreux “ Moi ” de même qu'une fourmilière est faite de nombreuses fourmis; elle porte en elle les vestiges spirituels de milliers d'ancêtres – les chefs de votre race. Il en va de même pour tous. Comment un poussin artificiellement couvé pourrait-il rechercher aussitôt la nourriture qui lui convient, s'il ne portait en lui l'expérience de millions d'années ? L'existence de l'instinct révèle la présence des ancêtres dans le corps et dans l'âme. Mais excusez-moi, je ne voulais pas vous interrompre. »

J'allai au bout de mon récit. Sans omettre ce que Mirjam m'avait dit de l'« hermaphrodite ».

Lorsque, m'étant tu, je relevai les yeux, je vis que Laponder était devenu blanc comme la chaux du mur et que des larmes roulaient sur ses joues.

Je me levai très vite, fis semblant de n'avoir rien remarqué et me mis à arpenter la cellule pour lui donner le temps de se ressaisir.

Puis je m'assis en face de lui et fis appel à toute mon éloquence pour le convaincre de l'urgence qu'il y avait à mettre le juge au courant de son état mental pathologique.

« Si seulement vous n'aviez pas avoué ce meurtre ! » soupirai-je en terminant.

« Mais j'étais bien obligé ! On en avait appelé à ma conscience », dit-il naïvement.

« Tenez-vous un mensonge pour plus répréhensible qu'un meurtre avec viol? » demandai-je, stupéfait.

« En général peut-être pas, mais dans mon cas certainement – Voyez-vous, quand le juge d'instruction m'a demandé si j'avouais, j'avais la force de dire la vérité. Il dépendait donc de moi de mentir, ou de ne pas mentir. Quand j'ai commis le meurtre – je vous demande de me faire grâce des détails, tout a été si abominable que je ne voudrais pas laisser resurgir ce souvenir – quand j'ai commis le meurtre, *je n'avais pas le choix.* Même si j'agissais en pleine et claire conscience, je n'avais pas le choix. Quelque chose dont je n'avais jamais deviné la présence en moi s'est éveillé et a été plus fort que moi. Croyez-vous que si j'avais eu le choix, j'aurais assassiné? Jamais je n'avais tué – pas même le plus petit animal – et en ce moment je ne serais déjà absolument plus capable de le faire.

Supposez que la loi de l'humanité soit de tuer, que celui qui ne tue pas périsse aussitôt – comme c'est le cas dans la guerre – pour l'heure je mériterais la mort. Je n'aurais pas le choix. Je ne pourrais pas tuer. Quand j'ai commis mon crime, la situation était exactement inversée. »

« A plus forte raison, puisque vous aviez presque l'impression d'être un autre, vous devez tout faire pour échapper à la sentence du juge! » m'écriai-je.

Laponder se défendit d'un geste : « Vous vous trompez! De leur point de vue, les juges ont tout à fait raison. Doivent-ils laisser en liberté un homme comme moi? Pour que demain ou après-demain un nouveau désastre se produise? »

« Non, mais vous faire interner dans un établissement pour malades mentaux. Voilà ce que je dirais! »

« Si j'étais fou, vous auriez raison, répliqua Laponder, impassible. Mais je ne suis pas fou. Je suis tout autre chose – quelque chose qui ressemble beaucoup à la folie, mais qui en est exactement le contraire. Écoutez-moi, je vous en prie. Vous allez comprendre tout de suite. Ce que vous m'avez raconté sur le fantôme sans tête – un symbole naturellement et dont vous pourrez trouver la clef sans difficulté si vous y réfléchissez – je l'ai vécu aussi, exactement de la même manière. Seulement *j'ai pris les grains*. Je me suis donc engagé dans la " voie de la mort ". Je ne peux rien concevoir de plus sacré que de me laisser conduire par l'Esprit qui est en moi. Aveuglément, de confiance, où que le chemin puisse me mener : que ce soit au gibet ou au trône, à la pauvreté ou à la richesse. Jamais je n'ai hésité quand le choix a été mis entre mes mains.

C'est pourquoi je n'ai pas menti quand le choix a été mis entre mes mains.

Connaissez-vous les paroles du prophète Michée?

> On t'a fait connaître, ô homme, ce qui est bon
> Et ce que Yahweh demande de toi.

Si j'avais menti, j'aurais créé une cause parce que j'avais le choix – quand j'ai commis le meurtre, je n'en ai point créé; c'était seulement l'effet d'une cause qui sommeillait depuis longtemps en moi et sur laquelle je n'avais aucun pouvoir.

Donc mes mains sont pures.

Parce que l'Esprit en moi m'a fait devenir meurtrier, il a opéré une exécution sur moi; parce que les hommes me pendront à une potence mon destin sera dissocié du leur : j'accéderai à la liberté. »

J'eus l'impression d'avoir un saint devant moi et mes cheveux se hérissèrent d'effroi à la pensée de ma propre petitesse.

« Vous m'avez raconté qu'à la suite de l'intrusion d'un hypnotiseur dans votre conscience, vous aviez perdu pendant longtemps le souvenir de votre jeunesse, poursuivit-il. C'est le signe – le stigmate – de tous ceux qui ont été mordus par le " serpent du royaume spirituel. " Il semble presque que deux vies doivent être entrées l'une sur l'autre en nous, tel le greffon sur l'arbre sauvage, avant que *le miracle de la résurrection* puisse se produire. La séparation qui est habituellement le fait de la mort est provoquée dans ce cas par l'extinction de la mémoire – souvent par une brusque conversion intérieure, sans plus.

Pour moi, sans cause extérieure apparente, je me suis éveillé tout autre, un matin de ma vingt et unième année. Ce que j'aimais jusqu'alors me laissait indifférent : la vie me paraissait bête comme une histoire d'Indiens et perdait toute réalité; les rêves devenaient certitude – une certitude apodictique, concluante, comprenez-moi bien : une certitude *réelle* et la vie du jour était le rêve.

Tous les hommes connaîtraient cette expérience s'ils possédaient la clef. Or la seule et unique clef, c'est que l'on prenne conscience dans le sommeil de la forme de son " Moi ", de sa *peau* pourrait-on dire – que l'on trouve les interstices étroits par lesquels la conscience se glisse entre veille et sommeil profond.

C'est pourquoi je vous ai dit tout à l'heure, " j'erre " et non pas " je rêve ".

La lutte pour l'immortalité est une lutte pour un sceptre, pour la domination des clameurs et des spectres qui nous habitent; et l'attente de l'intronisation du " Moi " est l'attente du Messie.

Le Habal Garmin spectral que vous avez vu, " l'haleine des os ", de la Cabale, c'était le roi. Quand il sera couronné, alors le fil qui vous lie au monde par les sens physiques et le canal de la raison, ce fil se brisera.

Vous allez me demander comment j'ai pu devenir assassin du jour au lendemain, bien que j'eusse été détaché de la vie? L'homme est comme un tube de verre dans lequel roulent des boules colorées – chez presque tous, il n'y en a qu'une. Si elle est rouge, l'homme est " mauvais "; si elle est jaune, il est " bon ". S'il y en a deux, une rouge et une jaune qui se poursuivent, alors " on " a un caractère " instable ". Nous qui avons été mordus par le serpent, nous vivons dans notre existence tout ce qu'il advient à la race entière durant une ère : les boules colorées parcourent le tube à une allure folle et quand elles sont parvenues au bout – alors nous sommes devenus des prophètes – des miroirs de Dieu. »

Laponder se tut. Pendant longtemps je demeurai incapable de prononcer un mot. Ses propos m'avaient comme stupéfié.

Je finis pourtant par reprendre la conversation.

« Pourquoi m'avez-vous demandé avec tant d'anxiété de vous raconter *mes* expériences, alors que vous êtes si, si loin au-dessus de moi? »

« Vous vous trompez, me dit Laponder. Je suis très *au-dessous* de vous. Je vous ai demandé cela, parce que je sentais que vous possédiez la clef qui me manque encore.

« Moi? Une clef : O Dieu! »

« Oui, *vous!* Et vous me l'avez donnée. Je ne crois pas qu'il y ait aujourd'hui sur la terre un homme plus heureux que moi. »

Dehors, des bruits. On tirait les verrous. Laponder y fit à peine attention.

« La clef, c'est l'hermaphrodite. J'en ai la certitude maintenant. Ne serait-ce que pour cela, je suis heureux qu'on vienne me chercher, parce que je toucherai bientôt le but. »

Les larmes m'empêchaient de distinguer le visage de Laponder, *j'entendais* seulement le sourire dans sa voix.

« Et maintenant adieu, monsieur Pernath et, dites-vous-le bien : ce qu'on pendra demain, ce ne seront que mes vêtements; vous m'avez révélé le plus beau – – la dernière chose que j'ignorais encore. Maintenant, c'est le jour des noces. » Il se leva et suivit le gardien. « Elles sont intimement liées à mon crime. » Telles furent les dernières paroles que j'entendis et je ne les compris qu'obscurément.

Depuis cette nuit-là, chaque fois que la lune était dans son plein, il me semblait voir le visage endormi de Laponder sur la toile grise du grabat.

Dans les jours qui suivirent son départ, j'avais entendu, montant de la cour des exécutions, des coups de marteau et des grincements de scie qui duraient parfois jusqu'à l'aube.

Devinant ce qu'ils annonçaient, je restais des heures à me boucher les oreilles, au fond du désespoir.

Les mois succédèrent aux mois. Je vis que l'été touchait à sa fin quand le misérable feuillage de la cour tomba malade; les murs exhalaient une odeur de champignon.

Lorsque pendant la ronde mon regard tombait sur l'arbre

mourant, le médaillon de la Sainte Vierge dans son écorce, je faisais involontairement la comparaison avec le visage de Laponder qui s'était si profondément gravé en moi. Je le portais partout et toujours avec moi, ce masque de Bouddha à la peau lisse, à l'étrange sourire tourné vers l'intérieur.

Une seule fois – en septembre – le juge d'instruction me fit appeler et me demanda d'un air méfiant comment je pouvais expliquer ma déclaration à la banque au sujet d'un voyage urgent, mon agitation pendant les heures précédant mon arrestation et le paquet contenant toutes mes pierres précieuses que je portais sur moi.

Lorsque j'avais répondu que je prenais mes dispositions pour me suicider, le ricanement de chèvre haineux avait de nouveau grelotté derrière le bureau.

Jusqu'alors, j'étais resté seul dans ma cellule, ce qui me permettait de suivre mes pensées sans distraction – mon chagrin pour Charousek que je supposais mort depuis longtemps et Laponder et ma tendre nostalgie de Mirjam.

Puis vinrent de nouveau d'autres prisonniers : commis voleurs au visage usé par la débauche, caissiers ventrus – « enfants perdus » comme aurait dit Vossatka le noir – qui gâtaient mon air et mon humeur.

Un jour, l'un d'eux raconta, plein d'une noble indignation, qu'un assassinat avec viol avait eu lieu quelque temps auparavant dans la ville, ajoutant que par bonheur le coupable avait été aussitôt arrêté et promptement châtié.

« Il s'appelait Laponder, le coquin, le misérable ! » hurlait l'individu au mufle de bête féroce, condamné à quinze ans de prison pour mauvais traitements à enfant. « Ils l'ont pris sur le fait. La lampe est tombée pendant le bigornage et la crèche a brûlé. Le corps de la petite était tellement carbonisé que personne jusqu'au jour d'aujourd'hui a pu savoir au juste qui c'était. Les cheveux noirs et une petite figure qu'elle avait, c'est tout ce qu'on a trouvé. Et le Laponder a jamais voulu lâcher son nom – moi je lui aurais arraché la peau et j'aurais mis du poivre dessus – C'est ça les beaux Messieurs ! Tous des tueurs ! ... Comme si y avait pas d'autres moyens quand on veut se taper une fille », ajouta-t-il avec un sourire cynique.

Je bouillais de colère et j'aurais volontiers jeté le gredin par terre.

Nuit après nuit, il ronflait sur le grabat qui avait été celui de Laponder. Je respirai quand il fut enfin relâché.

Mais même alors, je ne pus me débarrasser tout à fait de lui : ses propos s'étaient enfoncés en moi comme une flèche barbelée.

Presque continuellement, dans l'obscurité surtout, la crainte me rongeait que Mirjam ait pu être victime de Laponder.

Plus je luttais contre ce soupçon, plus je m'empêtrais dans ses rets et il finit par devenir une obsession.

Parfois, surtout quand la lune brillait clair au travers du grillage, il s'atténuait : je pouvais alors faire revivre les heures passées avec Laponder et le sentiment profond que j'éprouvais pour lui chassait mon tourment – mais trop souvent les minutes affreuses revenaient où je voyais Mirjam assassinée, carbonisée et pensais en perdre la raison.

En de tels moments les faibles indices dont je disposais pour étayer mon soupçon se renforçaient et s'organisaient en une structure sans faille – un tableau plein de détails indescriptiblement horrifiants.

Au début de novembre, vers dix heures du soir – il faisait déjà nuit noire – mon désespoir avait atteint un point tel que je mordais ma paillasse comme une bête assoiffée pour ne pas hurler lorsque soudain la porte s'ouvrit, le gardien entra et m'ordonna de le suivre chez le juge d'instruction. Je me sentais si faible que je chancelais plutôt que je ne marchais.

L'espoir de quitter un jour cette affreuse prison était mort depuis longtemps en moi.

Je m'apprêtais à essuyer une froide question, à entendre le bêlement stéréotypé derrière le bureau et à retourner dans les ténèbres.

Monsieur le baron Katimini venait de s'en aller chez lui et seul un vieux gratte-papier bossu, aux doigts en pattes d'araignée se trouvait dans la pièce.

Muet et passif, j'attendis ce qui allait m'arriver.

Je remarquai bien que le gardien était entré à ma suite et

clignotait des yeux avec bienveillance dans ma direction, mais j'étais trop abattu pour deviner le sens de la mimique.

« L'enquête a établi » – commença le gratte-papier, qui ricana, monta sur un escabeau et fouilla longuement à la recherche de dossiers sur un rayonnage, avant de poursuivre – « a établi que l'individu en question, Karl Zottmann, à l'occasion d'une rencontre secrète avant sa mort avec l'ancienne prostituée Rosina Metzeles, alors connue sous le sobriquet de " Rosina la Rouge " puis ultérieurement rachetée par un découpeur de silhouettes sourd-muet présentement sous la surveillance de la police, dénommé Jaromir Kwassnitschka, au débit de vin " Kautsky " et qui vit depuis quelques mois en concubinage flagrant conjointement avec Son Excellence le comte Ferri Athenstädt en qualité de maîtresse, a été par l'action d'une main artificieuse enfermé dans une cave souterraine abandonnée de la maison, circonscriptionis 21 873 sous le III romain, ruelle du Coq, numéro d'ordre 7, verrouillé dans icelle et soi-même en personne abandonné à la mort par la faim ou le froid – le susdit Zottmann donc – » expliqua le gratte-papier avec un coup d'œil par-dessus ses lunettes tout en feuilletant son dossier.

« L'enquête a établi en outre et de surcroît que selon toutes les apparences une fois – une fois le décès survenu – les biens et effets appartenant au susdit Zottmann et parmi lesquels une montre en or à double boîtier ci-annexée sous le fascicule P (romain) section " Bäh " – le gratte-papier leva la montre en l'air au bout de sa chaîne – ont été dérobés. Les déclarations faites sous la foi du serment par le découpeur de silhouettes Jaromir Kwassnitschka, fils orphelin du cuiseur de pains azymes de même nom, décédé il y a dix-sept ans, aux termes desquelles il aurait trouvé la montre dans le lit de son frère Loisa devenu entre-temps fugitif, et l'aurait remise contre réception de valeur argent au revendeur d'antiquités et autres Aaron Wassertrum, propriétaire immobilier entre-temps décédé, n'ont pu être prises en considération, vu leur manque de vraisemblance.

L'enquête a en outre établi qu'au moment de sa découverte le cadavre du supposé Karl Zottmann portait sur lui dans la poche de son pantalon un carnet où il avait consigné quelques jours avant survenue du décès des indications susceptibles d'éclairer les faits et de faciliter l'arrestation du coupable par les autorités royales et impériales.

En conséquence l'attention d'une haute autorité royale et impériale a été attirée sur le sieur *Loisa* Kwassnitschka devenu hautement suspect à la suite des notes testamentaires dudit Zottmann et il a été ordonné de mettre un terme à la détention aux fins d'enquête d'Athanasius Pernath, tailleur de pierres précieuses, sans antécédents judiciaires à ce jour et de cesser toute action contre lui.

Prague, juillet

signé
Dr Baron Katimini. »

Le sol se déroba sous mes pieds et je perdis un instant connaissance.

Quand je revins à moi, j'étais assis sur une chaise et le gardien me tapotait amicalement l'épaule.

Le gratte-papier qui n'avait pas bougé, prisa, se moucha et me dit :

« La lecture de la décision n'a pu intervenir qu'aujourd'hui, parce que votre nom commence par un « P » et tout naturellement il faut attendre presque la fin de l'alphabet. » Puis il se remit à ânonner :

« Il sera de surcroît porté à la connaissance du sieur Athanasius Pernath, tailleur de pierres précieuses, que conformément aux dispositions testamentaires de l'étudiant en médecine Innocent Charousek, décédé au mois de mai, un tiers des biens et possessions du susdit lui est échu en héritage, en foi de quoi devra le sieur Athanasius Pernath signer le procès-verbal ci-annexé. »

En prononçant ces derniers mots, le gratte-papier avait trempé la plume dans l'encrier et commencé à gribouiller.

J'attendais, par habitude, son ricanement de chèvre, mais il ne ricana pas.

« Innocent Charousek », murmurai-je, l'esprit absent. Le gardien se pencha vers moi et me chuchota à l'oreille :

« Pas longtemps avant sa mort, il est venu me trouver, monsieur le Dr Charousek et il a demandé de vos nouvelles. Il avait dit de vous dire bien, bien des choses. Comme de juste, j'ai pas pu faire la commission à ce moment-là. C'est formellement interdit. Il a fini bien tristement, monsieur le Dr Charousek. Il s'est tué. On l'a trouvé mort sur la tombe d'Aaron Wassertrum, couché à plat ventre. Il avait creusé deux trous profonds dans la terre, il s'était ouvert les veines du poignet et puis après, il avait mis les bras dans les trous. Il a perdu tout son sang comme ça. Il avait dû devenir fou, monsieur le Dr Char... »

Le gratte-papier, ayant repoussé sa chaise à grand bruit, me tendait la plume pour que je signe.

Après quoi il se redressa fièrement et lança, exactement sur le ton de son seigneurial supérieur :

« Gardien, emmenez cet homme ! »

Comme tant de mois auparavant, l'homme au sabre et au caleçon avait posé le moulin à café qu'il tenait sur ses genoux, mais cette fois il ne m'avait pas fouillé, me restituant au contraire mes pierres précieuses, le porte-monnaie avec les dix guldens, mon manteau et tout le reste.

Puis je me trouvai dans la rue.

« Mirjam ! Mirjam ! Enfin, maintenant la revoir est proche ! »

J'étouffai un cri d'exultation frénétique.

Il devait être minuit. La pleine lune glissait, terne comme une assiette de cuivre pâle, derrière des voiles de brume.

Le pavé était recouvert par une pellicule de boue collante.

Je fis signe à un fiacre qui avait des airs de monstre antédiluvien dans le brouillard. Mes jambes me refusaient tout service; complètement déshabitué de la marche, je vacillais sur mes pieds insensibles comme un homme atteint d'une maladie de la moelle.

« Cocher, conduisez-moi le plus vite possible au 7 ruelle du Coq. Vous m'avez bien compris? 7 ruelle du Coq. »

libre

Au bout de quelques mètres, le véhicule s'arrêta.
« Ruelle du Coq, bourgeois? »
« Oui, oui, mais faites vite. »
De nouveau le fiacre avança de quelques mètres et de nouveau il s'arrêta.
« Au nom du ciel, qu'est-ce qu'il y a encore? »
« Ruelle du Coq, bourgeois? »
« Mais oui, mais oui. »
« Je peux pas y aller. »
« Et pourquoi donc? »
« Y z'ont mis partout les pavés en l'air. Soi-disant qu'y z'assainissent la ville juive. »
« Eh bien allez jusqu'où vous pouvez aller, mais vite, je vous en prie. »
Le canasson fit un petit temps de galop, puis poursuivit sa route à une allure plus mesurée.
Je baissai la glace de la portière et avalai goulûment de grosses gorgées d'air nocturne.
Tout était devenu étranger pour moi, incroyablement nouveau les maisons, les rues, les magasins fermés.
Un chien blanc solitaire et morose passa en trottant sur le trottoir mouillé. Je le suivis des yeux. Extraordinaire! Un chien! J'avais complètement oublié qu'il existât de pareils animaux. Emporté par ma joie, je lui criai comme un enfant :
« Voyons, voyons! Comment peut-on être d'aussi mauvaise humeur? »
Qu'allait dire Hillel? Et Mirjam?

Encore quelques minutes et je serai auprès d'eux. Je ne cesserai de tambouriner à leur porte jusqu'à ce que je les aie tirés du lit.

Désormais tout était bien – toutes les souffrances de ces dernières années étaient passées.

Quel Noël ce serait!

Cette fois, pas le droit d'oublier de m'éveiller, comme l'année passée!

L'espace d'un instant, la vieille terreur me paralysa de nouveau : les mots du condamné au mufle de fauve me revinrent à l'esprit. Le visage brûlé – le viol – mais non, non! – Je chassai violemment les images : non, non, c'était impossible, impossible. Mirjam vivait! J'avais entendu sa voix par la bouche de Laponder.

Encore une minute – une demi-minute – et puis –

Le fiacre s'arrêta devant un monceau de débris.

Partout des barricades de pavés.

Des lanternes rouges brûlaient sur leur sommet.

A la lueur des torches, une armée d'ouvriers creusait et pelletait.

Des montagnes de gravats et de moellons barraient le chemin. J'escaladai, glissai, enfonçai jusqu'au genou.

Là, ce devait bien être la ruelle du Coq tout de même?!

Je m'orientai péniblement. Rien que des ruines autour de moi.

La maison où j'avais habité ne se trouvait-elle pas là?

Toute la façade avait été arrachée.

Je grimpai sur une colline de terre; loin en bas, une chaussée noire, pavée, suivait le tracé de l'ancienne ruelle. Je levai les yeux : telles de gigantesques cellules dans une ruche, les pièces vidées restaient suspendues en l'air, les unes contre les autres, éclairées moitié par les lueurs des torches et moitié par la lumière morne de la lune.

Là-bas, en haut, ce devait être ma chambre – je la reconnaissais à la tapisserie des murs.

Il n'en restait plus qu'un lambeau encore attaché.

Et tout à côté l'atelier – l'atelier de Savioli. Je me sentis soudain le cœur vide. Comme c'était étrange!

L'atelier ! – Angelina ! – – Tout cela était désormais loin, immensément loin derrière moi !

Je me retournai : de la maison que Wassertrum avait habitée, il ne restait pas pierre sur pierre. Tout avait été rasé : la boutique du brocanteur, le sous-sol de Charousek... tout, tout.

« L'homme passe comme une ombre. » Cette phrase rencontrée autrefois me revint à l'esprit.

Je demandai à l'un des ouvriers s'il savait où habitaient les gens expulsés de cette maison et s'il connaissait l'archiviste Schemajah Hillel.

« Pas allemand », fut la réponse.

Je lui donnai un gulden, après quoi il comprit aussitôt ce que je lui demandai, mais ne put me donner le moindre renseignement.

Non plus qu'aucun de ses camarades.

Peut-être pourrais-je apprendre quelque chose chez « Loisitschek » ?

L'établissement était fermé, me dit-on, pour rénovation.

Bon alors, réveiller quelqu'un dans le voisinage – cela pouvait se faire ?

« Y a pas un chat aux alentours », me dit l'ouvrier. « C'est défendu. A cause du typhus. »

« L'Alten Ungelt ? Celui-là sera bien ouvert ? »

« Fermé. »

« Sûr ? »

« Sûr. »

J'énumérai à tout hasard les noms de quelques receleurs et trafiquants de tabac qui avaient habité dans le quartier, puis ceux de Zwakh, Vrieslander, Prokop...

A chacun, l'homme secouait la tête.

« Vous connaissez peut-être Jaromir Kwassnitschka ? »

Il dressa l'oreille.

« Jaromir ? Il est pas sourd-muet ? »

J'exultai. Dieu soit loué. Au moins quelqu'un de connu.

« Oui, il est sourd-muet ? Où habite-t-il ? »

« Y découpe des petites images ? Dans du papier noir ? »

« Oui, c'est cela, c'est lui. Où est-ce que je pourrai le rencontrer? »

L'homme me décrivit avec autant de détails que possible un café de la ville intérieure qui restait ouvert toute la nuit et se remit aussitôt à pelleter.

Durant plus d'une heure je pataugeai dans des océans de gravats, me balançai sur des planches vacillantes et rampai sous des poutres qui barraient les rues. Tout le quartier juif n'était qu'un désert de pierre, comme si un séisme avait détruit la ville.

Haletant de surexcitation, couvert de poussière, les souliers déchirés, je sortis enfin du labyrinthe. Quelques rangées de maisons et je me trouvais devant le tripot tant cherché.

Sur la devanture, l'inscription « café Chaos ».

Une salle vide, microscopique, contenant avec peine quelques tables collées contre les murs.

Au milieu, un serveur ronflait, couché sur un billard à trois pattes.

Une femme de la halle était assise dans un coin, une corbeille de légumes devant elle et dodelinait sur un verre de rhum.

Le serveur daigna enfin se lever et me demander ce que je voulais. C'est seulement en voyant le regard insolent avec lequel il me toisa que je pris conscience de l'aspect loqueteux que je devais avoir.

Je jetai un coup d'œil à la glace et ce que j'aperçus me fit peur : un visage étranger, exsangue, ridé, gris comme de la cendre, avec une barbe hérissée et de longs cheveux en désordre me fixait d'un regard vide.

Je demandai si un certain Jaromir qui découpait des silhouettes n'était pas là et commandai un café noir.

« Je sais pas où y traîne si longtemps », me fut-il répondu dans un bâillement.

Puis le serveur se recoucha sur le billard et reprit son somme.

Je décrochai le « Prager Tagblatt » pendu au mur et — attendis.

Les lettres trottaient comme des fourmis sur les pages et je ne comprenais pas un traître mot à ce que je lisais.

Les heures passaient et l'on voyait déjà apparaître derrière les vitres le bleu profond et louche qui annonce l'arrivée de l'aurore pour un café éclairé au gaz.

Ici et là quelques sergents de ville au plumet luisant de reflets verdâtres jetaient un coup d'œil à l'intérieur, puis repartaient d'un pas lent et sourd.

Trois soldats qui semblaient ne pas s'être couchés entrèrent.

Un boulanger prit un schnaps.

Enfin, enfin : Jaromir.

Il avait tant changé que je commençai par ne pas le reconnaître : yeux éteints, dents du devant cassées, cheveux clairsemés, creux profonds derrière les oreilles.

J'étais si heureux de revoir enfin un visage de connaissance que je me précipitai à sa rencontre, la main tendue.

Il avait l'air extraordinairement apeuré et ne cessait de regarder dans la direction de la porte. J'essayai par tous les gestes possibles de lui faire comprendre que je me réjouissais de le rencontrer – mais il ne paraissait pas me croire.

Quelles que fussent les questions que je lui posais, je me heurtai toujours au même mouvement impuissant de la main, qui signifiait, chez lui, l'incompréhension.

Comment me rendre intelligible ? Ah ! Une idée !

Je me fis donner un crayon et dessinai l'un après l'autre les visages de Zwakh, Vrieslander et Prokop.

« Quoi ? Ils ont tous quitté Prague ? »

Il brandilla vigoureusement les bras en l'air, mima les gestes de quelqu'un qui compte de l'argent, fit trotter ses doigts sur la table, puis se frappa le dos de la main. Je devinai : tous trois avaient dû recevoir de l'argent de Charousek et parcouraient désormais le monde avec un théâtre de marionnettes agrandi.

« Et Hillel ? Où habite-t-il maintenant ? » Je dessinai son visage, une maison et un point d'interrogation à côté.

Jaromir ne comprit pas ce dernier signe, car il ne savait pas lire, mais il devina ce que je voulais : il prit un brin de paille, le lança en l'air et le fit disparaître à la manière d'un prestidigitateur.

Qu'est-ce que cela signifiait? Hillel était-il parti en voyage lui aussi?

Je dessinai le tribunal rabbinique.

Le sourd-muet secoua violemment la tête.

« Hillel n'est plus là-bas? »

« Non! » (Hochement de tête)

« Où est-il alors? »

De nouveau la manipulation du brin de paille.

« Y veut dire que le monsieur est parti et que personne sait où. » Le balayeur qui n'avait cessé de nous observer avec le plus vif intérêt, intervenait, doctoral.

Mon cœur se convulsa d'effroi : Hillel parti! Désormais j'étais absolument seul au monde. Tout ce qu'il y avait dans la salle se mit à papilloter devant mes yeux.

« Et Mirjam? »

Ma main tremblait si fort que pendant longtemps je ne pus dessiner un visage ressemblant.

« Mirjam aussi a disparu? »

« Oui. Disparue aussi. Sans laisser de traces. »

Je gémis tout fort et me mis à courir à travers la salle tandis que les trois soldats se regardaient d'un air perplexe.

Jaromir essaya de me calmer et voulut me faire part d'autre chose qu'il semblait avoir appris : il se posa la tête sur le bras, comme quelqu'un qui dort.

Je m'accrochais à la table : « Au nom du Christ, est-ce que Mirjam est morte? »

Hochement de tête. Non. Jaromir répéta la mimique du dormeur.

« Est-ce qu'elle a été malade? » Je dessinai un flacon de pharmacie.

Hochement de tête. Non. De nouveau le front sur le bras.

Le crépuscule tomba; l'une après l'autre, les flammes du gaz s'allumèrent et je ne parvenais toujours pas à comprendre ce que signifiait le geste.

J'abandonnai. Réfléchis.

La seule chose qui me restait à faire était d'aller à la première heure au tribunal rabbinique pour m'y renseigner et tenter de savoir où Hillel et Mirjam avaient pu se rendre.

Il *fallait* que je les rejoigne...

Sans un mot, je restai assis à côté de Jaromir. Sourd et muet comme lui.

Lorsque je relevai les yeux, au bout d'un long moment, je vis qu'il était en train de découper une silhouette.

Je reconnus le profil de Rosina. Il me tendit la feuille par-dessus la table, se posa la main sur les yeux – et se mit à pleurer doucement.

Puis il se leva d'un bond et sortit en titubant, sans un geste d'adieu.

L'archiviste Schemajah Hillel était parti un jour sans raison apparente et n'était jamais revenu; il avait certainement emmené sa fille avec lui, car personne ne l'avait jamais revue non plus à partir de ce moment-là; ce fut tout ce que je pus apprendre au tribunal rabbinique.

Aucun indice sur la direction qu'ils avaient pu prendre.

A la banque, on m'expliqua que mon argent était encore bloqué par décision de justice, mais on attendait d'un jour à l'autre l'autorisation de me le remettre.

Donc l'héritage de Charousek devait lui aussi suivre la filière administrative et pourtant j'attendais cette somme avec une brûlante impatience, résolu à la consacrer tout entière à rechercher les traces de Hillel et de Mirjam.

J'avais vendu les pierres précieuses qui me restaient et loué deux petites mansardes meublées contiguës dans la ruelle de la Vieille-École, la seule qui eût été épargnée par l'assainissement du quartier juif.

Hasard curieux : c'était la maison, bien connue, où la tradition plaçait la disparition du Golem.

Je m'étais renseigné auprès des autres habitants – petits commerçants ou artisans pour la plupart – sur ce qu'il pouvait y avoir de vrai dans l'histoire de la « pièce sans issue » et l'on m'avait ri au nez. Comment pouvait-on ajouter foi à de pareilles inepties !

Mes propres aventures qui y étaient liées avaient pris en prison la pâleur diaphane d'un rêve depuis longtemps dissipé et je ne voyais plus en elles que des symboles exsangues, sans vie – je les rayai du livre de mes souvenirs.

Les mots de Laponder que j'entendais parfois résonner aussi clairement dans mon for intérieur que s'il eût été assis en face de moi à me parler, comme dans la cellule, me confirmaient dans l'idée que j'avais dû vivre en esprit ce qui m'avait autrefois paru être une réalité tangible.

Tout ce que j'avais possédé alors n'avait-il pas disparu : le livre Ibbour, le jeu de tarots fantastique, Angelina et même mes vieux amis Zwakh, Vrieslander et Prokop !

La veille de Noël était arrivée et je m'étais acheté un petit sapin avec des bougies rouges. Je voulais être jeune une fois encore et avoir autour de moi la danse des petites flammes, l'odeur des aiguilles résineuses et de la cire brûlée.

Avant la fin de l'année je serais peut-être déjà en chemin, à la recherche de Hillel et de Mirjam par les villes et les villages, partout où m'attirerait mon instinct profond.

Toute impatience s'était peu à peu éteinte en moi et toute crainte que Mirjam eût été assassinée : dans mon cœur je savais que je les retrouverais l'un et l'autre.

Il y avait comme un perpétuel sourire en moi et quand je posais la main sur quelque objet, j'avais l'impression qu'une grâce en émanait. Le contentement d'un homme qui rentre chez lui après un long voyage et aperçoit de loin les tours de sa ville natale m'emplissait étrangement.

J'étais retourné un jour dans le petit café pour emmener Jaromir passer la Noël chez moi. J'y avais appris qu'il n'avait plus jamais reparu et je m'apprêtais déjà à repartir, tout attristé, quand un vieux colporteur était entré pour proposer de petites vieilleries sans valeur.

Je fouillai dans sa boîte et voilà que parmi les breloques, les petits crucifix, les peignes, les broches, un minuscule cœur en pierre rouge attaché à un ruban de soie brodée me tomba sous la main. Je reconnus avec stupéfaction le souvenir qu'Angelina m'avait donné près de la fontaine dans le parc de son château, alors qu'elle était encore petite fille.

D'un seul coup je revis toute ma jeunesse, comme si je regardais un tableau peint par une main enfantine au fond d'une chambre noire.

Je restai là longtemps, longtemps, à regarder le petit cœur rouge sur la paume de ma main.

Assis dans la mansarde, j'écoutais le craquètement des aiguilles de sapin quand çà et là une petite branche se mettait à griller sur la flamme d'une bougie.

« Peut-être en ce moment même le vieux Zwakh est-il en train de jouer son " Noël des marionnettes " quelque part dans le monde », pensai-je et je me le représentais déclamant d'une voix pleine de mystère les strophes de son poète préféré, Oskar Wiener :

> « Où est le cœur en pierre rouge?
> Il est attaché à un ruban de soie.
> Ô toi, ô! ne donne pas ce cœur,
> Je lui ai été fidèle et je l'aimais
> Et j'ai servi sept dures années
> Pour ce cœur et je l'aimais. »

Soudain, je me sentis inondé par une joie singulière.

Les bougies achevaient de se consumer. Une seule vacillait encore. La fumée roulait dans la pièce.

Comme si une main m'avait tiré, je me retournai brusquement et :

Mon image se tenait sur le seuil. Mon double.

Dans un manteau blanc. Une couronne sur la tête.

Un instant seulement.

Puis des flammes se ruent au travers du bois de la porte entraînant à leur suite un nuage de fumée étouffante.

Il y a un incendie dans la maison! Au feu! Au feu!

Dans le lointain déjà, les hurlements furieux des sirènes de pompiers.

Casques étincelants et commandements hachés.

Puis le halètement flasque et rythmé des pompes qui se ramassent comme des démons de l'eau pour bondir sur leur ennemi mortel : le feu.

Le verre tinte et des langues rouges jaillissent de toutes les fenêtres.

On jette des matelas, la rue en est pleine, des gens sautent et on les emmène, blessés.

Mais en moi c'est une extase frénétique qui exulte; je ne sais pourquoi. Mes cheveux se hérissent.

Je cours vers la cheminée pour ne pas être grillé, car les flammes me gagnent.

La corde d'une brosse à ramoner y est enroulée.

Je la déroule, me la passe autour des poignets et des jambes comme j'ai appris à le faire à la gymnastique quand j'étais enfant et me laisse tranquillement glisser le long de la façade.

Je passe devant une fenêtre. Regarde à l'intérieur.

Tout y est violemment éclairé.

Et alors je vois... alors je vois... tout mon corps n'est qu'un immense cri de joie.

« Hillel! Mirjam! Hillel! »

Je veux sauter dans la gouttière.

J'étends la main vers elle. Perds ma prise sur la corde.

Pendant un instant, *je reste suspendu entre ciel et terre, la tête en bas, les jambes en croix.*

La corde chante sous la brusque tension. Ses fils s'étirent et craquent.

Je tombe.

Perds connaissance.

En tombant, j'empoigne le rebord de la fenêtre, mais mes doigts glissent. Pas de prise :

La pierre est lisse.

Lisse comme un morceau de graisse.

fin

...comme un morceau de graisse! »

C'est la pierre qui ressemble à un morceau de graisse.

Les mots hurlent à mes oreilles. Puis je me redresse, et dois faire un effort pour me rappeler où je suis.

Couché, dans un hôtel.

Je ne m'appelle pas Pernath du tout.

Ai-je donc rêvé tout cela?

Non! On ne rêve pas ainsi.

Je regarde la pendule : j'ai à peine dormi une heure.

Il est trois heures et demie.

Et là-bas, un chapeau est accroché; il n'est pas à moi, c'est celui que j'ai pris par mégarde à la cathédrale du Hradschin, tandis que j'assistais à la grand-messe.

Est-ce qu'il y a un nom à l'intérieur?

Je le prends et vois, en lettres d'or sur la doublure de soie blanche, le nom inconnu et pourtant si connu :

ATHANASIUS PERNATH

Cette fois, j'en aurai le cœur net, je m'habille à la hâte et descends l'escalier en courant.

« Portier! Ouvrez-moi! Je veux aller faire un tour d'une heure. »

« Où ça, sivouplaît? »

« Dans la ville juive. Ruelle du Coq. Il y a bien une rue qui porte ce nom-là? »

« Sûr, sûr – » le portier sourit malicieusement – « mais je vous signale que, dans la ville juive, il ne reste pas grand-chose. Tout refait à neuf, sivouplaît. »

« Aucune importance. Où est-elle cette rue? »

Le gros doigt du portier se pose sur le plan : « Là, sivouplaît. »

« Et le cabaret « Chez Loisitschek »? »

« Là, sivouplaît. »

« Donnez-moi une grande feuille de papier. »

« Voilà, sivouplaît. »

J'emballe le chapeau de Pernath. Curieux : il est presque neuf, irréprochablement propre et pourtant friable comme s'il était très, très vieux.

En chemin, je réfléchis.

Tout ce qui est arrivé à cet Athanasius Pernath, je l'ai vécu en *une* nuit, vu, entendu, senti comme si j'étais devenu *lui*. Alors comment se fait-il que je ne sache pas ce qu'il a aperçu derrière la fenêtre grillagée pendant l'instant où la corde s'est cassée et où il a crié « Hillel! Hillel! »?

Je me rends compte qu'il s'est séparé de moi à ce moment. Il *faut* que je retrouve cet Athanasius Pernath, dussé-je courir à sa poursuite pendant trois jours et trois nuits.

Ainsi, c'est cela la ruelle du Coq?

Je ne l'avais pas vue du tout comme cela en rêve!

Rien que des maisons neuves.

Une minute plus tard, je suis assis au café Loisitschek.

Une salle sans style, assez propre.

Au fond, une estrade bordée d'une balustrade en bois; une certaine ressemblance avec le vieux Loisitschek rêvé est indéniable.

« Vous désirez? » me demande la serveuse, solide gaillarde serrée à éclater dans une veste de velours rouge.

« Un cognac, mademoiselle – Bien, merci – Hum, dites-moi... »

« Oui? »

« A qui appartient ce café? »

« A monsieur le conseiller commercial Loisitschek. Toute

la maison lui appartient. Un beau monsieur, très riche. »

Aha ! le type avec des dents de sanglier à sa chaîne de montre ! Je me rappelle.

J'ai une bonne idée qui va m'aider à m'y reconnaître :

« Mademoiselle ! »

« Oui ? »

« Le pont de pierre, quand s'est-il donc écroulé ? »

« Il y a trente-trois ans. »

« Hum. Trente-trois ans ! » Je calcule : dans ces conditions le tailleur de pierres précieuses Pernath doit avoir presque quatre-vingt-dix ans.

« Mademoiselle ! »

« Oui ? »

« Est-ce qu'il n'y a pas quelqu'un, dans vos clients, qui se rappellerait encore l'aspect qu'avait la vieille ville juive de l'époque ? Je suis écrivain et ces questions-là m'intéressent. »

La serveuse réfléchit. « Dans les clients ? Non. Mais attendez donc : le marqueur qui joue au billard là-bas avec un étudiant – vous le voyez ? Celui qui a un nez crochu, le vieux – il a toujours habité par ici, il vous dira tout ça. Vous voulez que je l'appelle quand il aura fini ? »

Je suis le regard de la fille :

Un vieillard efflanqué à cheveux blancs se penche sur la table et enduit la queue de craie. Un visage ravagé, mais curieusement distingué. A qui me fait-il donc penser ?

« Mademoiselle, comment s'appelle ce marqueur ? »

La fille appuie le coude sur la table pour se caler, lèche un crayon, puis écrit à toute vitesse son prénom un nombre incalculable de fois sur le marbre, en l'effaçant chaque fois d'un doigt abondamment humecté. Pendant cet exercice, elle me lance des œillades plus ou moins enflammées – dans la mesure de ses moyens. Bien entendu, la surélévation concomitante des sourcils est inévitable – objectif : accentuer la fascination du regard.

Je répète ma question : « Mademoiselle, comment s'appelle le marqueur ? » Je vois bien qu'elle aurait préféré entendre autre chose : mademoiselle, pourquoi ne portez-vous pas simplement une veste? Par exemple. Mais je ne lui demande pas. Je suis obsédé par mon rêve.

« Voyons, comment donc qu'y s'appelle? grogne-t-elle, boudeuse. « Ferri, je crois. Ferri Athenstädt. »

Tiens, tiens? Ferri Athenstädt! – Hum, encore une vieille connaissance.

« Racontez-moi des tas, des tas de choses sur lui, mademoiselle. » Je roucoule, mais il faut que je me fortifie aussitôt avec un cognac supplémentaire. « Vous savez si bien parler. » (Je me dégoûte moi-même.)

Elle se penche avec un air mystérieux tout contre moi, si près que ses cheveux me chatouillent le visage et chuchote :

« Le Ferri, dans le temps, c'était un drôle de matois – Un noble qu'on disait, une famille très ancienne – mais bien sûr, c'est des histoires, il a pas de barbe – et riche, affreux. Une juive rouquine, qui avait toujours été une moins que rien » – elle écrivit de nouveau son nom une demi-douzaine de fois – « l'a complètement pompé. Question argent, je veux dire. Bon, alors quand il a été sans le rond, elle l'a plaqué et elle s'est fait épouser par un monsieur de la haute – » elle me chuchote à l'oreille un nom que je ne comprends pas. « Comme de juste, le monsieur de la haute a été obligé de renoncer à tous ses titres, et depuis ce moment-là, il a plus le droit de s'appeler chevalier de Dämmerich. Seulement, elle, vu qu'avant c'était une moins que rien, il a pas encore pu la décrasser. Je dis toujours... »

« Fritzi! L'addition! » cria quelqu'un sur l'estrade.

Je laisse mes regards errer dans la salle et voilà que j'entends soudain derrière moi un petit grésillement métallique, comme celui d'un grillon.

Curieux, je me retourne. N'en crois pas mes yeux :

Le visage tourné vers le mur, vieux comme Mathusalem, une boîte à musique pas plus grosse qu'un paquet de cigarettes dans des mains de squelette tremblantes, complètement affaissé sur lui-même – *l'aveugle Nephtali Schaffraneck* est assis dans un coin et tourne la manivelle microscopique.

Je m'approche.

Il chantonne confusément à part lui :

Madame Pick,
Madame Hock,
Étoile rouge, étoile bleue,
Elles jacassent tout partout.

« Savez-vous comment s'appelle ce vieil homme? » demandai-je à un garçon qui passait à toute allure.

« Non, monsieur, personne ne sait ni qui il est, ni comment il s'appelle. Lui-même l'a oublié. Il est absolument seul au monde. Je parie bien qu'il a cent ans! Tous les soirs, il vient ici; on lui donne un petit café, par charité. »

Je me penche vers le vieillard et lui crie un mot à l'oreille : *« Schaffraneck! »*

Comme frappé par la foudre, il sursaute, marmonne quelque chose, se passe la main sur le front.

« Vous me comprenez, monsieur Schaffraneck? »

Il fait signe que oui.

« Faites bien attention! Je voudrais vous demander quelque chose de l'ancien temps. Si vous répondez bien à tout, je vous donnerai le gulden que je pose là sur la table. »

« Gulden », répète le vieillard, et il se met aussitôt à tourner comme un furieux la manivelle de sa boîte à musique grésillante.

Je lui retiens la main. « Réfléchissez bien! Vous n'avez pas connu, il y a environ trente-trois ans, *un tailleur de pierres précieuses qui s'appelait Pernath?* »

« Hardrbolletz! Culottier! » bégaie-t-il, le souffle court, et fendu d'une oreille à l'autre comme si je lui avais raconté une fameuse plaisanterie.

« Non, pas Hardrbolletz : – *Pernath!* »

« Pereles? ! » Il jubile littéralement.

« Non, pas Pereles non plus. – Per-*nath!* »

« Pascheles? » Il glousse de joie.

Déçu, j'abandonne mon enquête.

« Vous vouliez me parler, monsieur? » Le marqueur Ferri Athenstädt se tient devant moi et s'incline froidement.

« Oui. Parfaitement. Nous pourrions faire une partie de billard tout en bavardant. »

« Vous jouez de l'argent, monsieur? Je vous rends quatre-vingt-dix points. »

« Entendu : un gulden la partie. Commencez donc. »

Son Excellence empoigne la queue, vise, manque son effet et prend une mine déconfite. Je connais cela : il va me laisser arriver à quatre-vingt-dix-neuf et puis il me rattrapera en une seule série.

Ma curiosité est de plus en plus vive. Je vais droit au but.

« Essayez de vous rappeler, monsieur le marqueur : il y a bien longtemps, à peu près à l'époque où le pont de pierre s'est écroulé, vous n'avez pas connu dans la ville juive d'alors un certain *Athanasius Pernath?* »

Assis sur un banc le long du mur, un homme vêtu d'une veste de toile rayée rouge et blanc, l'œil louche et de petites boucles en or aux oreilles, sursaute, me dévisage et se signe.

« Pernath? Pernath? » répète le marqueur, en faisant un grand effort de concentration – « Pernath? – il n'était pas grand, maigre? Des cheveux bruns, une barbe en pointe taillée court? »

« Oui. Exactement. »

« A peu près quarante ans à l'époque? Il ressemblait... »

Son Excellence me fixe tout à coup avec étonnement. « Vous êtes de ses parents, Monsieur? »

Le loucheur se signe.

« Moi? Parent? Quelle idée bizarre! – Non. Je m'intéresse à lui, simplement. Vous savez quelque chose de plus? » Je pose la question d'un ton négligent, mais je sens mon cœur qui se glace.

Ferri Athenstädt se replonge dans ses réflexions.

« Si je ne me trompe, il passait pour fou à l'époque – Une fois, il a prétendu qu'il s'appelait – attendez donc – oui : Laponder! Et puis après, il se faisait passer pour un certain – Charousek. »

« Pas un mot de vrai là-dedans! » interrompt le loucheur. « *Charousek,* il a vraiment existé. Mon père a hérité de lui – des milliers de florins. »

« Qui est cet homme? » demandai-je à mi-voix au marqueur.

« Un passeur qui s'appelle Tschamrda – En ce qui concerne Pernath, je me rappelle seulement, ou du moins je le crois, que par la suite il a épousé une très jolie Juive, très brune. »

« Mirjam! » Je suis si agité que mes mains tremblent et je ne peux continuer à jouer. Le passeur se signe.

« Mais enfin qu'est-ce que vous avez donc aujourd'hui, monsieur Tschamrda? » demande le marqueur étonné.

« Le Pernath, il a pas jamais vécu! » crie le loucheur. « Je le crois pas. »

Je lui offre un cognac pour lui délier la langue.

« Y a bien des gens qui disent que le Pernath vit encore », finit-il par articuler. « J'ai entendu causer qu'il était tailleur de peignes et qu'il habitait sur le Hradschin. »

« Où ça sur le Hradschin? »

Le passeur se signa.

« C'est justement. Il habite où y a pas un homme vivant qui peut habiter : *contre le mur à la dernière lanterne.* »

« Vous connaissez sa maison, Monsieur – Monsieur – Tschamrda? »

« Pas pour rien au monde je voudrais monter là-haut! » protesta le loucheur. « Pour qui vous me prenez? Jésus, Marie, Joseph! »

« Mais vous pourriez peut-être me montrer le chemin de loin, Monsieur Tschamrda? »

« Ça, oui, grommela-t-il. Si vous voulez attendre six heures du matin; c'est le moment où je descends jusqu'à la Moldau. Mais je vous le conseille pas. Vous risquez de tomber dans les fossés aux cerfs et de vous casser le cou – sans compter tous les os. Sainte Mère de Dieu! »

Nous marchons ensemble dans le matin : un vent frais souffle de la rivière. Soulevé par l'impatience, je sens à peine le sol sous mes pas.

Soudain, la maison du passage de la Vieille-École se dresse devant moi.

Je reconnais chacune des fenêtres : le tuyau de descente, le grillage, les chaînages de pierre luisants comme de la graisse – tout, tout !

« Quand cette maison a-t-elle brûlé ? » demandai-je au loucheur. Je suis si tendu que les oreilles me bourdonnent.

« Brûlé ? Jamais ! »

« Si. J'en suis sûr. »

« Non. »

« Mais enfin, je le sais ! Vous voulez parier ? »

« Combien ? »

« Un gulden. »

« Topez là. » Et Tschamrda va chercher le concierge. « La maison, elle a déjà brûlé ? »

« Et pourquoi donc ? » L'homme rit.

Je ne peux arriver à le croire.

« Voilà soixante-dix ans que j'habite ici, renchérit le concierge. Je m'en serais bien aperçu. » ... Curieux, curieux...

Le passeur me fait traverser la Moldau sur son bachot – huit planches mal rabotées – avec des mouvements saccadés cocasses. L'eau jaune écume contre le bois. Les toits du Hradschin lancent des éclairs rouges au soleil du matin.

Un sentiment d'allégresse indescriptible s'empare de moi.

Légèrement flou et qui semble venir d'une existence antérieure, comme si le monde autour de moi était enchanté – j'ai l'impression de vivre dans plusieurs lieux à la fois, expérience de rêve.

Je mets pied à terre.

« Je vous dois combien, monsieur Tschamrda ? »

« Un kreutzer. Si vous m'aviez aidé à ramer – ça vous aurait coûté deux kreutzers. »

Je suis de nouveau le chemin déjà parcouru la nuit dans mon sommeil : le petit escalier solitaire du château. Le cœur battant je sais par avance ce que je vais trouver : l'arbre chauve dont les branches passent au-dessus du mur.

Non : il est couvert de fleurs blanches.

L'air est chargé de l'odeur sucrée du seringa.

A mes pieds, la ville s'étend dans la première lumière du jour comme une vision de la Terre promise.

Pas un bruit. Seulement des odeurs et des couleurs.

Je pourrais me retrouver les yeux fermés dans la curieuse petite rue des Alchimistes, tant le chemin m'est soudain devenu familier.

Mais là où cette nuit se trouvait la barrière de bois devant la maison éclatante de blancheur, une superbe grille ventrue et dorée ferme maintenant la rue.

Deux ifs jaillissant de buissons bas en fleurs flanquent la porte d'entrée dans le mur qui court derrière la grille.

Je m'étire pour regarder au-dessus des buissons et demeure ébloui par une splendeur toute neuve.

Le mur du jardin est entièrement recouvert de mosaïque. Bleu turquoise avec des fresques dorées curieusement contournées qui représentent le culte du dieu égyptien Osiris.

La porte est le dieu lui-même : un hermaphrodite dont les deux moitiés constituent les vantaux, femelle à droite, mâle à gauche. Il est assis sur un précieux trône de nacre en demi-relief et sa tête d'or est celle d'un lièvre. Les oreilles haut dressées et serrées l'une contre l'autre font penser aux deux pages d'un livre ouvert.

Une odeur de rosée et de jacinthe flotte au-dessus du mur.

Longtemps je reste là, pétrifié, stupéfait. J'ai l'impression qu'un monde inconnu, étranger, s'étend devant moi et un vieux jardinier ou un domestique avec des souliers à boucle d'argent, un jabot et une redingote bizarrement coupée s'approche par la gauche derrière la grille pour me demander, entre les barreaux, ce que je désire.

Sans un mot, je lui tends le papier contenant le chapeau d'Athanasius Pernath. Il le prend et s'en va par la porte à deux battants.

Au moment où il l'ouvre, je vois derrière elle une demeure de marbre aux allures de temple et sur son perron

ATHANASIUS PERNATH

et appuyée contre lui :

MIRJAM

Et tous deux regardent en bas vers la ville.

L'espace d'un instant, Mirjam se retourne, m'aperçoit, sourit et chuchote quelque chose à Athanasius Pernath.

Je suis fasciné par sa beauté.

Elle est aussi jeune que je l'avais vue cette nuit en rêve.

Athanasius Pernath se tourne lentement vers moi et mon cœur s'arrête.

C'est moi, comme si je me voyais dans un miroir, tant son visage est semblable au mien.

Puis les battants de la porte se referment et je ne distingue plus que l'hermaphrodite chatoyant.

Le vieux domestique me remet mon chapeau et me dit – j'entends sa voix comme si elle venait des profondeurs de la terre :

« Monsieur Athanasius Pernath vous présente ses remerciements les plus reconnaissants et vous prie de ne pas tenir pour inhospitalier qu'il ne vous invite pas à entrer dans le jardin, mais c'est une règle de la maison depuis les temps les plus anciens.

Je suis chargé de vous faire savoir qu'il n'a pas porté votre chapeau car il s'est immédiatement aperçu de la substitution.

Il espère seulement que le sien ne vous a pas occasionné de migraine. »

FIN

Cet ouvrage a été composé
et imprimé sur les presses
de l'Imprimerie Floch à Mayenne

Illustration de
JEAN GOURMELIN

La mise en pages est de
PIERRE CHAPELOT

N° d'éditeur 3629.
N° d'imprimeur 16876.
Imprimé en France.
I.S.B.N. 2-245-01-120-1.